神々の宴《うたげ》

乾石智子

JN090202

本の魔道師ケルシュが町で拾った少年は狐に似た獣を連れていた──「ジャッカル」、瀕死の者を助ける生命の魔道師が向き合うことになった過去の亡霊とは──「ただ一滴の鮮緑」など、全5編の短編を収録。自らのうちに闇を抱え、人々の欲望の澱《おり》を引き受け、黒い運命を呼吸する魔道師たち。ときに迫害を受け、ときに体制に反抗する人々に手を貸し、栄光に包まれることもなく、賞賛を浴びることもない、そんな市井《しせい》に生きる魔道師たちの姿を描く短編集。巻末にこれまではっきりとは描かれてこなかった、オーリエラントの神々についての資料を付す。

登場人物

セリアス

イザベリウス……修復の魔道師

ロルリア……イザベリウスの妻。魔道師

ドルルス……
ワポセデス…… } 農夫

デルケス……森林管理官

ボツモス……総督の地方代理人

運命女神《リトン》の指

ユーディット……運命女神の魔道師、紡ぎ手。元商家の奥方

マレイナ……運命女神の魔道師、糸の切り手。元女剣闘士

エディア……運命女神の魔道師、織り手。元奴隷

パルクス……剣闘士

トッタデルス……商人。解放奴隷

ジャッカル

ケルシュ……………ギデスディンの魔道師。祐筆
ロッスラッス………ケルシュの友人。家庭教師
ミルディウス………貴族の息子

ただ一滴の鮮緑
チャファ……………生命の魔道師
モールモー…………チャファに命を救われた青年
キノス………………チャファの幼なじみ。森林管理官
レイサンダー………コンスル皇帝直属の魔道師

神々の宴《うたげ》
テリオス……………コンスル帝国の第四皇子
シアンシウス………テリオスの護衛。元剣闘士
メビサヌス…………軍団長
アーゼカ……………ヴィテスの王
アイトラン（イーゼ）……風の神
ガイフィフス………戦の神
リフタル……………ヴィテスの土地神

コンスル帝国版図
スタルビ
〈北の海〉
ダルフ
の町〉
メリッサ
カダー
ヌーティアスの農場
コエンドー
ラアム
オルン村
キサン
サンサンディア
ローランディア
キスプ
ペレス
〈山の村〉
ナランナ
フェデレント
ナーナ
ファイラント
フェデル
クラカ
ヴィテスの町
メルボル
ナランナ海

メラサント
ノルサント
〈夜の町〉
ココツコ島
ネルラント
ミドサイト
ラント
ネルシート
ドラン
★首都
テクド
〈逃亡者の町〉
〈暗がり原〉
クエ
ヒバル島
ノイル
ノーユ
ノイル海
ロックラント
エンカル
イザベリウスと
ロルリアの村
クラーロ海
キスプ
バイアン湖
ティル
〈エンス村〉
エズキウム
エズキウム
フォト
パドゥキア
ファナク
マードラ
地方境
国境

神々の宴《うたげ》

オーリエラントの魔道師たち

乾 石 智 子

創元推理文庫

ONLY ONE DROP OF EMERALD

by

Tomoko Inuishi

2023

目次

神々の宴《うたげ》

オーリエラントの魔道師たち

セリアス

Serius

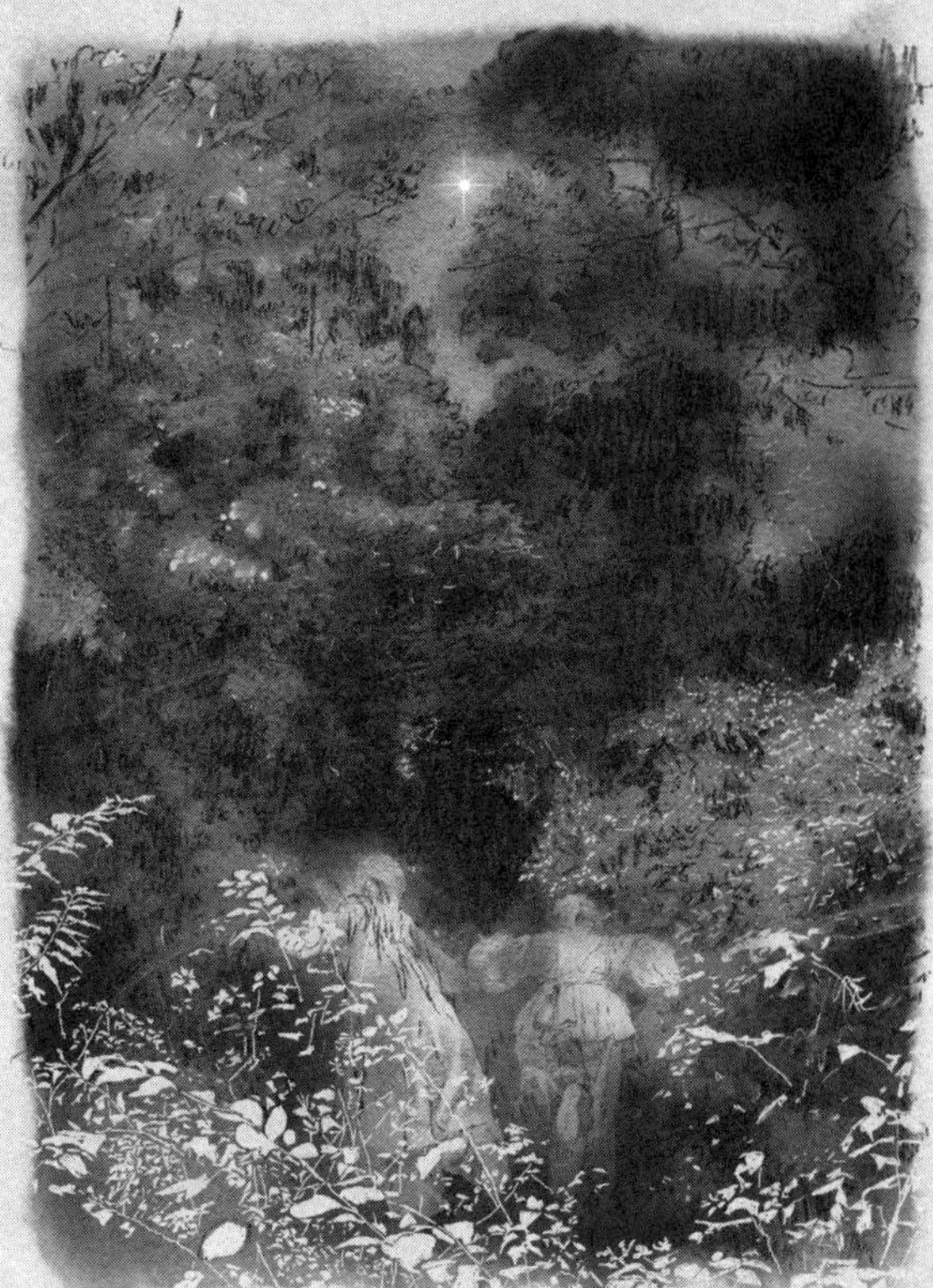

1

以前住んでいたところの町長から説教されたことがある。

まだ十八にもならない若者が、昼からこんな酒場でずいぶんな御身分だな、噂では魔道師だと聞いた、であれば、魔力を生かしてもっと人のために働くべきではないか、しっかりしろ、と。

イザベリウスは、人のために働いたばかりでくたくただったので、返事をする気力もなく、薄笑いを浮かべて黙っていた。内心では、余計なお世話だ、おっさん、と答えてはいたものの。

あれから何年たったのだろう。結局あの町には長くいなかった。――町長から言われたことを気にしたわけじゃない。それほど彼らはやわではない。集合住宅《インスル》のくらしにうんざりしただけだ。ロックラント州総督に願って、この村に広い土地をもらい、今では羊十頭、三羽の鶏と犬を一頭、猫を一匹飼って、畑を耕している。

ここはいい土地だ。冬の寒さは厳しいが、夏は涼しく、丘と谷と森とせせらぎに恵まれ、何より広い空がある。村人はおもに、キルジンという辛味野菜を作ってくらしている。

とある春の夕刻、イザベリウス夫妻は、白い屋根板と板壁の家の軒下で、長椅子に腰かけ、残照の空に、女王のように輝く金の星を仰ぎ、芽を出しはじめたカブや、羊たちの毛刈りの時期について語りあっていた。このあたりは、雨は少ないが、朝方に霜が降りるほど寒くなることもある。丸裸になった羊たちに風邪でもひかれたらたまったものではない。夫婦がいくら修復の魔道師であろうとも、〈焼きつくすもの《セリアス》〉と呼ばれる全天で最も青いあの星が昇ってこないこの季節では、力が半減してしまう。春は嫌いだ、むしろ、冬の方がずっといい、などと愚痴《ぐち》っていると、男二人が斜面を登ってくるのが見えた。

ドルルスとワポセデス、二人とも下の谷間でキルジン栽培をしている。

ロルリアが席をすすめ、家の中に入っていった。二人が並んで腰をおろし、一つ一つ星が増えていくのを眺めながら、キルジンの出来はどうだとか、もう今年は霜は降りないだろうとか話しているあいだに、麦酒を入れた木杯を四つもって戻ってくる。

「この良き晩に」

「平穏に幸あれ」

「豊穣女神《イルモネス》に祝福を」

男三人が乾杯の言葉を唱えれば、それにかぶせてロルリアは短い旋律を口ずさむ。すると杯の中の酒はちょっと泡だち、少し冷たくなる。農夫たちは喉を鳴らしてたちまち呑み干し、口

ルリアが、おかわりを、と促したのへはさすがに恐縮して首をすくめ、

「実は……お願いがあって来たんで……」

「イザベリウス、ロルリア、あんたさんたちが春に魔法を使いたがらないのはじゅうじゅう承知のうえなんだがよぅ」

「なんとか力貸してくんないかと思ってさ……」

と歯切れが悪い。イザベリウスは彼らの顔を交互にのぞきこんで言った。

「ずいぶん困っているようだ。鍋の修理くらいならできるけれど」

「いやいやいや……！　鍋の修理なんかにあんたさんを駆りだしたりしたら、村中から腐ったリンゴ、ぶつけられる」

ドルルスが大慌てで顔の前で両手をばたつかせ、ワポセデスも、

「そんなこと頼んだら、デルケスから殴られる」

と、顔を真っ赤にする。

夫婦は顔を見あわせた。ロルリアの、夜のように青い目が、きら、と光った。

「森林管理官のデルケスから……？　ふうん……。あなた方と森の管理官が話しあったということは、川の問題、かな」

愛想はいいが、めったに口をひらかないロルリアの声を聞いて、二人はびくっとした。歌声とも違うその声は、夜のささやきのように思えるらしい。夜のささやき。闇の中の、得体の知れないもの。

イザベリウスは微笑《ほほえ》んだ。人々が、彼よりロルリアを怖れるのがおかしい。魔が歌うたいの魔女、と村の酒場では陰口をたたく者もいるという。でも、廊下で猫の尻尾をふんづけたり、ふりむきざまに犬を蹴ってしまったり、袖で卓上の水差しを倒してしまったりがしょっちゅうで、そのたびに悲鳴をあげる彼女を知っていたら、あまりの粗忽《そこつ》ぶりに呆れ果てるはずだ。イザベリウスは妻のそういうところを、愛嬌だ、と思っているのだけれど。

「麦酒のおかわり、とってくる」

そうことわって彼女が身を翻《ひるがえ》すと、一呼吸おいてから、二人はとつとつと語りはじめた。

「この冬は雪が多かったはずなんだが」

「どうも、ハヴァーン川の水量が少なくて」

「キルジン栽培には知ってのとおり、たっぷりした清流が必要なんだ」

「このままじゃ、収穫量が例年の半分にも満たねえんじゃないかと」

「デルケスたちと、水源までたどっていったんだが、泉の湧きかたがあんまし良くないってことしか、つかめなくてな」

泉は村の北西部に広がるハイントの森にある。そこから流れだした小川が、東へ、南へと流れ下って、村を潤しているのだ。デルケスや村人たちは、泉の底にたまった泥や落ち葉をかきだし、まわりの溝を深くしたりと、手をつくしたに違いない。イザベリウスのところに来た、ということは、手だてがすべて効を奏さなかったということなのだろう。

ロルリアがおかわりを持ってきて、二人にすすめた。うまい麦酒の誘惑にはかなわず、二人が口をつけたところで、イザベリウスが説明すると、いきなり彼女は手を打ちあわせた。

「じゃ、明日は遠足ねっ」

思わずむせる農夫たちにかまわず、

「お弁当持って、水袋には麦酒を入れて！　そうだ、スゥズゥも一緒に連れていこう、たまには気晴らししなくちゃ」

イザベリウスはにやっとして、

「きみの気晴らし、のまちがいだろう？」

するとワポセデスが、上半身を折ったまま、真っ赤になった顔をあげた。

「スゥズゥ？」

「犬だよ、犬。牧羊犬のくせに、遊んでばかりいるんだ」

やっと咳をおさめたドルルスが、麦酒のかかった片手をひらひらさせながら抗議した。

「遠足だって？　遊びじゃねえぞ」

「もちろん！　仕事よ、仕事」

そうは言いつつも、ロルリアの目は、きらきらといたずらっぽく輝いているのだった。

翌日の早朝、農夫たちはデルケスの配下たちとともに迎えに来た。彼らは貸しだされた二頭の馬にまたがり、まだ足元に渦を巻いている濃い霧の丘を進んでいった。スゥズゥは連れてこなかった。あの怠け犬は、結局暖炉のそばに寝そべって、いびきをかいている。

丘を斜めに横切って、また別の丘を登っていき、尾根づたいにしばらく行ってから西側におりた。そこまでは夫婦の土地だが、その先は村共有の雑木林となる。ハヴァーン川に合流するいくつかの小川を跳びこし、さらにいくつかの疎林となだらかな谷を進んで、やっとハイントの森だった。そのころには太陽は高く昇り、あたりには、あたためられた草の匂いや木陰にひっそりと咲く白や薄青の花の香りが漂っていた。

ハイントの森は青ブナの原生林だ。大地におろした青ブナの根はたくさんの雨水を蓄え、ハヴァーン川を一年中潤してくれる。滋養たっぷりの実は、獣たちにとって秋冬の貴重な食べ物になり、かぐわしい落ち葉は森全体の肥料になる。いつだったか、ロルリアとイザベリウスは、その落ち葉を麻袋につめこんで持ちかえり、寝台の詰め物にしたことがあった。あの一冬は毎晩、極上の夜をすごした。こんなに遠くなければ、もっとしばしば訪れたい場所なのだけど。

森に入る前に、デルケスの一隊と合流した。彼らは西から来た客人を案内してきたらしく、後ろに見知らぬ五人の男をともなっていた。

「総督の新しい地方代理人、ボツモスだ。顔見せがてら割り当て地区を巡回している。水源に興味があるというので、一緒に来たんだ」

互いに軽く会釈して馬を進め、そのまま森に入ったが、イザベリウスは、彼らとロルリアとのあいだに必ず自分が位置するように気をつけた。彼らには、町にたむろしている胡散臭《うさんくさ》い連中と同じ雰囲気がある。品がなく、ずる賢そうで、他人を冷笑する癖がある。その中でも特に注意をひいたのは、地方代理人のボツモスだった。四角い輪郭《りんかく》に黒い直毛を耳の下で切りそろえ、人を射抜くような目と通った鼻筋を持っていて、とても整った顔立ち、と言えるだろう。だが、直感の鋭い者は、彼の内側に巣くっている何かを悟ることができる。権力欲？　復讐心？　何か、熱くて意固地で曲がったものが、その面に歪みを浮きたたせ、下卑た臭気を発していた。

ひらけた草地に来たとき、何気なく隣に並んだデルケスが、苦笑まじりに話しかけてきた。

「おい。おぬしの奥方、もしかしてもう酔っぱらっているのか？」

ロルリアは二人の二馬身前を跑足《だくあし》で先行している。ときおり水袋に口をつけ、その酒気がかすかにこちらまで匂ってくるのだ。

「大丈夫だ。帰るまでにあの二袋は空っぽになっているだろうけれど、それでも彼女はほとんどしらふだよ」

そう保証すると、デルケスは、聞こえたはずなのに、何だって？　と大声を出し、身をよせてきた。イザベリウスの話を聞くふりをしながら、唇を動かさないように気をつけて、

「ボツモスには気をつけろ。いろんな汚い手を使って、あそこまで登りつめたという噂だ。油断するな」

ああ、それはそうだろうな、と妙に納得しつつ頷くと、

「よし、酔っているかどうか、おれが確かめてやろう」

そう大声で言って、ロルリアのそばへ走りこみ、ちゃっかり水袋をうけていた。

草地はまたすぐに一本道となり、なだらかな起伏をくりかえして、ようやく泉のそばまでや

ってきた。泉は楕円形をしていて、結構大きい。幅一馬身、差し渡し二馬身といったところか。馬をつないでそばによると、驚いたヨシキリが、葦のあいだから飛びたった。高い声でぎゃぎゃぎゃ、と文句を言い、草むらに飛びこんでしまうと、あとは静寂があたりを包む。

夫婦は泉をのぞきこみ、耳をすました。しかし、本来聞こえるはずの湧水の愛おしい音もなく、白砂を持ちあげる小さな水の玉も見えなかった。二人は外套《セオル》とサンダルを脱ぎ、水の中に入った。ボツモスの取り巻きから遠慮のないどよめきがあがったのは、ロルリアがストゥラ(踵《かかと》丈の襞《ひだ》よせチュニック)の裾をためらいもなくからげたからだ。イザベリウスは、次に魔法を使うとき、ついでに、あいつらの鼻を豚にして、耳を驢馬《ろば》にしてやる、と内心で誓った。

水の嵩はくるぶしまでしかない。覚えている限り、膝丈まではあったはずだ。それでも、濁らずにあるのは、奥の岩間から辛うじて流れだしている一筋のおかげだろうか。冷たさもこんなものではなかったと思った。足を浸してこのくらいの時間でも、平気ではいられなかったと記憶している。

ロルリアが両手を水底につけて——頼むから、その尻のむきを変えてくれ、とイザベリウスはささやいた。彼女は、なぜ、と目で問い、次いでぱっと立ちあがり、岸辺でにやついている男どもを睨みつけた。ふん、と鼻息を飛ばしてから、ツグミのさえずりにも似た一節を歌うと、すぐにまた水に手をつける。

「イズー、ここ。ここ、さわってみて」

促されて砂をかきわけると、岩盤の固い手応えがあった。が、ごつごつした隙間から出ているはずの冷水を感じない。他の場所を調べたが、すべて同じだった。

二人は水を足で分けながら岸にあがった。ボツモスの取り巻きたちは、皆さかんに目をこすっている。花粉か、虫か、と苛だっている。

イザベリウスはデルケスに報告した。

「岩盤の下の水筋が変わってしまったらしいよ」

その間、ロルリアは男たちにむかって、

「目、泉で洗えば？」

とぼそっと助言したあと、デルケスにむきなおった。

「岩盤のどこか深いところが崩れてしまったみたい」

デルケスは眉を曇らせた。

「なぜそんなことに？」

「大地の営みだからね。ぼくら卑小な人間にはなんともわからないことだ。地震が地下深くでおきたのか、自然に岩盤が陥没したのか、それとも水流の気まぐれか……」

「じゃ、もう、水はだめなのか？」

ドルルスとワポセデスが青くなった。

「なんとかならんのか」

「直せないのか」

イザベリウスは空を見あげた。泉にかぶさるように、青ブナの枝が網目をつくっている。青に縁どられた金の葉が陽光にきらめき、泉に斑《まだら》模様を落としている。セリアスの存在はかすかに感じる程度だ。中天近くに太陽とともにあるが、彼には見えないし、その輝きを享受することもままならない。日没とともに地平線に沈む季節では、夜間の力は期待できない。だが。

「大がかりな修復じゃない。岩盤全体に影響を与えないように、小さな水路をいくつかあけて、水の流れを戻すようにすればいいんだが」

イザベリウスがそう示唆すると、ロルリアも少し考えこんでから、

「できないことはないけれど、すごく繊細な仕事になる。通すのは、キルジンの茎くらい細くないと。それ以上太くなると、岩盤を崩してしまうかも」

ドルルスとワポセデスが顔を見あわせ、それは困る、と悲痛な叫びをあげた。イザベリウスは両手をたてて二人に落ちつくように示し、

「細い細い水筋を互いに交差しないように通していけば、なんとかなると思うよ。みんなのくらしがかかっているんだ、慎重にやってみるから」

ロルリアが馬の鞍から水袋をとってきた。彼女の進路から、ボツモスの取り巻きたちがあからさまに後ずさった。イザベリウスの耳に、魔女め、と罵《ののし》る低い声が届いたので、水袋から一口飲み下したその焼ける喉のままに、頭をふりむけた。

「おい、魔女ではないぞ。魔道師だ、まちがえるな」

魔女という呼称に偏見を持っているわけではない。侮蔑の態度が気に障っただけだ。それから水袋をデルケスに渡しつつ、ロルリアにささやいた。

「きみもまちがえたな。そそっかしいんだから。何が麦酒だよ」

「麦酒には違いないでしょ」

と、彼女は悪びれることもなくにっこりする。そりゃそうなんだが。確かにカラン麦を原料にした酒だ、と再び泉に足を入れながら思う。普通はあれを「ハヴィ酒」と呼ぶだろう。いつの間にあんな強い酒、手に入れたんだか。

　二人して泉の中央に立ったのは、さえぎるものなく天へと空があいていたからだ。イザベリウスは頭を空にむけて、わずかなセリアスの気配を受けとめようとした。一方、ロルリアは彼のまわりをゆっくり回りながら、歌をうたいはじめる。それは単調な拍子の、彼らの故郷の言葉で唱えられていた呪文の一種だ。彼女の歌によって、イザベリウスの身の内にちぢこまっている魔力がやわらかくほどけていく。すると、セリアスと彼とをつなぐ目に見えない糸が太く強くなる。太陽にかき消されてしまう昼の星の絹糸さながらに細いその光をたぐりよせ、彼の眉間から喉、喉から胸の奥へと導いていく。最も暗い部分が、その光に照らされて明らかになる。その闇と魔力が同化すれば、普段は手の届かないところに隠されている種々のものが顕わになり、ふれることも潜ることも自由自在となる。

　裸足《はだし》の下にある白砂の一粒一粒を感じ、さらにその下の硬い岩盤の小さな隙間を認識する。彼の意識は、ロルリアの歌と一緒に、キルジンの茎ほどに細くなって、その隙間を降りていく。小さな水路は岩と岩のあいだをくぐりぬけ、曲がりくねってやがて小石につきあたった。二人で小石をゆするが、その先もふさがっているのだろう、びくともしない。二人は他のもっともろい場所をさがす。別の小石と小石のあいだに木綿糸ほどの隙間を見つけ、さらに潜っていって、ようやく、水流と言えるものが通っているところにたどりつく。細い意識の錐《きり》で隙間を少し広げ、水流を呼びこむと、ミミズのようにのたくりながら、なんとか白砂の表面まであがってきた。小さな水玉が、鼠《ねずみ》の鼓動ほどの音をたてつつ湧きだす。二人はこの作業をくりかえした。百か所近くもやれば、清冽な水が徐々に溜まっていき、くるぶしの上指一本ほどにまで水量が増してくる。

セリアスは中天からそれ、イザベリウスの力も闇に溶け落ちた。

がたがた震えるロルリアの肩を抱いて岸へあがり、デルケスが渡してよこしたハヴィ酒で身体をあたためる。陽を浴びた岩の上に腰をおろし、少しずつ豊かになっていく水が、やがて泉からあふれて、小川に勢いよく流れこんでいくさまを、満ちたりた気分で眺めた。その瞬間には、農夫や森林管理官のみならず、ボツモスの取り巻きたちからさえ、喜びの声がどよめいたのだった。

酒と陽光でようやく血のめぐりが戻ってきたので、彼らはふらつきながら馬のそばへ戻った。ふらついているのは酔いのせいではない。セリアスの最小の助力で、魔力を無理矢理使ったから、消耗が激しいのだ。

おぼつかない手つきで手綱をほどいていると、ボツモスが近寄ってきた。

「なかなかやるじゃないか、修復の魔道師イザベリウス」

命令し慣れた――あるいは恫喝《どうかつ》し慣れた――力強い声で言い、さらに間をつめて、今度は耳元にどすのきいたささやきを吹きこんだ。

「……総督は、おぬしのことを、厄介者と呼んでおったぞ」

すっと下がったのは、イザベリウスの反応を確かめるためだったのだろう。しかし、期待していたものは得られないようだった。ちっ、と舌打ちして、おのれの吐いた汚物から逃れる者のように、そそくさと立ち去っていった。

イザベリウスは薄笑いを浮かべていたのだ。愚かな男だな、と内心、大いに嘲《あざけ》っていた。あの男が総督に会ったことなど、一度もありはしないだろう。もしまた、会っていたとしても、ロックラント総督ファーリスが、彼らを「厄介者」などと呼んだりはしない。彼は慈悲深く、温情を知る人間だ。あんな下種《げす》な言葉をはなつことは、決してない。

ボツモスは二人の活躍を目にして、対抗心を燃やしたのだと容易に推測できた。さまざまな手を使って今の地位まであがってきただろうあのような者は、おのれの手の届かぬところで活躍する人間を妬ましく思うものだ。きっとその口癖は、「出る杭は打つ」に違いない。昔、人のためにもっと働け、と説教した町長と同じ臭いがする。

イザベリウスとロルリアは交代で水袋を使いながら、長い長い帰途を踏破し、日暮れに家に着くと、そのまま寝台に倒れこんだ。彼らはそれから、一昼夜ぶっ通しで眠った。

目がさめたのは、誰かが扉をどんどん叩いていたからだった。

「イザベリウス！　起きろ！　起きてくれ！　一大事だっ」

ドルルスの声だった。片手で痛む頭をおさえつつ、もう片手で閂《かんぬき》をはずすと、農夫は息を

切らし、唇をわななかせて、

「村中大騒ぎだ。なんとかしてくれっ」

彼の後ろからワポセデスも、なんとかして、と叫んでいる。騒ぎにロルリアも起きだしてきた。

「ハヴァーン川の水路すべてに税をかけるっていうんだ！」

「水利権、ちゅうものが、支配者にあるっていうんだっ」

誰が、とまぬけな質問をしそうになって気がついた。ああ、そうか。

ボツモスか。

2

ボツモスはキャラル地方の最も大きな町、ターツに戻っていた。総督の代理として、ここに館を与えられたのはつい二か月前、それから精力的に支配地——彼の意識では、二つの町と村をかかえるキャラル地方は、もはやお上《かみ》からの預かりものではなく、彼自身の領地となっていた——を巡回し、利権が自分に注ぎこむように、正すべきものを正してきた。硝子《ガラス》細工で栄えるムーネシアの町には硝石《しょうせき》税を、ここターツの町には交易関税をかけ、綿花栽培のゲラノ村には、陽光税なるものをひねりだした。一部で嘲《ちょう》笑《しょう》されていることも知っているが、かまうものか。入ってくる金に比べたら、多少の嘲笑など一文の損にもならない。

ここまで来るのに長い道のりだったな、と今宵は珍しく感慨深げに杯を傾ける。

夜風が燭台《しょくだい》の火をゆらめかせ、影が躍る。料理の大皿が並んだ卓のまわりには、招いた客たちがそらぞらしい社交辞令を口にしながら、上等な葡萄《ぶどう》酒を味わっている。人におもねる彼らの姿は、ここ二十年来のボツモスそのままだった。だが今は、あやつらはそっち側、わしは館と領地の主としてこっち側に座しているぞ。町の顔役、町長、交易商人たち。こうした輩《やから》に心にもないお世辞を並べたて、賄賂《わいろ》を贈った日々はすぎた。

ネルシート州の、猫の額ほどの海岸と険しい山塊の隙間の狭隘《きょうあい》な村に、貧しい養蜂家の六男として生まれた彼は、生まれる前からすでに、やっかいなものとして扱われていた。物心つくころに、行商人にすがりつくようにして荷物持ちにしてもらい、家を出た。数年後に、行商人が病に倒れ、持ち物をひきついだとき、自分と大地がようやくつながったと感じ、世界を手中にしたような高揚感を体験した。以来、彼の人生の目的は、自分のものと呼べるものを可能な限りもつこととなった。

商売をはじめてまもなく、彼はおのれの声が自信に満ちあふれ、力強く響くことに気がついた。それには、買い手を信用させる力があった。信用されれば商いは格段にその幅を広げ、儲けは倍増する。信用を利用することも覚えた。小金をちょろまかしても、たいていは気づかれないと知ったのだった。そうやってある程度財産を増やしたあと、行商をやめて反物の仲介人になった。

景気が悪くてもよくても、必ず動く金がある。それは、食料と衣類に関わる商いだった。人は食わねばならず、常に着るものを必要とする。彼は羊飼いから直接羊毛をひきうけて町の工房に卸し、仲介料をとったが、たちまち財をふくらませたのは、羊飼いに対する恫喝と工房主に対するへつらいのおかげだった。難癖をつけて安く買いたたいた羊毛は、へりくだった態度と、自信たっぷりの口調で品質を語れば、高く売れた。この乱暴な商売の仕方に噂がたって、牧羊家が他の仲介人を頼むようになると、二人の傭兵をひきつれて脅しに行ったりもした。数か月間はそれですんでいたが、とうとう訴えられて、一方的に町を追放された。以来、ネルシート州に足を踏み入れることはかなわなくなったが、少しも痛痒を感じなかった。悪評の届かないノイル州で、素焼きの壺《アンフォイル》やカラン麦の仲買人として同じように財を築き、悪評が足をひっぱる前にロックラント州に移った。もうそのころには、高級家具を直接町の有力者に紹介する、大商人を装っていた。

より多くのものを手に入れ、おのれのものとなすには、扱う品が大事だと気がついた結果だった。いつまでも平民相手の商売をしていてはいけない。地位と権力をもつ昔からの名家、貴族と称される人々、裕福な知識階級を客にすれば、実入りは桁違いになる。さらに、そうした人々は発言権を持ち、より大きな権力とつながってもいた。彼の欲するものの一覧に、「権力」の文字が加わった。権力には影が跋扈《ばっこ》する。臭覚がそれを嗅ぎつけると、躊躇《ちゅうちょ》せずに、そんな影を利用した。

町の噂や使用人のあいだでひそかにささやかれる秘密、出入りの商人たちとの酒席で耳にした誰かの弱みを、虚言で大袈裟《おおげさ》に飾り、脅迫めいたほのめかしをつかい、ときには恫喝して権力者たちを操った。彼の悪評を承知のうえで、つきあいを深める猛者《もさ》もおり、そうした一人がうまく立ち回って、彼をロックラント州総督の地方代理に推してくれた。上品さと高い身分で偽装し、汚職など聞いたこともないふりをしているその男に、彼が得た儲けの三割を流してやらなければならないのは業腹だったが。

今、ここにこうして、四人の妻に酌をさせて、館の主として客に宴席の酒をふるまう、こんな日が来るとは、とさすがに感慨深い。満足だ、とにやつきながらも、この満足をさらにふくらませ、完璧にしなければな、とも思っている。家具にわずかな傷があれば、その価値はたちまち半減してしまうのと同じで、ハイント村の抵抗が彼の完璧な成功をはばんでいた。

水源を生きかえらせた魔道師夫婦の力にも驚いたが、水利税を課すことに異を唱えてきた村民にも驚いた。課税に関して不平不満の声をあげた町村はこれまでなかった。皆、わしの力に怖れをなして、泣き寝入りしたというのに、あの村はどうだ。陰であの夫婦が扇動したような話も聞こえてきた。わしの力を見くびっているのではないか。ならば、わしに逆らえばどんな目にあうか、思い知らせてやろう。

彼は、世間話をしている客たちのあいだに身をのりだした。

「ところで。おぬしたちは、ハヴァーン川の水源の話をもう聞いたか?」

すると、長ひょろい顔をした馬商人――おもに、荷馬車用の馬を扱う――が、杯を掲げながら応じた。

「ちょっと前まで町中、その噂でもちきりでしたがね。あんな辺鄙な小村に、ずいぶん力のある魔道師が住んでるもんだって、皆、うらやましがっとります」

「まだ若い夫婦だって話ですな。奥方の方はふるいつきたくなるような美人だとか」

と、そのあとをひきとったのは、自分の妻をボツモスに献上した陶器商人だ。こちらは上等な葡萄酒をがぶ飲みして、すっかり顔を赤くしている。

「いやいや、相当なはねっかえりだと聞いたぞ」

隣の太った男が桃にかぶりつき、果汁を滴らせながら言った。

「ちょっとからかっただけで、護衛の耳がウサギになったとか」

「変な女だというのはわしも聞いた。だがなあ、耳がウサギ、ってのはありえんだろう」

太った男とそっくりのが首をふる。こちらは兄弟で、運河の船便を仕切っている元締めたちだ。ボッモスは感心したようにいちいち頷いていたが、さりげなく、

「あの二人がどうしてあの村に来たのか、誰か知っているか?」

と尋ねる。

「総督の計らいだとか」

「どうも、しばらく、総督の館に滞在していたらしいぞ」

「親戚かなにかかな」

「親戚だとしても、終生無税でおかまいなしってのは、こりゃ、贔屓《ひいき》ってもんじゃないのかね」

口々に披露している中で、それまで黙っていた白髪の四角い顔のボーディーンが、

「ハイントの村に、特に招いたのだとか」

ぼそり、と呟いた。この男は荷車製作工房の親方で、気難しく、ボッモスの懐《ふところ》に引き入れるのにいたく難儀した男でもある。ボッモスはボーディーンの病気の妻に、ミドサイトラントから癒しの魔道師を呼んでやった。病人が幾分回復したことで、ようやく酒席に顔を出すようになったのだった。――癒しの魔道師には、いっぺんで治すなと念をおしてある。少しずつ時間をかけて治してやれば、それだけありがたみが増す、と、いやらしい計算をしてのことだ。

その実直な親方が口にする言葉には、他の者にはない信憑性があった。ボッモスは、すぐに口を閉ざしてしまう貝を相手にするように慎重になって、

「それはまたどうしたわけで？　ただ招かれたわけではあるまい？」

と尋ねると、ボーディーンは下唇を持ちあげて言葉をさがしたのちに答えた。

「……なんでも、総督が、憐れんだ、とか……」

「憐れんだ？　何をだ？」

ううむ、と記憶を探るようにうつむいてから、おお、と顔をあげて、

「〈ホースイの虐殺〉事件だ。十年にもなるか、南のヤボル地方でおきた……。あの被害者だったとか……」

「なんだって？　じゃあ、その魔道師夫婦というのは、ホーサの民なのか？」

「それはわからん。ホースイの村に住んでいたというだけかもしれん」

ボーディーンは慎重だったが、馬面の馬商人は、そうに決まっているだろう、と調子よく言い切った。

「二人とも、蜘蛛《くも》の糸みたいな髪をして、夜みたいな目をしているというじゃないか。ホーサの民はみんなそんななりなんだろ？」

ホーサの民か、とボッモスは心の中で呟いた。彼自身は異民族に何ら偏見はない。コンスルという大国から見下ろせば、帝国そのものが異民族の集合体だ。彼自身、ネルシートの海辺の小民族である。だが、はじめてあの夫婦を目にしたとき、ぎょっとしたのも確かだ。白銀の髪、華奢《きやしや》な身体つき、肌の色は青白く、目だけは異様な暗さをたたえて、コンスル帝国広しといえど、希少なその外見は、見世物小屋に売られてもおかしくはないとさえ思われる。それに加え

て、

——連中は月を動かす。

——いや、かつては神々と戦ったそうな。

——大勢の魔女を輩出したとか。

などの流言が長い年月、固定してきたとすれば、

——気味の悪い、何をしでかすかわからない、われらとは異質のもの。

として虐殺されたのも、歴史の流れというべきか。

これは使えるな、とボッツモスは舌なめずりした。

あの夫婦を追い落とせば、村の不満も小火《ぼや》のように消え去るだろう。うまくたちまわれば、彼自身に火の粉のふりかかることもなく、邪魔者を排除できるに違いない。

ハイント村を巡回した際、あの夫婦の土地を遠目に見た。広い緑の丘に、白い羊たちが憩っていた。夫婦を排除すれば、あれがおのれのものになる可能性だって低くない。うまくやれば……、ふん、できるさ。あやつらは邪な魔法を使う異民族だ。それを皆に信じさせれば……いや、信じさせなくても、おもだった者を買収してそう言わせれば、あとは愚かな大勢がろくに確かめもしないで大声をあげはじめる。民衆とはそういうものだ。

〈ホースイの虐殺〉を仕組んだ者も、そう考えたのかもしれない。そいつは大衆の陰に隠れて、一番うまい汁を吸ったに違いない。実際に人々を手にかければ、総督から処罰をうけただろうが、おそらくそいつは人々の後ろに立って血飛沫《しぶき》一つ浴びることはなかっただろう。

ボツモスはその誰かにあやかることにした。夫婦が村人に殺されたあとで、連中をさばけば、これはもしかしたら……あの丘ばかりではない、高価なキルジン生産の村を、まるごと手に入れられるかもしれないぞ……。

3

沼地からあがってくる霧の獣のように、じわじわと悪意が忍びよってきていたのだが、イザベリウスもロルリアも、忠告をうけるまでさっぱり気づかなかった。

短い夏がすぎて風に湿気がまじりはじめ、草地の色が旺盛な緑から金茶色に変化しはじめた秋の初め、森の見まわりから戻る途中のデルケスが二人の家に立ちよって、「気をつけろ、イザベリウス。村の酒場で声高におぬしたちを誹《そし》っている者がいる」

水と麦酒を一杯ずつあおってから、そう教えてくれた。

「ぼくら、何か悪いことをしたか?」

ロルリアに尋ねても、当然横に首をふる。第一、彼らは村にはめったにおりていかない。この土地で羊たちとくらすだけで、ほとんど生活の円環は閉じている。必要な食料や小間物は、月に一度登ってくる行商人から求めるし、村におりて遊ぶこともない。彼は羊と畑の世話をし、ロルリアは刈り取った羊毛の始末で手いっぱいだ。夫婦でさえ顔を合わせる時間が夕食のときだけ、ということだってある。イザベリウスが羊を追って丘を逍遥《しょうよう》しているあいだ、ロルリアは羊毛を洗って梳き、紡ぎ、機で織ったり編んだりと忙しい。来《きた》る季節の衣服を調えるだけで、一年がすぎていくのだ。どちらも終わりのない仕事だが、二人ともそれを楽しんでいる。キャベツが虫に食われることなくうつくしい葉を巻きおえ、思いどおりの意匠で服が織りあがれば、誰に自慢するということもなく、しかし誇らしい気分で満たされるのだから。

「ヒクロスの畑にモグラが大量発生した」

デルケスは腸詰めを嚙みちぎりながら言う。

「それは、ロルリアがモグラを誘う歌をうたったからだと」

ロルリアは目をぱちくりさせる。デルケスはつづけて、

「ネーゴの牛二頭が次々に病気になった。それはロルリアが呪いをかけたからだそうだ」

「なんでそうなる」

「おぬしの評判はもっと悪いぞ。カイライノスの裏山が崩れ、テンプレん家の屋根が落ち、ネオックスのかみさんの酢漬けに黴《かび》が生えて全滅したのはすべておぬしのせいらしい」

こうした兆候には覚えがある。イザベリウスはぞくっと身体を震わせた。脇腹から背中にかけて、鋭利な刃物でゆっくり肉を削られていくような感覚をおぼえた。

デルケスは麦酒のおかわりをのみほし、音をたてて杯を卓上に戻したが、それは警告の槌音のように響いた。

「普通なら自然のなせる業として、あるいは手間を惜しんだと自省もするところなのに、ことさら大仰に騒ぎたてている。良くない。非常に良くない。こうなると、連中は信じたいものを信じる。公然と攻撃できる理由さえあれば、容赦しないだろう。残虐なことでも平気ではじめる。おれたちはこれから、総督代理のたっての命で、東の森に行かなきゃならない。おぬしら

の警護をかって出たいところだが、どうもそうはいかないようだ。だから、じゅうじゅう気をつけろ。いいな？」

「人がどれだけひどいことができるか、ぼくらは知っている」

イザベリウスも立ちあがって答えた。

「教えてくれてありがとう、デルケス。ぼくらはほとぼりが冷めるまで避難することにする」

「それが賢いな。行くあてはあるのか？」

「ハイントの森の南に、ここへ来る前にしばらく宿っていた小屋がある。そこに一旦落ちつこうと思う」

「よし、じゃあ心配ないな。おれたちも仕事が落ちついたら顔を出そう。……連中も頭が冷えてしまえば、恥じ入って大いに反省するだろう。それまで姿を隠すのはいいやり方だ」

「もしぼくらに何かあったら、総督に知らせてくれるか？」

「おお。おれが直接伝えることにする。だが、何もないことを祈る」

「ぼくもだ」

デルケスが部下たちをつれて遠ざかっていく。その蹄《ひづめ》の音が聞こえなくなるまで、彼はずっと立ちつくしていた。

「どうしてこういうことがくりかえされるの？」

ロルリアの声で彼はわれにかえった。ふりむいて彼女を抱きよせる。銀色の蜘蛛が、部屋の隅でせっせと網を張っている。故郷の家にも、同じように巣をつくる蜘蛛がいたな、とぼんやりと思う。

十年以上前のことだが、遠い昔のようでもあり、つい昨日のようでもある。

彼らの村は、小さな谷間にあった。大きな藁《わら》ぶき屋根の平屋が十数軒、こっちにひと塊、そっちにまたひと塊と、身を寄せあうようにして、百人ほどの集落だった。そのうち、ホーサの民と呼ばれていたのはほんの数軒ほどで、ときおり魔力を持つ者が生まれ、穴のあいた薬缶を呪文一つで修理したり、腐食しかけた柱を新品同様に直したり、雨に濡れて割れてしまった果実を修復したりと、村の衆からも重宝がられていたのだ。

イザベリウスとロルリアは家が隣同士で、同じ年に生まれたので、きょうだいのようにして育った。護られて満ちたりた子ども時代だった。家の裏の日陰で、理由のない悪意が黴のように萌芽し、ふくれあがることもあるなど、どうして知りえただろう。あの日までは、暴虐とか卑劣なおこないとか邪悪な心とかを、まったくといっていいほど知らなかった彼らは、何かに取りつかれたような目つきをした顔見知りの人たちが、突然家に押し入ってきて怒鳴り、家族を引きずりだし、家財道具を壊し、はては家に火までつけるのを、まるで違う世界をのぞきこんでいるような感覚をもって、茫然と眺めていたのだ。

逃げまどう女たち、殴りあう男たち、鎌や斧がふるわれ、三つ又がふりまわされる。その三つ又の刃を、オードラが叫んだ呪文が溶かしてしまうと、村人たちに残っていたわずかな躊躇がふきとんだ。オードラは両足をつかまれてひきずられていく。誰かが狩り用の弓矢を持ちだし、鹿を狩るように人間を標的にしはじめた。オードラを助けようとした数人も、頭を殴られ、容赦なく倒されて、炎のあがる家に放りこまれる。そのすさまじい悲鳴は、いまだにイザベリウスの耳の奥で響いている。

彼らはイザベリウスの母と一緒になんとか敵の手を逃れて、村の端まで走った。逃げるぞ、追え、ととどろく声は、二人に小鳥の彫刻をつくってくれたヨッツェおじさんのものだった。母は二人を抱きしめたあと、ぱっと身体をはなして、逃げろ、と叫んだ。

「わたしはあっちへ行く。その隙にあなたたちは谷を下っていくの。これは黒い狂気、赤い災厄、滅びの落雷、おしとどめることはできない。逃げなさい、どこまでも。逃げて生きのびるのよ！」

白い手が背中を押し、イザベリウスとロルリアは手をしっかりと握りあって、煙に紛れるようにして谷を下り、下生えが鬱蒼《うっそう》と茂るハリエンジュのあいだに飛びこんだのだった。

……イザベリウスは無理矢理記憶からおのれを引きはがし、

「今夜、発とう」

ともにあの恐怖をのりこえてきた妻は、毅然としたまなざしで頷いた。

「準備する」

「ぼくは羊たちを丘のむこうに隠してくる。戻り次第、出発しよう」

セオルを羽織りながらそう告げて、スゥズゥをせきたてて羊を集めにむかった。草を踏みながら、どうしてこんなことになったのだろう、と詮なきことを考える。弱みや瑕疵《かし》を見つけると、なぜ人は餓狼《がろう》のように襲いかかってくるのだろう。まるで、ほうっておくと、世界がだめになる、とでもいうかのように。普段善良な人々が、なぜこんなに簡単に、黒い狂気、赤い災厄、滅びの落雷に身を任せてしまうのだろう。歪んだ喜びを心の奥にひそませて。

やりきれない気分のまま、羊たちを尾根の反対側まで誘導し、スゥズゥを見張りにおいた。この犬は普段はぐうたらだが、しっかり言いきかせると、期待どおりの仕事をやり遂げる。きっと二人が戻ってくるまでの数日間、羊たちを守ってくれるだろう。

よろめくようにして家路につき、最後の丘を登って眼下に敷地をおさめたときには、来し方に三日月がまるで鎌のように輝き、薄闇があたりを紫色に染めようとしていた。この季節、セリアスが昇ってくるのは真夜中近くだな、と彼はぼんやりと考えていた。

家の裏手にロルリアが立っているのが見えた。イザベリウスは大きく安堵の息をついて、斜面をおりかけた。と、遠くに、ちかり、と何か紅いものが見えた。斜面の下方に、もう一つ、別の丘がうずくまっている。その頂上に、夕べの闇に咲くようにして、赤い炎があらわれた。思わず足を止めているあいだに、赤い花は一つ、また一つと増え、ゆれ動いて丘を下りはじめた。

イザベリウスは、はっ、と息を吐いて駆けだした。村人たちの松明《たいまつ》だ。松明が十、二十、と近づいてくるのを肌で感じながら、斜面を下っていくと、ロルリアも走りよってきた。彼女の手を握って、西の方へ方向転換する。

「どうしてこんなに早いの？」

「わからない。デルケスの話では、まだ余裕がありそうだったのに」

そう答えつつ、もしかしたら、と朝方ふと心にかかったことがよみがえってきた。

「デルケスは、東の森の巡回を命じられた、と言っていたな」

「総督代理が、森林管理官に命令できるの？」

「うん……機構上はそうなんだけど……慣習では、独立しているはずだ……。森の中でおきていることをいちいち報告して指示を仰いでいたら、仕事にならない。現場のことは現場に一任していたよな。今までは」

「今度だけ、彼らに命令するなんて、変だ」

「これは、ボツモスが、ぼくらとデルケスをひきはなすためのたくらみか……」

考えすぎだろうか。ああ、だが、ふりかえれば、彼らの家の戸口に松明が集まって、一つの大きな花のようになっていくのが見える。村の男たちだけで、あの松明の数はなしえない。賭けてもいい、あれの半数ほどは、総督代理の衛兵やボツモスの取り巻きたちだ。切れ切れに怒鳴り声が斜面を渡ってくる。扉を乱暴にたたく音もまじっているようだ。

「あたしの機織り機が壊されちゃう！」

ロルリアが息を切らしながら叫んだ。

「呪文をかけてくれればよかった」

「いや。かけなくてよかったよ。機織り機にふれたとたん、豚の鼻になったりしたら、あいつらますます激高するぞ」

家の中を蹂躙《じゅうりん》されると考えただけで、腸《はらわた》が煮えくりかえる。だが、彼らを余計に煽ることは避けたかった。

ロルリアは歯を食いしばりつつも、笑いのようなものを浮かべて言った。

「でもね」

「家が焼けないようにはしてきた」

イザベリウスは黙って彼女の手をぎゅっと握りかえした。それで、少しは彼らの足をとどめておけるかもしれない。いくら松明を藁布団や屋根板につっこんでも火がつかないとなれば、家を燃やすのは断念するだろう。少しは連中の頭も冷えてくれたら、と願う。

あらたな斜面を登りはじめてしばらくすると、いたぞ、あそこだ、とこだまが響いた。尾根の真上では、沈みかけた三日月が爪先立ちして、二人の影をのぞきこんでいた。イザベリウスもロルリアも、息があがりかけていたものの、恐怖が二人を駆りたてた。逃げなさい、と母の声が耳の奥で高まった。尾根の上に登りきったとき、追っ手はもう、尾根の根に取りついていた。彼らの顔が松明の火に浮いたり沈んだりしていた。一人一人の顔は判別できなかったが、身体つきや歩き方で、あれは誰、それは誰、と名指しすることはできた。少しばかりほっとしたのは、ドルルスもワポセデスもその中には見あたらなかったからだ。ただ、さっき推測したとおり、ボツモスの息のかかった者が十数人加わっており、その後方には、黒岩めいた騎馬が一騎、佇《たたず》んでいるのが見えた。

ボツモスがその気になれば、あの馬を駆って一気に二人に追いつくことができるだろう。だが、謀略家であるらしい彼が、それをするとは思えない。頭に血がのぼったらわからないが。

夫婦はなお足を速めて、尾根を渡った。斜面をおりて彼らの土地の終わりまで来ると、雑木林に飛びこんだ。色づきはじめたミズナラやカシ、ヤマナラシ、シイ、青ブナのあいだを、去年の落ち葉を散らかしながら走っていく。足腰は追っ手より強い。年も若い。小川を跳びこし、谷をまたぎ、灌木のあいだにもぐりこみ、ようやくハイントの森の際にいたる。ロルリアが、少し休ませて、と悲鳴をあげた。イザベリウスもくたくただった。すでに月は沈み、明るい星星がめぐってきていた。青ブナの根のあいだに腰をおろし、幹に背を預け、水袋から水を分けあい、干し肉を噛んだ。

「このままじゃ、いずれ追いつかれるな」

村人たちだけならば、熱が冷めてあきらめる、ということもあるだろう。だが、ボツモスの息がかかっている連中はそうはいかない。どこまでも追ってきて、二人を屠《ほふ》るに違いない。

「逃げるばかりじゃだめなんだ」

そう呟いたイザベリウスを見あげたロルリアの目の中には、恐怖と疲労がちらついている。

「でも、今は、少し休もう」

二人は身を寄せあい、青ブナの根に抱かれるようにして目を閉じた。

ほんの数呼吸まどろむつもりだったが、目覚めてみれば星々は大きくめぐっていた。頭上にさっきまで輝いていた〈狩人〉が西に傾き、〈狩人〉への復讐をたくらむ〈熊〉が天頂にあった。

しまった、寝過ごした、と二人同時に身を起こすと、雑木林のさほど遠くないどこかに、追っ手の気配がした。急いで森の中に転がりこみ、また手をつないで走りだす。いつまで逃げればいいのか、と絶望に近い思いがイザベリウスをとらえた。ここをしのいだとしても、ボツモスは執拗《しつよう》に彼らを追いまわすだろう。人の悪意をとどめるすべはない。そう思ったら、不意に怒りがこみあげてきた。黒い狂気、赤い災厄、滅びの落雷、と母は言った。これに拳《こぶし》をふりあげても無意味なゆえに、逃げろ、と。だが、彼は魔道師だ。世間には、修復の魔道師、と名乗っているが、〈焼きつくすもの《セリアス》〉を魔力の友として生きてきた。それは、破壊に関わることでもあり、ロルリアの歌がよりそえば、現実ではないことをもおこしえるということでもある。黒い狂気には黒い狂気を。赤い災厄には赤い災厄を、そして滅びの落雷には滅びの落雷を。あらがって何が悪い？　やつらのものをやつらに返してどうしていけない？

彼の中の闇がうごめき、寝返りを打つように反転した。森のざわめきが静かになった。そよ風がやみ、夜の獣たちや葉裏にひそむ虫たちも、いっとき息をひそめた。

稜線に、セリアスが姿をあらわした。

森の中にいるイザベリウスの目には見えないものの、その力を感じる。

いたぞ、こっちだ、と森の入口でくぐもった声があがった。二人は、蜘蛛の足のように張りだしている太い根を跳び越えた。斜めに傾いでいる古木の下をくぐりぬける。落ち葉を舞いちらし、苔を蹴散らして。倒木を踏み越えようとしたロルリアが、足をすべらせる。それを支え、小川をじゃぶじゃぶと渡った。春に来た、ハヴァーン川の源の泉のそばを駆け抜けると、驚いたウサギが飛びだしてきて目の前を横切り、山猫がそのあとを追っていった。よほど驚いたのか、それとも相当腹がすいていたものか。

木々のあいだをすりぬけていると、十年前の二人もともに走りはじめた。刺のある下生えが袖をひきさくと、ハリエンジュの意地悪な枝が、少年だった彼の頬に擦り傷をつくった。垂れ下がった羊歯《しだ》を払えば、太い蜘蛛の糸が、少女だったロルリアの額にはりついた。礫岩《れきがん》に足をとられれば、渓流の小石がより若い二人の足に辛くあたった。

突然、目の前がひらけた。木々がまばらになり、ススキが、銀の穂を戦いの旗印のようにひるがえして尾根までつづいていた。尾根の上には、セリアスが皓々《こうこう》と輝いている。彼はロルリアの手をひっぱって、尾根につづく獣道にとりついた。追っ手の姿が森の終わりにあらわれる。ススキのあいだに見え隠れする二人を指さし、何か叫ぶ。ボツモスの騎馬もとびだしてきた。

尾根の中腹まで来ると、イザベリウスは立ちどまって星を仰いだ。あきらめろ、逃げられんぞ、とボツモスの声が響く。長い追跡に焦りも重なって、もはや陰の指揮者としゃれこむ余裕もなくなったらしい。

「ロルリア。歌って」

突然の求めに、彼女はぱっと顔をあげ、イザベリウスと星を見比べた。彼の額にはすでにセリアスの光がさしこみ、彼の眼窩《がんか》には夜と同じ闇がわきだし、顎を決意がひきしめている。彼女は大きく息を吸うと、朗々と歌いだした。イザベリウスとセリアスをより強い絆で結びつける魔が歌、光と、光とは決して融合しない闇とをあざなって絡みあわせ、最大の力をひきだす歌だった。

イザベリウスは星の光に導いてもらいながら、闇の記憶をススキが原に解放した。彼自身は呪文を必要としない。ただ、胸をひらけばいいのだ。青灰色の影があたりをおおっていき、幻が広がっていった。

ボッモスの取り巻きや衛兵たち――村人たちは少し遅れて今ようやく、森から出たところだった――は、額を殴られたかのように、一様に頭をのけぞらせた。うっ、と呻いて喉元をおさえた男は、ホースイの村の襲撃者によって、首に縄をかけられたのだ。そのまま後ろに倒れてひきずられていく。側頭部を槌で殴られた男は、赤い血がおのれの胸を汚していくのを茫然と眺めている。矢を射かけられて転がる者、斧で足を断たれて絶叫する者、襟髪をつかまれて引き倒され、石で殴打される者。ボッモスはといえば、よってたかって馬からひきずり落とされ、抵抗するすべもなく、十もの足に蹴られつづけている。

そう、これが〈ホースイの虐殺〉、あんたらの同類がまさにぼくらになしたことだよ。

イザベリウスの額では、セリアスが断罪の冷光を容赦なくはなち、その目の中では、正されることのない不条理への怒りが黒い狂気となってわきたっていた。ロルリアの歌は途切れることなく、セリアスの光は、あの滅びの日をあからさまにしていく。

首に縄をかけられた者も、鎌や斧で切られた者も、蹴られ、踏みつけられ、殴打された者も、やがて衣服に火がついたことに気がつく。その火は、森の端で呆然と立ちつくしていた村人たちにも、まるで空を飛ぶ生き物のように飛びうつって、燃えあがった。互いに消しあおうとするものの、なぜか手も足も動かない。杭に縛りつけられて火刑をうける咎人さながらに、炎がおのれの肌を焼き、髪を焼き、肉を削り、煙が肺や喉にはりついて肉食の虫のように齧《かじ》りだすのを感じる。絶叫と泣き声があたりに満ちる。助けを請い、神々を呼ばう。追っ手のすべてがススキが原に七転八倒し、死ぬに死ねないこの苦しみを、取り去ってくれ、殺してくれ、と願いはじめる。

これが、ぼくたちの血筋におきたこと。あんたたちがぼくらになそうとしていたことだ。

滅びの落雷を彼らに浴びせたイザベリウスは、復讐の喜びもなく、ただやるせなさに心を占められて、目を閉じる。するとロルリアの歌も、ふっつりとやみ、セリアスの光もただ、天上にまたたくのみ。

夫婦は脱力して腰を落とし、抱きあってただ待つ。

やがてセリアスは傾いていった。地上ではもはや、誰一人、声を出せない。二人を追ってきた全員が、火刑の骸《むくろ》となって転がっている。

星の光がすべて落ちたころ、二人はゆっくりと尾根を下り、ボッモスと仲間の男たちのあいだをぬけ、森の際に戻った。そこに横たわっている村人一人一人に声をかけ、肩をたたくと、彼らは息を吹きかえして起きあがった。つきものが落ちたように、頰の下もすっきりとさせて、

「……一体おれたちは……何をしたいと思っていたんだ?」

「身体中、あらわれたような気がする。どうしたことだ」

と、火刑の苦しみなど記憶の外に、互いに手をさしのべあって立ちあがる。まばたきをくりかえし、夫婦を見て頭《かぶり》をふり、

「イザベリウス」

「ロルリア」

「おれたち、本当にどうかしていた。……赦してくれるか？」

ひざまずかんばかりに悔いている。

イザベリウスは彼らの肩を抱き、ロルリアは腕をつかみ、謝罪をうけいれる。

そうして、仲良くつれだって、家への長い道のりに踏みだしたのだった。

4

帰宅した次の日に、デルケスが再び彼らの家を訪れた。ドルルスとワポセデスが、危急を知らせたので、東の森から急遽とってかえしたのだという。尾根の北側の騎馬の道を通ってハイントの森へ急行し、事の終いを見てとって、夫婦は無事に家に戻ったとわかり、急いでやってきたのだった。

「おれたちは日の出きっかりに着いた。朝日を浴びて、連中もちょうどお目覚めだったよ」

香草と羊肉のシチューを吹き冷ますあいまに、デルケスは言った。

「声をかけたら、皆、喚きながら逃げていった。ありゃ、ちゃんと家に帰りつくかどうかわからんぞ」

以前は同席を遠慮していた部下たちが、

「一体どんな魔法を使ったんです?」

「おれらが怪物に見えたみたいで、すっごい怯えていましたよ」

「あいつらをやりこめられて、すっとしましたよ」

と、にやにやする。

まだ疲れが残っていたイザベリウスは、半ばぼんやりしながら頷いた。すると、ロルリアが、

ハヴィ酒の水差しを音をたてて卓におき、

「怖かった。もう、思いだすのも嫌。呑んで忘れましょっ」

部下たちは歓声をあげて、杯を手にとった。

ちょっといいか、とデルケスがイザベリウスを外に誘ったのは、もう忘れたいと宣言したロルリアを気遣ってのことだろう。外の長椅子に座ると、少し太った月が西の空にかかり、一番星がまたたいていた。セリアスが昇るのはまだ先のことだ。

秋の風が冷たく頬をなでていき、ぼんやりした頭も少しはっきりしてきた。二人並んで腰をおろし、しばらく黙って酒をなめてから、デルケスが口をひらいた。

「ボツモスだが。あいつだけは裁きをうけさせねばと思い、さがしたんだがな。どこにもいなかった。馬は残っていたから、徒歩で町に戻ったか、あるいはまださまよい歩いているか。ま、いずれにしろ、事の次第をおれから総督に直接報告しておこうと思う。それでいいか?」

「森林管理官に任せるよ」

そうか、と頷き、おい、と口調をあらためて、

「命は……奪っていないよな?」

イザベリウスは、ふん、と侮蔑をあらわにして、

「あんなやつに、魔力の無駄遣いはしないね」

「そうか……。それを聞いて安心した。……もう一つ、聞いてもいいか?」

「どうぞ」

「おぬしたちの運命に同情して、総督が目をかけているって話だが、実はおれは、半分しか信じちゃいないんだ。それもあるだろうが、もっと他の理由があるような気がしてならんのだ。……たとえば、総督にとてつもない貸しがあるか、それともとてつもない弱みを握ったか……。うむ、弱みの方はあんまり考えられんがな。ボツモスじゃあるまいし、な」

イザベリウスはにっこりした。少年のような無邪気な笑み。

「まあ、いいんじゃない？　昔のことは昔のこととして、その辺に転がしておこうよ」

そう言って、一口呑んで、ただ空を仰ぐ。

そう、ぼくらは人の役に立つことも、少しはしているんだよ、あんたは認めたくないだろうけどね、とかつて説教してきたおっさんに答えながら。

運命女神《リトン》の指

The Red Fockall

コンスル帝国暦　九〇二年　首都

1

蒸し暑い晩だった。ランプの灯はゆらぎもしない。工房の中のマレイナたち三人は、鍋底で蒸されている貝のようにおし黙っていた。

真夜中をすぎたあたりか、いくつも並んでいる織機の影が、煉瓦《れんが》壁にさして、人を脅かす怪物のように見える。

ユーディットはこのときを無駄にするまいと、紡ぎ車をまわしている。しかし気にかかることがあってうわの空だ。目は宙にさまよい、深い紅の髪は灯りに小さな火花を反射している。いつもなら均等になる紡ぎ糸の太さが、マレイナから見てもでこぼこしているようだ。

エディアはうつむいて、小さな縦型の織機にむかっている。こちらは灰色の髪だが、肌はまだ若々しい張りをもって、マレイナやユーディットより少し若く、三十をすぎたくらい。と、不意に小さな罵声《ばせい》を吐く。

「またまちがった！」

はさみを空に鳴らしていたマレイナは、それを聞いて、乾いた笑い声をたてた。

「もう、やめたら？　今夜は何をしたってうまくいかないよ」

「マレイナ、縁起でもありませんよ」

紅の髪のユーディットが、戸口のそばの長椅子に腰かけていた彼女に視線をむけてたしなめたものの、

「でも、確かにそうですね。ろくに糸も紡げません」

と両手を紡ぎ車からはなしてしまう。すると灰色髪のエディアも、

「やぁめた！　心配で心配で、何にも手につかない」

マレイナは立ちあがって、はさみを鳴らしてふざけてみせる。

「どれどれ、どれを切ればいいのかなぁ」

「切らなくていいから。やめてったら。ほどいてやり直しすればいいんだから。まったく、あんたは。なんでもちょん切ろうとするんだもの」

「そう、そう。悪習も腐れ縁も不運も人生も、全部ちょん切ってあげますよぅ」

ちょき、ちょき、と音をたてたとき、ユーディットが、しっ、と指を一本たてた。三人の女は彫像のように身をかたくした。一呼吸、二呼吸、と待つと、通りのむこうから、かすかな足音が響いてきた。さらにその奥の方で、何やらざわめいているような気もする。マレイナは椅子にそっとはさみをおき、戸口に立って耳をすました。

足音はあたりをはばかるように、注意深く近づいてくる。一人や二人ではない。たくさんい

る。と、扉の前で誰かが立ちどまり、指の節でそっと叩く。マレイナは素早く、しかし極力音をたてないように閂《かんぬき》の一つをぬき――ここだけは錠をかけていなかった――端の板戸を一枚だけ動かした。室内の灯りにまぶしそうに目を細めながら、たくましい身体つきの男が一人、二人、と次々に入ってきた。その数はちょうど十人。

最後の一人が入ると、マレイナは首をつきだして外をうかがった。隆盛期のコンスル帝国の首都《エモール》といえど、深夜のこのあたりは深閑としずまりかえり、集合住宅居住区《インスル》の住民の誰一人、気づいた者はいないようだ。フラムの丘のむこう側の商業地域にかすかなざわめきを感じるが、インスルの塀が並ぶこのあたりの夜は、闇に染まってうち伏している。

板戸を戻し、今度は閂をはめこんでふりむけば、エディアとパルクスが微笑《ほほえ》みをかわしているところだった。ちょっとちょっと、一目ぼれ、なんて言わないでよ。マレイナは目でパルクスを威嚇《いかく》した。他の男たちは所在なげにそわそわしながら、紡ぎ車や織機や糸束の並ぶ棚に目をさまよわせている。誰も彼も頬から顎にかけての肉が削げ、落ち窪んだ目の奥には渇望が渦巻いている。自由への渇望、生命を脅《おびや》かされないくらしへの渇望だ。

ユーディットが大皿を二つ抱えて戻ってきて、仕事用の大卓においた。カラン麦のパンとチーズが山盛りになっている。マレイナも部屋の隅に用意していた素焼きの壺《アンフォイル》から水差しに葡萄《ぶどう》酒と水を入れ、杯を並べる。

「取って食べて。飲んで。遠慮しないで」

エディアがすすめると、男たちは食べはじめた。気持ちがいいくらいの食べっぷりに、女三人は棚の前に陣どってほれぼれと眺め、エディアが溜息をつく。

「うわぁ、絶景よねぇ。名だたる剣闘士をこんな近くで見られるなんて。見て、ジニアスのあの肩の筋肉。まるで木の瘤《こぶ》みたいじゃない」

「ケルタスの太ももをごらんなさい。神殿の円柱よりかたそうじゃありませんか」

ユーディットもくすくすと笑い、

「この汗の匂い。たまりませんわ」

むさぼっている十人の男たちは、貫頭衣《トゥニカ》に薄手の円形外套《セオル》を羽織って、裸足《はだし》だったりサンダルばきだったりと、下層階級のごく普通のいでたちだったが、人一倍盛りあがった筋肉は隠しようもなく、闘いを常とする者の身体だった。腰には長剣をたばさみ、その何ふりかは宝石や七宝で象眼され、金を使って飾られており、戦勝の誉れとして、闘技場に来た貴族から贈られたものと思われた。パルクスの剣などは皇帝その人から賜ったものだ。

マレイナはパルクスの長剣の柄をながめやりながら、エディアとユーディットにも杯を渡した。自分も一口、二口と葡萄酒をすすりつつ、かつて自分がもらった短剣のことを考えた。あれはもう十数年も前になるか。郊外の小さな市の闘技場で活躍していたミアリスという女剣闘士のことを覚えている者など、ほとんどいないだろう。生まれつき敏捷で膂力《りょりょく》もあった彼女は、貧しい家族のために自ら剣闘士になった。当時は女闘士も結構多かったのだ。頭のかたいトリヌス帝の代になって、女が闘士になることを禁じられるまでは。禁じる法が成立したのは、マレイナが十九のときで、そのため二十歳になる前に引退せざるをえなかった。そのとき、長年の働きに報いて、下賜されたあの短剣を、わたしはどうしたんだっけ。職を失った腹だちで、長櫃《ながびつ》に放りなげたのは覚えている。で、その長櫃はどこに持っていったのか。自室の中にはないから、納戸のどこかにおしこんだのだったか。さてさて、この件が終わったら、さがしてみようじゃないの。

　コンスル帝国はここしばらく、〈運命女神《リトン》の気まぐれ〉と呼ばれる平和がつづいていた。領土拡張や外敵との戦があったのは昔のことで、ここ二十年ほどはさしたる戦もなく、交易や娯楽がさかんにおこなわれ、繁栄の頂点に達したかのようだった。闘技場での試合で多いときは日に五十人も死に、浴場の隠れ賭場では百人が身をもちくずし、カラン麦の配給には長蛇の列ができたが、それは帝国のただれた傷、膿んだおできにすぎない。帝国自体の頭はしっかりしており――本当に？　酔っているのではないか？――手足は尋常に働き――尋常か？　欲にかられた商人たちや元老院の面々の、あの出っぱった腹を見よ――筋肉のついた胴はまるで丸太のよう――そう、支えているのは帝国の胴体たるわたしたち職人よ。靴を修理し、上下水路を設計し、神殿の石を切り出し、アンフォイルを焼き、銅を打ちだし、モザイクの意匠を考え、壁に絵を描き、宝石を磨き、石像を彫刻し、繊細な金銀の肩留め《フィブラ》を作り、さまざまな糸でさまざまな布を織る。日がな一日稼いで家族六人をなんとか養い、インスル五階の狭くて暗くて臭いごみだらけの部屋に住まう。煮炊きの煤《すす》、糞尿の悪臭、蚤虱《のみしらみ》、そんなものを気にする余裕すらない。それでも、奴隷よりはましだ。いい主人に買われた奴隷はともかくとして、ろくに食事も与えられず、荷役や重労働にこき使われ、物か道具同然に扱われるよりは。ああ、だが、貧しい自由民の多くは、コンスル帝国の市民と生まれても、いつ転落するかわからない。明日はどうなることやらと、その不安と鬱屈《うっくつ》がむかうのが闘技場だった。獣にひきさかれる囚人や、逃げまどう奴隷を見て、叫び、感情を発散し、たまった鬱憤を晴らすのだ。

闘技場における花形は、もちろん剣闘士たち。パルクスのように人気が出れば待遇も良くはなるが、奴隷の身であれば自由は望めない。いっぱしの剣闘士に育てあげるには時間がかかるため、意外に生命《いのち》は大事にされるものの、それも観衆の気分次第で暗転する。みっともない戦い方をすれば人気は急落し、待遇も悪くなる。人間らしい日々をすごせる剣闘士など皆無なのだ。常に緊張を強いられ、束縛され、生命をすりへらしていく。

若いうちにやめさせられて、マレイナはむしろ幸運だったのかもしれない。あのときは未練たらたらだったが、今となっては、はさみを鳴らしていられる平穏に感謝している。

腹を満たした剣闘士たちは、床においたクッションに腰を落ちつけた。

「ここで明朝まで待たにゃならんのか」

眉が瘤のように盛りあがり、鋭い目をした肌の白っぽい男が、不満気に唸った。

「本当に、この女たちがおれたちを逃がせんのか」

他の者も同じ思いだったらしく、彼らの目が一斉に三人に注がれた。

「おい、失敬なことを言うんじゃねぇ」

槍の名手ケルタスがたしなめた。

「この三人は運命女神《リトン》の力をもった魔道師さんたちだ。去年、おれの怪我を治してくれた。薬《くす》師《し》も医者も治せなかった傷を、な」

セオルの襟をちょっと下げて、首の根元から胸に走る傷跡を見せる。

「どうやって治したと思う？　赤毛のユーディットが紡いだ糸を、青衣のエディアが織って、そっちのマレイナがはさみでちょん切って糸始末をした。その小さな布には、おれが完治して再び闘っている図柄がうきだしていた。それを見たとたん、おれは治っちまった」

「嘘だろう、そいつは」

「おい、ほらをふくな」

「信じられねえ。大体、けちで情け知らずのナッテオ監督官が重傷者のために医者を呼ぶか？ましてや、魔道師なんて」

首をふる者、嘲《あざけ》る者、冷笑を浮かべる者。それへ、ジニアスが口をはさんだ。

「パルクスが交渉したんだよ、おめえら、知らねぇのか？　あの冷酷けちけち野郎につめよって、ケルタスを助けなきゃおまえの首をちょん切ってやるって言ったんだよ」

「ジニアス、それは交渉じゃねぇ、脅迫だ」

「ともあれ、ナッテオは怖れをなして、医者を呼び、それでだめなもんでこの三人を呼んだ」

ユーディットが頷いた。

「ナッテオはわたしたちにはじめ、こう言いましたよ。『前にちらっと噂を耳にしたあんたたちを呼んだのは、どうでもいいからけりをつけてほしいからだ』とね。パルクスに殺されないために、わたしたちを利用したわけ。でも、わたしたちは彼の期待以上の成果を出して、大枚をもらいましたよ」

「意地でも治してやるって、思ったのさ。あいつにはむかついたからね」

マレイナがにんまりとして言った。

「それに、このエディアが、パルクスの熱心なファンだしね」

エディアははにかんで、ちょっと肩をすくめて同意を示したのへ、ケルタスが言いつのる。

「この三人に任せとけば、まずまちがいねえよ。今回もおれたちのために、急遽タペストリーを織ってくれたんだから」

「へぇえ、じゃ、そのタペストリーには、おれたちが無事、ここから脱出して自由になる、の図が織りこまれてるってのか？　見せてくれよ、そしたら願いがたちまち叶うってんならよぉ」

十人のうち一番若くて血の気の多そうな男が立ちあがった。二歩でエディアの前に迫り、顔をつきだした。身を縮めたエディアと彼のあいだにマレイナが割って入った。若い男の顎の下に、素早くはさみの切っ先をあてがって、

「いっぱしの剣闘士ぶるんなら、まずは礼儀を知りな。それともあたしと勝負するかい？」

黒い睫毛《まつげ》の下に剣呑《けんのん》な輝きを認めたからか、それともパルクスが彼の名を呼ぶどすのきいた声に怖れをなしたからか、若者はそろそろと後ずさりした。

ユーディットが何事もなかったような朗らかな声で、皆に告げた。

「ともかくしばらくは休んでくださいな。朝になったら船で都の外に脱出できますから。ドラニ運河を半日下れば、トッタデルスの別荘に着きます。トッタデルスは銀鉱石を商う解放奴隷

で、これまでにも三人ほど、逃亡奴隷を助けています。彼の別荘からであれば、あなた方はどこへでも行けますから、安心してください」

一呼吸分の沈黙があった。それから、眉が瘤の白い男が唸った。

「安心しろっていったってな。船に乗る？　おれたち十人が？　どこに隠れたって、この体格じゃあ、すぐに見つかっちまうぜ。運河だって、警吏の手がまわっているに決まってらぁ。まっ、やつらが乗りこんできても、おれたちなら易々と叩き伏せちまうがな」

「そうはならないよ」

マレイナは杯をおいてうけあうと、

「なんでだ？　魔法を使うってのか？」

「生命がかかってんだ。ちゃんと説明してもらおうじゃねぇか」

そうだ、そうだ、と声があがる。

「しょうがないねぇ。わかったよ、説明してあげるよ。でも、怖気づくんじゃないよ。それから大声出さないでおくれ。二階の店子《たなこ》に気づかれたくないだろ？」

この工房の上に部屋はないが、中広間をはさんだ反対側には借家として七家族が入っている。物音が響いたら目をさます者もいるだろう。

「おれたちが何に怖気づくって？　馬鹿にすんなよ、おばさん」

「まぁ、聞きな。ケルタスの言ったとおり、あたしたちは運命女神《リトン》の御加護の下、人の運命を機織り仕事で左右することのできる魔道師だ。ユーディットが依頼人にふさわしい原毛を選んで紡ぎ、エディアがそれを織って布にし、あたしが糸端を切って始末する。できあがったものを目にして、生命拾いするケルタスのような者もいれば、商売が繁盛する商人もいる。肌身はなさず持っていることで道に迷わない御婦人もいるし――知ってのとおり、この都では、どこがどこだかわかっているのは郵便屋くらいなものだしね――そそっかしい鍛冶屋に、火傷しない護符みたいなのを作ってやることもある。だからいいかい、これ以上ぐちゃぐちゃと、何の実にもならないことを言うその口を閉じておおき。……それから、あと一回でも、あたしたちをおばさん呼ばわりしたら、その腕へし折るからね」

　腰に手をあてて仁王立ちになり、ぎろりと見わたせば、その眼光に闘気を感じて皆、はっと息をのむ。

「……わかったようだね。じゃ、あんたたちのために織ったタペストリーを見せよう。見てもがたがた騒ぐんじゃないよ。ちゃんと説明するからね。くれぐれも怒鳴ったりしなさんな。いいね？……よし、なら、エディア」

　エディアが背後にまきあげていたタペストリーの紐をほどいた。ユーディットがゆっくりと支えている腕を下げていく。

　あらわれたのは、海の青さを一面に広げた無地の帳《とばり》だった。

　どんな怖ろしい光景が織りこまれたのかと、固唾《かたず》をのんでいた男たちは、目をぱちくりさせた。次いで、怒鳴ろうと片腕をあげかけるのへ、マレイナがぴしりと言った。

「騒ぐんじゃないよ」

「じゃ、説明しますわねぇ」

ユーディットが小柄な身体で前に出て彼らと帳を交互に示しながら、小鳥のように朗らかにこれからおこることを語った。説明の途中からおし殺した唸りがあがり、それを汗だくになってケルタスとジニアスがなだめようとする。パルクスは終始穏やかな態度で、ゆったりと座している。一番若い男が両の拳《こぶし》をふりあげて、やってらんねぇ、とついに叫びをあげた時点で、彼の太い落ちついた声がまあ、待て、と響いた。

「他に方法があるってんなら、おまえ言ってみな。ただただ、それは嫌、これはだめ、と首をふるだけなら、小っちゃい子どもでもできるぞ。代替案が思い浮かばないってんなら、肝を据えろ。百戦錬磨の剣闘士がたった一枚のタペストリーに怯んでちゃ、物笑いだぜ。彼女たちが大丈夫って保証してくれてんだ、強者揃いのおれたちも覚悟してあたらないと、な」

するとと、ぶつぶつと文句は消えなかったものの、皆爪先を見てしまった。一呼吸おいてから、マレイナが静かに言った。

「覚悟できたら座んな。少し身体を休めておくといいよ」

率先して、パルクスが長椅子に横になった。と、思ったら軽いいびきをかきはじめる。それを見た他の者たちも、首をふったり溜息をついたりしながら、クッションを腰にして壁に背中を預け、互いによりかかりあって目をつむった。


明け方、インスルの表戸が激しく叩かれた。探索の警吏たちが、一軒、また一軒、としらみつぶしに逃亡剣闘士たちをさがしているのが、とうとうここにもあらわれたのだ。あけろ、と叫び、板戸がはずれるかと思うくらいに連打している。

エディアが応対に出ていき、すわ、と立ちあがった剣闘士たちにユーディットが微笑んで頷いた。

「大丈夫。わたしたちを信じて」

彼女の促しに応じて、先頭をケルタス、次いで眉瘤の男、と順々に歩を踏みだしていき、最後はパルクスだった。マレイナの肩に節くれだった大きな手をおき、にっ、と笑ってから進んでいった。

警吏たちは二階、三階の部屋を捜索してから、一階へおりてきた。三人の織女は、指揮官と思しき男に形式にのっとった尋問をされた。職業は何か、ここのインスルは他と少し違うようだが、管理人なのか、大家は誰か。ユーディットがにこやかに答えた。受注生産の織子をしています、管理人は日中門番も兼ねた雇いの男です、大家はわたしたち三人、それで他と違うというのは？

愛想笑いをふりまいて、小柄でかわいらしい赤毛のユーディットが首を傾げれば、警吏の男たちの怒り肩からも力がぬけ、少しはなごやかさも生まれるというもの。

「いやっ、ここのインスルは、どの部屋も清潔で、造りもしっかりしておるので。一部屋も広いし、住人もきちんとしているようなのでっ」

人のよさそうな短い眉毛を上下させて、副官が説明する。指揮官も表情をゆるめて、

「床にごみの落ちていないインスルをはじめて見た、というところかね。二階の角部屋に住んでいるのは、よもや元老議員ではあるまいね」

「ああ、あの方は劇作家さんですよ。気難しくて口が悪いけど、売れっ子ですわ」

「そうか。……それを聞いて少し安心した。やたら居丈高な脅し文句を口にするので、お偉いさんだったら、こっちの首も危うい」

ユーディットはくすくすと笑う。

「まさか、元老議員が、こんなインスルに間借りするものですか」

「いや、これほどきれいなインスルであれば、借りるかもしれんな」

指揮官が言うと、副官が大きく頷いて、

「お高いのかな？　家賃は」

「わたしたち三人がくらしに困らないほどには」

ユーディットが如才なくうけながす。そこへ、彼女らの居間や寝室を調べていた部下たちが戻ってきた。異状なし、と報告すると、指揮官は三人の背後を示して、そっちの部屋は、と聞く。聞きながらすでに歩を進め、止める暇もなく工房に入っていった。

広い工房だが、タペストリーの裏や織機の下などをのぞきこんで、捜索はあっというまにおわった。しかし彼らは皆、青地のタペストリーの前で足を止め、これは、と一様に息をのんでいる。

海の青さのタペストリーに、十人の剣闘士が織りこまれていた。それぞれに敵に相対した姿勢をとって、筋肉をひけらかしている。均整のとれた男の端整な横顔、嚙みつきそうな眉瘤の男、両拳をあげて挑発している若者……。

「鉱石商人のトッタデルス様の注文ですの。昨夜ようやく完成しましたので、今日これから別荘へお届けするんですのよ」

傑作だ、すごいな、と嘆息するのへ、ユーディットが小鳥のような声で、

「ちょっとお願いしてよろしいかしら」

そのタペストリーを壁からはずし、丸めて筒にして、裏口へ運んでもらう。裏口は、ドラニ運河に面していて、準備万端、もやってある運搬船に載せるまでを手伝ってもらい、

「助かりましたわぁ。うちのマレイナは力持ちだけど、それでも三人じゃ難儀しましたもの」

と笑顔をふりまけば、いつも渋面しかむけられない警吏たちは、頭をなでられた犬のようにほくほくして屋内に戻る。

「それではわれらは次のインスルを調べますので」

指揮官が立ち去りかけてふと足を止め、大卓の上に重ねられた杯に気がついた。

「……これは……？　ここで宴会でも？」

眉のあいだに縦皺《たてじわ》が戻り、目つきが険しくなる。

「あ……それは……」

「ここしばらく不眠不休で織っていたので」

エディアがはじめて口をきいた。ユーディットとは対照的な落ちついた低い声だ。

「大皿に盛ったパンとチーズをつまみながら仕事したの。杯を洗いにいくのも億劫《おつくう》で」

指揮官の眉がひらいた。あたりを見まわして、大きな織機二つに、まだ織りかけの布がかかっているのを改めて確かめ、

「大変ですなぁ」

そう納得したようだった。

彼らが出ていくと、三人の女たちは大きく吐息をついてへなへなと座りこんだ。マレイナが天井をむいて、

「足跡に気づかれなくて良かったたぁ」

と安堵したのは、戸口に男の裸足のあとが乾いた泥になっていたからだ。小さな椅子を上において、なんとかごまかしたものだったが。

「ジニアスがタペストリーの中で舌を出していたのよ。出てきたら、マレイナ、殴ってやってよ」

「わかった、そうするよ、エディア。しかしあんたの言いわけ、あれで助かった」

「だって、いつものことじゃない。不眠不休は大袈裟《おおげさ》だけど」

「ただ無精で洗い物に行かないだけですものねぇ」

ユーディットが他人事のように言ったので、あとの二人が当番制にしたのに守らないのは誰、とか、一番暇な人がするべきじゃない、とかかまびすしいことになったのだった。

2

エディアは織機から数歩離れて、織りかけの柄を眺めた。我ながら良い出来だ。草原のような緑の地に、カラの丘に陣どる逃亡剣闘士たちの勇ましい姿があらわれている。丘のふもとでは、急遽召集されたコンスル帝国軍がさんざんにうち負かされて敗走していく様子が描きだされている。

エディアの指は、織機に相対しているあいだ、運命女神《リトン》の指となる。頭の中に、次の糸替えはどこで何色にするのか、順次浮かんできて、そのとおりに手を動かせば、柄ができてくる。普通の織子にはできないまねだ。

マレイナがほてった顔をして共同浴場から戻ってきた。エディアの隣に立って、織りかけを眺め、あらぁ、と言った。

「さっきお風呂で話になっていたとおりじゃないの。あんたの魔法はやっぱりすごいわね」

「話になっていた?」

「もう、皆、興奮しちゃってさ。カラの丘に剣闘士たちが集まっているっていう噂が流れだしたとたん、あっちこっちからも逃亡奴隷が仲間に加わるってやってきて、今じゃ二千を超す大所帯になってるって。同数の帝国軍がさんざんにうち負かされた、と、おもしろがってたわよ」

「これからどうなるのか、誰か予想していた?」

「帝国の面子《メンツ》にかけて、総力をあげて攻撃するだろうって、元老議員の下働きがまくしたてていたよ。そうなったら、さすがに反乱軍といえども逃散するってさ」

「逃散、ですめばいいけれどね」

エディアの浮かない顔をのぞきこんだマレイナは、

「何よ、何か予感がするの? あんたったらいつも心配しすぎなんだから。大丈夫よ、本格的な戦になんかならないって」

「もう少し織ってみる。……何が浮かぶか、ちょっと怖いけれど」

「うん、それじゃ、あたしはあっちの機にかかっているのを糸始末するね。テディアの馬鹿息子の娼館がよいをとめるやつ。……やれやれ、口で叱ってとじこめておけばいいものを、タペストリーの魔法に頼らなきゃならない親って、情けないったら」

ちょきちょき、とはさみを空で鳴らして、マレイナは隅の小機の方に歩みよっていく。

「結び目はいつもよりかたくしてね。その方が効き目がいいみたいだから」

「あいよ」

エディアは再び織機の前に腰かけ、綜絖《そうこう》を上げ下げし、杼《ひ》を通していく。指がリトンの意志に任せていくと、思いはカラの丘のパルクスへととぶ。

〈パルクスの乱〉、と呼ばれているそうな。パルクスが先導したわけではなかったが、逃亡剣闘士たちの中でも、勇猛さには疑いがないのに、とりわけ冷静で客観的、普段はいたって穏やかな性格というのを買われて、指導者に推されたらしい。

エディアは一度だけ、闘技場に行ったことがある。まだ十五、六の少女だったころ、女主人の伝言を観戦中の主人に届けなければならなくなって、あの狂乱の渦の中に足を踏み入れたのだった。主人のいる桟敷に行きつくまで、数人の係官や案内人に聞き、石段を登ったりおりたりした。あの日も夏の暑い日だった。男たちが器用に頭上の綱の上を渡りながら、日覆いを張りはじめていた。その下では、漁夫闘士が網を投げかけて捕らえた相手を容赦なく棍棒でうちすえていた。殴打とともに、観衆の歓声が拍子をとっていた。

熱狂の坩堝《るつぼ》の中で、エディアただ一人が、溶けない白い石のように冷ややかな存在だった。観客が残酷な喜びの声をあげるたびに、彼女はちぢこまり、肋骨がきゅっとしまるのを感じていた。

主人の姿を父の隣に認めたとき、一旦闘技場は静かになった。漁夫闘士と対戦相手が退き、散乱した盾の端や防具の一部などを片づけ、地面をならす作業がはじまったのだ。

主人の方へ一歩踏みだした直後に、これまでとは桁違いの大歓声がわきおこった。日よけを張る男たちが思わず綱にしがみつくほどの叫び、地がゆれるかと思うほどの――実際、足元の石畳はびりびりと震えていた――雄叫び。「パルクス、パルクス」と連呼してふりあげるその拳の数は何千、何万とあった。

エディアの目は、闘技場の中央にゆっくりと進みでた男の姿をとらえた。がっしりした体つきの若者は、赤と金の防具をつけ、端整な面長の顔を挑むようにあげていた。誰もがわきたつ血に身を任せているというのに、彼だけは海底の貝の中の真珠めいて、静寂をまとっていた。その、氷河の奥さながらの青い目が、エディアの目と合った。気のせいではない。何万という群衆の中で、二人の視線は確かに一直線に衝突し、エディアは目の前に星が散るのを感じた。束の間、パルクスも星を見たらしい。ほんのわずかに顔をのけぞらせ、目をしばたたいた。だが、それに気をとられることなど許されていなかった。対戦相手が鎖分銅をふりまわしながら登場し、観衆のどよめきの中、試合がはじまったのだった。

試合中のことはほとんど記憶にない。気がつけば、パルクスは分銅の相手を組みしいており、人々は再び彼の名を連呼していた。

我にかえったエディアは、父のそばに駆けよって伝言を伝えた。父は主人にそれを伝え、主人は渋々腰をあげた。

主人は織物商人で、エディアの父母を結婚させた人物だった。コンスル帝国の中ではごく普通の——奴隷をおのれの持ち物として認識している——主人だったが、父の誠実さと母の職工としての腕の確かさを高く買っていた。二人が好きあっていると気づいた彼は、他の主人のようにひきさくことを良しとせず——どちらか片方を売り払ってけりをつけるのが一番面倒のないやり方だった——結婚を許した。二人への信頼感もいくばくかはあっただろう。だが、最も大きい理由は、仕事のできる忠実な奴隷と、織りの腕前が抜群の奴隷を手放したくはなかったこと、そしてもし二人のあいだに子ができたら、自動的に主人である自分の持ち物となる計算がされたのは疑いがない。

今、エディアの指は、カラの丘の中腹までを織りだしている。

物心つく前から、彼女は母の織機のそばにいた。一流の織工としての母の指先を見ているうちに、自然と織物ができるようになっていた。六、七歳のときにはもう、簡単なトゥニカ用の布くらいは作っていたように記憶している。さまざまな技術を惜しげもなく母が伝授してくれた。十二、三歳のとき、きらびやかな綴《つづ》れ織りの小さな花瓶敷きを織ったとき、奥方からお駄賃に銅貨一枚をもらったことが、大きな自信となり、希望となった。いつか自分の手でお金を稼ぎ、両親を自由にする。その決意は、自由になった今でも生きている。自由にする対象が「両親」から、「他の奴隷」に入れかわっただけのことで。

彼女の主人は幸いにして暴力的でも好色でもなかった。が、巷には酷薄な主人や傲慢な主人がわんさといた。そういう主人の奴隷たちが、日々どんな仕打ちをうけているのか、目に入り、耳に聞こえてきた。虐待《ぎやくたい》されるばかりではない。何の理由もなく、ある日突然売られてしまう者も多かった。そうした奴隷は鉱山や農場で、食うものも与えられず、働くだけ働かされて、病や怪我をすれば、そのままうっちゃっておかれる。生産性さえ確保できるのであれば、安く買った奴隷に食費や医療費をつぎこむ馬鹿はいない。

主人たちと自分たちと何が違うのだろう、とエディアが思い悩んだのは九歳くらいのときだったか。隣家の少年奴隷が、同い年の主人の息子と同じ罵言を吐いて、鞭で打たれたのがきっかけだった。主人の息子はおかまいなしなのに、少年奴隷は罰をうけた。彼の悲鳴と、それからしばらくつづいた泣き声は、塀と庭をへだててもしっかりと聞こえてきた。両親は彼女の問いに、「奴隷だから仕方がない」としか答えてくれず、彼女は自分で答えを見つけなければならなかった。

両親だって、もとは自由の民だった。帝国の侵略政策で捕虜になり、都に連れてこられて主人に買いとられた。とすれば、何が奴隷を奴隷たらしめているのだろう。あるのはただ、運が悪かった、ということだけではないのか？

運の良し悪し。これだけは人がどうこうできるものではない。それは神々の領分だ。

それからエディアは、暇があれば運命女神《リトン》の神殿を訪れるようになった。大理石の石段を登り、彫刻をほどこされた巨大な円柱のあいだを進み、磨かれた床の冷たさを裸足に感じながらリトンの像の前にぬかずいた。

リトンよ、なぜわたしたちは奴隷なのです？　なぜ生まれながらに富める者と貧しい者に分けられるのです？　なぜ突然、人が死ぬのでしょう。疫病で、建築石材の崩落で、荷車にひかれて。なぜ、人が人を殺して喜んでいられるのですか？　なぜ人が人をおとしめて平気でいられるのですか？

幾度通っても、幾度問いかけても、答えが得られることはなかった。

主人が亡くなったとき、その遺言によって三人は解放奴隷となった。コンスル帝国の市民権を得たあと、両親は流行病で亡くなるまでそのまま主家に残って仕え、エディアに相当な額の財産を残してくれた。そしていつしか彼女は神殿を訪れなくなっていた。

小さなインスルの一部屋に住み、織物工房に勤めて数年、ある日のこと、織機の背後に立った小柄で赤い髪の女が、声をかけてきた。

「ねえ、あなたの織るものって、何か違いますわね」

意味を計りかねて肩ごしにふりむくと、ユーディットは微笑んで、

「決められた糸で決められた布を織っているだけではあきたらない、と布にあらわれていますわよ。楽しんでいますか?」

指摘されてはじめて、織る喜びより義務感が先んじていることに気がついた。

「あなたはもっと、自由に何かを織るべきですよ。親方にはわたしから話しておきますから、好きな糸を使って好きなものを織ってごらんなさいな」

その工房でユーディットは紡ぎ女として雇われていたが、紡ぎの技量の高さと速さで一目おかれていた。原毛を見る目も確かで、彼女の指から紡ぎだされた糸を使って織れば、最上等の布やタペストリーができると評判だった。

エディアはすすめられるままに、手のひら二枚分の大きさのタペストリーを織った。暗い地に、薄黄色の野の花をちりばめた小品だったが、見る者の目を惹きつける力をもっていた。仲介業者がさっそくひきとったと思うや、翌日にはもう売れたと教えてくれた。さらに数日して、同様の品を五、六枚織ってくれ、と注文がきた。

「あれを飾ったら、調子の悪かった娘さんが元気になったそうだ。その噂が広まって、ほしがる人が出てきてな。いや、まったく同じ意匠でなくてもいいんだ、だが似ていた方がいいかもな」

するとユーディットがそれにみあう糸の束を持ってきた。

「これで織ってみて。わたしが紡いだ糸ですけど」

思いかえせばユーディットは、最初からエディアの魔力を感じとっていたのだろう。彼女自身が魔力を有していたからこそ、同類であることを感じとることができたのだ。

魔力がどこから来るのかはわからない。神々が授けてくださったとは思えない。おそらく、真実という破城槌《はじょうつい》が、心の奥底にある扉を破り、そこにうずくまる闇の存在をうけいれたときに、魔力が生まれたのだろう。エディアの場合、それは、人が奴隷として扱われる運命を知ったときだったのかもしれない。

ともあれ、ユーディットは魔力を表出させる手段を与えてくれた。そして、結果はユーディットの期待以上になった。エディアが彼女の糸で自在に織ったタペストリーは、病を治す飾り布としてたちまち評判になったのだ。

工房の親方は稼ぎ頭が一人増えてほくほくだった。もっともっとと、エディアに織るように要求しはじめた。しかしそれに応えようとすればするほど、飾り布の効力は薄まっていき、富裕層の御婦人方の関心はすぐに別のものに移ってしまった。

ある昼下がり、ユーディットの誘いで居酒屋に入った。仕事をおえた下級官僚やこれから夜の荷運びにくりだそうという労役夫たちでごったがえしている大きな居酒屋の隅に陣どり、二人は親方の悪口や給金の安さを愚痴《ぐち》っていた。と、そこへ、数人の男女がどやどやと入ってきた。皆、汗まみれの身体を光らせて、腰には短剣をたばさみ、エディアにはあまり馴染みのない荒々しさをまとっていた。

ユーディットがそのうちの一人にじっと目を据え、エディアに指一本立てて注意を促した。そっと斜めに頭をあげれば、男たちと並んでも何ら遜色のない身体つきの女が、大声でしゃべりながら葡萄酒をあおっていた。話の内容は、誰それの肩の動きがどうの、足の運びがどうの、と、どうやら大商家に雇われている剣闘士くずれの護衛の一団らしかった。ユーディットは汚い言葉をぽんぽんと口にするその大柄な黒髪の女を、目を細めて値踏みしているようだった。

「今度の給金が銀貨三枚を下回ったら、あたしはもう、やめるから。あんなどけち野郎のもとで働くのはもうたくさんだ。金なら貯えているさ。二年は遊んでくらせるくらいはね」

「で、その二年後はどうするんだ？」

一人の男がおもしろそうに尋ねた。

「二年後にはもう、護衛なんぞつとまらねぇほどに身体がなまっちまってるぜ」

そうだ、そうだ、と他の連中が同調する。

「身体がなまっちまったうえに、年をとって、もう一回訓練しようにも節々も痛いってことになるだろうさ」

「そうだ、そうだ。阿呆なことぬかしてんじゃないよ、マレイナ」

「あんたなんか、身をもちくずしたって娼館でも買ってもらえないに決まってる。みてごらんよ、その筋肉。胸まで筋肉なんて女、誰が抱くかね。あたしみたいにふくよかじゃなきゃね」

げらげらと笑いをまきちらす。

抗弁するマレイナの大声は気にせず、ユーディットがエディアに顔を近づけてささやいた。

「ねぇ、あの御婦人に、何か感じません？」

言われて、意識を集中してみると、何やらその「御婦人」のまわりに、銀の針めいたひらめきがちらついているような気がした。それを告げると、ユーディットは、やっぱりね、と頷き、

「ねぇ、エディア。あなた、手持ちの財産はいかほど？　わたしは十金貨《ガルウス》持ってます」

意図がわからないまま、素直に従う性分がエディアに答えさせた。

「両親の遺産と貯めた分で、わたしもそのくらいは」

「でしょ？　で、あのマレイナという方も、剣闘士時代の稼ぎを貯えていると思います。三人合わせれば、インスル一区まるごと買いとれるはずですね」

言うや否や、ユーディットは立ちあがってつかつかとその一団に近づいていった。彼女の声は小鳥のように細くて甲高い。何やらひとしきりさえずって周囲の笑いを誘い——興味半分、嘲笑《ちようしよう》半分といったところか——、その直後には黒髪のマレイナをともなって戻ってきた。

ユーディットは二人をひきあわせてから、計画を説明した。女三人の財産で、インスルを一区画分買う。四階建てや五階建てではなく、管理しやすい二階建ての清潔な物件をすでに下見しているという。一階のほとんどを三人の住居兼工房とし、二階は整った住まいを求めている店子に貸しだす。生活費は管理人に渡す分も含めて、その賃料でまかなえる。

「わたしたちは、工房で好きに紡ぎ、織り、楽しくくらすのです」

「で、それのどこに、あたしの居場所があんのさ」

胡散臭《うさんくさ》そうに唇を歪めてマレイナが言った。

「あなたには、わたしたちが出かけるときの護衛と、糸始末をお任せします。あなたがちょん切った糸端には、きっと並々ならぬ魔力が宿って、わたしたちが布にこめた力を増幅してくださると思うの」

「あたしに？　剣のかわりに、しゃきしゃき、はさみを持てというのかい？」

「それがすべての運を決定づける」

エディアの口からとびだしたのは、彼女自身思いがけない一言だった。しかし口にしてまさしく、それが真実だと直感した。

かくして元剣闘士、元奴隷、元商家の嫁の三人がより集まってくらすことになったのだった。

……陽は大きく傾いて、窓からさしこむ光は茜色に変化していた。エディアはもの思いからさめたように大きく息を吸い、指先から生まれた図柄に目を注いだ。

緑の地にカラの丘が浮かびあがり、幾多の人々が倒れていた。帝国の歩兵も、剣闘士や持ちつけない武器を持った奴隷も、女や子どももいた。丘の上には、帝国の赤い旗がひるがえり、数人の騎兵が拳をふりあげていた。パルクスの姿はない。ジニアスも、ケルタスもいない。あ、ただ、馬の蹄《ひづめ》のそばには、あの若い熱血漢が仰むけに転がっている。その奥の方では、亀《き》甲《こう》部隊に囲まれて、眉が瘤のように張りだした男が、奮戦している。——勝つ見こみのない戦い。

エディアはよろめくようにして立ちあがり、マレイナに救いを求めた。視線を感じたマレイナは、機の前に戻ってきていっとき息をのんだ。

「……負ける、のか……」

3

大通りを木枠の荷車が三台、つづけて通っていく。木枠の中には半裸の男女がおしこまれ、うつろな目をさまよわせている。それを、道の両脇に一段高くつくられた石畳から、都の群衆が罵詈《ばり》雑言《ぞうごん》とともに見送っている。ときに汚物や石なども投げつけて、心ない子どもなどは、荷車とともに走ってわめく。

群衆にまじって、長方形ショール《パルラ》を頭までかぶった三人の目は、魚籠《びく》の中の魚のようにぎゅうづめにされた囚人の顔をなめていく。どの囚人も痛ましい、とは思うものの、その中に知った顔がなければ、少しはほっとするのは人としての性《さが》だろう。

「ああ……」

我しらずユーディットが嘆息した。三台めのまん中に、ジニアスの姿を認めたからだ。両腕を鷲のように広げてたちはだかり、中の人々を少しでも守ろうという姿勢だ。あちこち切り傷だらけだが、大きな怪我はしていないらしい。濡れたように黒い目が、束の間、彼女たちを認めて、秋の陽射しにきらりと光った。彼は木枠を思いっきりゆすり、

「エニシダの枝だ！　エニシダの枝だ！　パルクスのしるしだ！」

と叫んだ。騎兵が後方から駆けてきて、鞭をふるった。ジニアスの指にあたったそれは、ひど

く乾いた音をたてた。

「エニシダの枝、パルクスのしるし」

口の中で呟いたユーディットは、パルラの中でぱっと目を見ひらいた。ふりかえるとマレイナとエディアに、帰りましょう、とせきたてて人垣を抜けだした。エディアが横に並んだ。

「聞いたわ」

「あたしも確かに聞いた」

マレイナも半歩先に踏みだしながら同意した。

「処刑はいつごろになると思う?」

「明後日か、その先か、でしょうね。明日では性急すぎますもの」

「形ばかりの裁判でも、二日くらいはかかりそう」

「では、しあさって、かしら」

「ともかく早く帰りましょう。エニシダの枝、よ」

ユーディットは歩を速めた。

エディアが半月前に織ったタペストリーの図柄が、現実のこととなったのは五日ほど前だろうか。カラの丘にぞくぞくと集結した奴隷の数は二万にふくれあがり、帝国軍との攻防がくりかえされた。その合間に、反乱軍の別働隊が、都近郊の村々を襲い、金品や食料を奪っていた。兵士以外の者を傷つけたり陵辱することは厳しく軍律で禁じていても、二万もの大所帯を食べさせていくには、金もカラン麦も必要だったのだろう。だがこの所業が、それまで奴隷に同情的だった人々の心を翻《ひるがえ》させた。そればかりか、人々は彼らがすぐにでも都へ進軍してきて、帝国軍をことごとく打破し、焼け野原にしてしまうのではないかと恐れおののくようになった。元老院はこの事態に危機感を募らせ、討伐軍の指揮官に、六十歳のラッスラを任命した。ラッスラは二十年前の侵略戦争でめざましい軍功をあげた名将軍であった。戦略、戦術の名手で、彼がいるだけで兵士たちの士気は格段にあがり、足並みもきびきびとそろう。

　パルクス率いる反乱軍とラッスラの戦闘は半日つづいたという。有象無象の奴隷軍が名将の指揮する正規軍と互角の戦いをくりひろげたことに、巷の人々は驚きをおぼえた。だが、とうとう、奴隷軍は崩れ去り、夕陽とともに戦は終わった。

　パルクス、ケルタスといった主謀者たちが戦死したという報せはなかった。ただ毎日数台ずつの囚人護送車が大通りに車輪の音をたてて、牢へとひかれていく。

　それ以来、エディアの織りの手は止まったままだ。結末を描きだすのを止めているのは恐怖ゆえだろう。それは少しも喜びをともなわない、心をえぐるような仕事だ。しかし、手が動くのに彼女の意志は半分も関わっていないのではないか、とユーディットは観察する。リトンの指先がふれれば、本人の意志など地下におしこめられた流水さながらに心の底に沈められ、あとはリトンの思うがまま。ユーディットは、自分がそうだからわかる。誰かの願いを叶えるための糸紡ぎとは異なる。リトンが降りてくれれば、彼女は技術と魔力を女神にゆだねるしかない。

　いつからかしら。

　秋の陽に甲羅《こうら》干しをしている亀のような舗装された大通りから、冷んやりと薄暗い小路に入りながら思いかえす。

いつリトンの御手《みて》がふれたのかしら。

目をしばたたいて考えるが、わからない。幼いころではない。帝国百名家の一つに数えられる、いわゆる貴族の家に生まれたユーディットは、他のきょうだいたちよりも少しばかり生命力が強かったらしい。どの家でも七、八人生まれる赤子のうち、一、二人生き残ればいい方だった。ユーディットは生きながらえた一人で、それゆえおとなの干渉にさらされた。――ある程度の愛もあったとは思う。だが、女児として生まれた彼女は、没落貴族の復興の鍵として育てられた。つややかな紅の髪、軽やかに小鳥のようにさえずる声、小柄ではかなげで男の庇護欲を刺激する、もって生まれたそれらの素質に加え、与えられた学識をひけらかすことなく、夫となる者を支えつつ、実家への支援を滞らせないように配慮すべきだと教えられて育った。

あの、愚かな日々！

思いだすたびユーディットは胸をかきむしりたくなる。ああ、だが、あの日々を無駄とは思うまい、と曲げた十本の指を平らにおさめる。あの日々があるからこそ、今のわたしが形づくられたのだから。

嫁ぎ先の商家――絨毯《じゅうたん》を南のフォトから仕入れて高値で売り、大儲けしている――では、女帝のように扱われた。敬われ、大事にされ、彼女のための奴隷が三十人もいた。毎朝、身仕度を整えるのに二刻を要し、夜ごとの宴会に人を招く準備で、残りの半日を使った。彼女のおかげで実家は復活し、元老議員の中でも発言力をもつ地位に返り咲いた。しかし、彼女の心は満たされなかった。満たされないのを、なぜとも思わずにすごしていた。

奴隷たちは実家では比較的大切に扱われていた。貧しい家では、そうそう替えなどないのだから。しかし、嫁ぎ先では、驚いたことに使い捨ての物として扱われていた。はじめ違和感をおぼえたものの、やがて慣れた。――鞭うたれる音に耳をふさぎ、夫の罵詈を聞かぬものとし、ある日不意に侍女奴隷がいなくなっても、自分には関わりのないことと見ないふりをした。

ああ、そのときだったかもしれない。

おのれの心の闇を垣間見て、急いで蓋をしたあのとき。

関わりがない、と言いきかせて目をそらしたあの一瞬、わたしは黒い毒の刺をつくりだしたのかも。そしてその刺は、数年後、わたしを刺した。毒が身体じゅうをめぐって悔恨と絶望をまきちらしたあのあと、リトンはわたしを運命の坩堝からすくいあげたのか。

マレイナが、行手をはばんだ二人の男を難なく打ち倒した。小路には、こういう強盗が出没する。ときに女ばかりだと侮って、襲いかかってくる。だがマレイナがいてくれるので、近道も安心して選べる。

呻きながら家壁に崩れ落ちる男を横目で見やる。まだ若い。少年といっていい。これに懲りて、まっとうな仕事――使い走りでも、職人の見習いでも――についてくれれば。遅すぎる、などということはない、と彼女は思う。

人は、手っとりばやく金を手に入れようとする。食うに困って、この男たちのように人から奪うことも、生き残るすべなのかもしれない。彼らと同じ立場に立ったら、彼女もなりふりかまわず生きようとするだろう。だが、まっとうに仕事ができれば。それだけで、人は救われるかもしれない。

あのむなしい日々のあとに、彼女が救われたように。

嫁いで何年かして、珍しく宴会のない日がつづいた。夫本人が、どうしてもフォトへ行って、商談をまとめなければならなくなり、館はひっそりと静まりかえった。ユーディットは暇をもて余して、館中をさまよい歩き、普段目の届かない場所にまで足を運んだ。

厨房《ちゅうぼう》の奥に小部屋を見つけた。頑なに侵入者を拒むような青銅の扉に、かえって好奇心をかきたてられ、力をこめてあければ、半地下のそこは、乾いた空気に満ちていた。部屋の主人は、蜘蛛《くも》を彷彿《ほうふつ》とさせるやたら年をとった婆様だった。なぜ蜘蛛、などと感じたのだろう。大きな織機に無数の糸が張りめぐらされていたからか？　それとも、這いつくばるようにして、糸車をまわし、糸を紡いでいたからか？

実家では、貧しかった少女時代、彼女も糸を紡ぎ、機を織っていた。懐かしさと少女時代への郷愁があいまって、彼女は老婆のそばへひざまずき、糸車をまわす手助けをした。小さな幸福感が、陽に輝く蜘蛛の巣のように、彼女の心を輝かせた。糸紡ぎが、物を創りだす喜びを思いださせてくれた。

夫が帰ってきてからも、彼女はその年老いた女奴隷と糸を紡ぎ、腕を磨いた。だが、ある日、突然それは、はさみで断ち切られるように終わりを告げた。

妻が夢中になりすぎている「趣味」を、夫が排除しようとしたのだ。

いつものように半地下の部屋を訪れたユーディットは、そこにもはや絨毯も機織りも糸車もなく、老婆の姿もなくなっているのを目にした。それまで彼女のことなど気にもとめずにいた夫が、老婆をどこかに安く売ってしまったとわかったとき、機会をうかがっていた黒い刺が、彼女の心の臓をひと刺しした。彼女は嘆き、胸をかきむしり、錯乱した。何日かたって疲れはてた心に、冷たい闇が広がっているのをようやく意識した。見てみぬふりをしていた罰が、下ったのだと思った。侍女奴隷三十人に老婆の行方をさがさせ、三月後につきとめたのは、とある紡績工房で満足な食事ももらえずこき使われ、衰弱死したという話だった。

ユーディットは夫に離婚を申しでた。その少し前までは、妻の方からの離婚などは常識に反することだったのだが、領土拡大戦争によって男手が少なくなった帝国は、女性の権限を広げることによって、それを補おうと法律を変えたのだった。常識や慣習は法律をなかなかうけいれはしない。だがユーディットの主張には立法した元老院の面々が味方したので、長く面倒な訴訟沙汰を嫌った夫は、渋々その主張を認めざるをえなかった。ユーディットはそれまでの彼女の奉仕を金額にして提示し、実家への援助や侍女奴隷たちの解放金をさっぴいた分——金貨二十枚、こんなものは夫にとってほんのはした金にすぎない——を手に、館を出た。出てから気がついたのは、夫にとっては、彼女も侍女奴隷と何ら変わりがなかった、という現実だった。

インスルの小さな一室を借り、織物工房に勤めながら、老婆の最期を思いつつ紡いだ糸で、ひそかに一枚の布を織った。それを夜間、老婆を死なせた紡績工房の板窓の一つにはさんでときを待った。まもなく、その工房の布という布から蜘蛛が這いだしてきたという噂が流れた。

業績が悪化し、奴隷たちはもう少し扱いのましな工房に売られていったとか。

ユーディットの意図した結果には足りなかった。紡績工房の主人が死ねば、しきたりによって奴隷たちは解放される。全員ではなくても、年のいった者は自由になれるはずだった。

わたしの魔力が充分ではない、そういうことなのでしょう。

潔さは、闇の刺を味わった者共通の美点かもしれない。おのれの力不足を認識してから、同じように闇を抱え、闇を見つめ、うけいれた仲間を見つけた。エディアは自由になってからも、自由を渇望している織子だった。マレイナは流した血の中に、おのれの罪のすべてを認め、だからこそ運命の決着を、人生のけりを、理不尽への抵抗を、そのはさみでつけることができた。

ユーディットはこの二人を得て、リトンの指の役を果たすことができると確信したのだった。

……その日、インスルへ戻ってすぐに、エディアは機の前に座った。リトンが描きだす予言は、どこからどこまでがリトンの意志で、どこからどこまでがエディアの希望なのか、線引きするのは困難だろう。エディア自身、わからないに違いない。リトンはわたしたちの中に混然ととけこんでいるのかもしれない、とユーディットは思いながら、食事を盛った大盆を運んでくる。今夜は、マレイナが店子の食堂から買ってきた料理だ。燻製《くんせい》豚の挽肉に胡椒《こしょう》、パセリ、クミン、松の実を加えた腸詰めが、脂でいためられてほどよい焦げをまとい、香ばしい匂いをふりまいている。

かたく焼かれたカラン麦のパンを薄く切った上に、山羊のチーズをのせ、薄めた葡萄酒と一緒に口に入れれば、もうそれだけで満足というもの。

エディアも手を休めて一緒に座り、粒辛子をつけて熱々の腸詰めをほおばり、ようやくにっこりする。

この大卓のまわりで、剣闘士たちが呑んで食べたあの夜が、つい昨日のようでもあり、遠い昔のようでもある不思議な心地がした。

大皿をあらかた平らげたころ、誰かが工房の戸口に立った。まだ陽が落ちたばかりだったので、扉を閉めてはいなかったのだ。年老いた男の奴隷が、トッタデルスの注文の品がどうなっているかを聞きにきた、と口上をのべた。三人ははっと顔を見あわせた。トッタデルスは、反乱軍のひそかな協力者で、タペストリーに織られた剣闘士たちを別荘にひきうけ、こっそりと一人、また一人、と逃がしてくれたあの鉱物商である。

マレイナが奴隷から書簡をうけとった。小さく円筒に巻かれた羊皮紙は封蠟《ふうろう》でかためられていたが、どこからか紛れこんだエニシダの小枝が一本、蠟の端に引っかかっていた。パルクスのしるし。

マレイナは封蠟をはがし、書簡を読みあげた。

「金貨二枚、準備あり。かねて注文の反物二反、仕上がりはいかに?」

「もうできています。いつお邪魔したらいいのか、聞いていますか?」

老奴隷は実直そうな顔で頷いた。

「二日後であれば、主人もお会いできるそうで」

「ならば、明後日の日暮れ前でいかが?」

「宴会客が出入りするので、勝手口からどうぞ」

奴隷は身をかがめる南方のおじぎをして出ていった。

マレイナは書きつけを卓の上に投げだし、吐息をついて座った。エディアが二人のうかない表情を見比べて、

「どういうこと？」

と尋ねた。

「金貨二枚は、反乱軍の生き残り二人が戻ってくるってこと。パルクスとケルタスでしょうね。二人をうけいれる準備ができてる、と」

「戻ってくる？　逃げおおせているのに、どうしてわざわざ」

「捕らえられた仲間を助けようとしているのでしょう。それが不可能に近いとわかっていても」

エディアは眉尻をきゅっとあげ、唇をかみしめた。

エディアの乱れた心が落ちつくまで、ユーディットとマレイナはしばらく黙っていた。やがて、大きく息を吸ったエディアは口をひらいた。

「……それで？　仕上がった二反の布って何？　そんなもの、わたしは織ってないよ」

「二反の布は、牢に入れられている人たちを逃がすのに協力する意志があるっていう隠語みたいなものですね」

「それで、トッタデルスに通じるわけ？」

目をむくエディアに、ユーディットはにっこりする。

「よくわかんない世界だわ、商人同士の世界って」

エディアがぼやくと、一点を凝視していたマレイナが、ぼそりと言った。

「この前使った方法は今回は使えない。町中を重いタペストリーを積んでうろうろするのは不自然すぎる」

すると、エディアがこともなげに言い放った。

「これから魔力をもった布を織る？　寝ないでやったらできるよ」

それはだめ、と二人は口をそろえる。

「あんた、この前それやって、結果、どうなった？」

「そうですよ。端っこから火を噴いたり、空とぶタペストリーになったり、さんざんだったでしょ？　朦朧《もうろう》として織っても、後始末が大変になるだけですよ！」

エディアの眉間の皺がのびた。

「でも、それで、どう織ったら火を噴くか、わかったじゃないの。空とんだのはどうしてか、まだよくわからないけど」

「そりゃ、あんたが半分、空とぶ夢でも見ながら織ったからでしょうが」

マレイナが答え、笑いが広がった。

ともあれ明後日までにできることは大してない。エディアが運命のタペストリーを織りつづけ、どんな図柄があらわれるか見るだけだ。リトンの指が未来を示すか、それとも止まるか、それすら運次第、とあれば、それぞれの部屋に戻って、あとは長い夜を寝てすごすだけだろう。

ユーディットは寝台に横になってからも、逃亡者をどう助けようかと考えをめぐらせた。パルクスには、仲間を救いだせる確率がかなり低いこともわかっているはずだった。彼らを見捨てられないという心情一つで、あの男はおのれの生命をかけられる勇敢さをもっている。人として稀な人物だとユーディットも思う。だが、成功するにせよ失敗するにせよ、これを実行することで、パルクスが意図する以上の影響を帝国に及ぼすだろうと彼女は見こしていた。この乱の始末を機に、人々の奴隷に対するまなざしが少しは違ってくるだろう。今までもカイクエッロやサルス等の文筆家たちが、奴隷も人間である、愛犬を大事にするのと同等に扱ってしかるべきだ、と書き、物議を醸している。一蹴する者、失笑する者、同調する者、とその波紋はあるにはあったものの、所詮、書物を読める文化人のあいだのことだけでしかなかった。しかし、今回、パルクスの乱がコンスル帝国全土に知らしめたものは、

——ここ首都にも攻め入ってくるかもしれない。

——連戦して帝国軍が敗退している。

——ひょっとして、今度は自分たちが奴隷にされるかも。

との危惧を通しての、「奴隷を人間として見る」という意識の改革だった。

心ある人々が全体の四分の一にもなれば、おそらくこの改革は成功といえるだろう。もし、パルクスたちが仲間の奪還に失敗して、生命を落としたとしても、決して無駄にはならない、とユーディットは踏んでいる。しかし、この暗い打算はおのれの胸一つにしまって——おそらくマレイナも同じことを思っているには違いないのだが——、ともかくできうる限り、彼らに

手を貸そう。

　これもリトンの思し召しかしらと、うとうとしながら思った。剣闘士たちの実情を知ったのは、夏の初めにマレイナを訪ねてきた一人の解放奴隷の話からだった。彼女はマレイナの昔の剣闘士仲間の恋人だった女で、パルクスたちの扱いを見て、腹に据えかねるものがあったらしい。織物を生業にする三人の女魔道師のひそかな噂をきいてやってきたのだった。

　その興行主は半年前に代替わりした若い吝嗇《りんしょく》家で、百人あまりの奴隷を剣闘士として囲っていた。父親もケチだったが、この息子は親に輪をかけた金の亡者で、剣闘士たちを寝る余地もないほどの土牢に等しい半地下におしこめ、ろくに食事も与えないという。興行は彼の剣闘士同士の戦闘で、弱っていたり病に冒されている者を、いたぶりながら殺せと命じられていた。これは、名高いパルクスに対しても同じで、八百長めいた生命のやりとりに、剣闘士たちは怒りと不満を募らせている、という。パルクスたちは、これこれの日、何刻ころ、皆で脱獄し、逃亡する予定だ。その逃亡者のうち十人ほどを、かくまい、逃がしてやってはくれまいか。

　三人は協力を約束した。かねてから奴隷たちの扱いに同情的だったトッタデルスをまきこんでの、反乱共謀である。ばれたら彼女たちも処刑場いきだろう。だが、その危険を冒してでも、人ならぬ扱いをされる人々に手をさしのべたかった。自由のない人生が、どれほど色彩を失ったものであるか、ユーディットもよくよく身にしみていた。心の中で糸車をまわすあの老婆が、床に這いつくばるようにしながらも、「おやりなされ」と言ってくれた。

　そうして、十人を無事に逃がすことはできたが……。今度は総勢三十人以上、彼らをどのようにして都の外へ出そう。外壁を越えさえすれば、あとは野に分け入り、森にひそみ、何者にでもなることもできようが。魔法の布を織るにしても、三十人分とは。今からではまにあわない。エディアがいくらがんばっても、せいぜいが二人分。布さえ作れれば、目くらましの魔法――強力なやつ――も使えるのに。職人や荷役人、旅の楽士などにもなれるのに。せいぜいが二人分、それもほとんど休まずに……路上で突然火を噴きだしてしまうトゥニカなど、着せられるわけもないし……。

ユーディットの意識は夢の中をさまよいはじめた。子どものころに戻って、中広間の水盤で水をはねかして遊んだ。どこかの宴会に招かれて、猪の頭をまるごとのみこむように、彼女よりずっと年をくった魔女から命じられた。いつのまにか市場に移動して、人々の頭の上を無数の赤い布切れがひらひらと舞っているのを見あげた。

エディアったら、またやっちゃったのね、と呟いて、そのあと、ああ、そう、赤い布切れがありましたね、と気がつき、ひどく安心して深い眠りに落ちていったのだった。

4

トッタデルスの館に、次々と人が入っていく。表門からは招待客が、裏門からは食材や葡萄酒の業者、楽士や大道芸人たちが。干しいちじくの袋を四つもかついだ荷役人は、いかにも力のありそうな筋肉をしている。葡萄酒の入ったアンフォイルをひきずっているのも、その仕事を長年してきたような男だ。誰も、それが、パルクスとケルタスだとは気づかない。汚いトゥニカを着て裸足、とあれば、盾を持ち、鎧《よろい》や籠手《こて》をつけたきらびやかな剣闘士の華々しさとは別世界の住人となる。

マレイナ、ユーディット、エディアの三人の女たちは、彼らに気がついても、知らぬふりをして勝手口を通った。中央広間の方からは、客たちが奥へ通されるのを待ちながら雑談しているざわめきが伝わってくる。裏階段――インスルであれば、直接貸部屋に通じる――を登って、家令の執務室に入った。さらにその奥の私室に通されて、すすめられた葡萄酒をすすっていると、パルクスとケルタスも姿をあらわした。どの顔もいっときの安堵にゆるんで、エディアなどは涙目になっている。

「この前はろくに礼も言わず、大変失礼した」

パルクスが深い声で言った。

「あのときは逃げるのに精一杯だったのでしょう。御無事で何よりでした」

ユーディットが如才なく答える。マレイナも、

「帝国軍相手に、よく戦ったよ。あれだけいろんな人たちが集まっちゃあ、統率するだけでも一苦労だもの」

「力及ばずでなぁ」

ケルタスがうなだれて、

「ことをおこすに、おれたちゃ覚悟を決めてはいたが、その覚悟もなくただ自由になりたい一心で頼ってきた連中には、申しわけないことをしたよ」

「そんなことない」

エディアがきっぱりと言い切った。

「皆、思いは同じだったはず。自由を得るために、一人一人がそれぞれに運命と戦ったんだから。誰も後悔していないだろうし、申しわけないなんて思ってほしくない」

ケルタスは目を見ひらいてエディアをまじまじと凝視し、

「……いや……そうか……そう思ってくれているかな……」

「そうよ。誰かのせいにする人生なんて、自分の人生じゃないわよ。自由になるっていうのは、自分で選択の責任を負うってことでもあると思う」

これにはマレイナとユーディットも驚いた。

「エディア、どこからそんなこと、思いついたのさ。頭、大丈夫か?」

「何を読んで勉強したのです？　その哲学書、ぜひわたしも読みたいわ」

するとエディアははっとしたように目をしばたたいた。

「えっと……わたし、どうしたのか……いきなり頭の中にひらめいたのを口に出しただけよ。誰かに聞いたんでも、本を読んだわけでもない……」

マレイナとユーディットは顔を見あわせ、それから、ああ、と納得の声をもらした。

「何、何だ？　どうしたんだ？」

ケルタスが三人を見比べると、パルクスがふうむ、と唸った。

「リトンが降りてきた、ってことか」

「おお、そうか！　おれにも覚えがあるぞ！」

エディアは不思議そうに二人を見た。するとケルタスはつづけて、

「生き残る剣闘士のほとんどは、一度はその瞬間を経験するんだ。自分は負けないって確信することがある。そして実際そのとおりになる。へえ、そうなのか。リトンが降りるのは、おれたちみたいな戦う者ばっかりじゃねぇってか」

「リトンは誰にでもささやきかける」

マレイナがそう断言して、杯の中身をのみほした。ユーディットも微笑んで頷いた。

「それをうけとるか否かは、その人の心次第でしょうね。うけとるか、それとも気づかずに流し捨ててしまうか。常に受け皿を用意しておくと、リトンは喜んで与えてくださる、とわたしは思っていますけれど……」

エディアは哀しげな笑みを浮かべて一同を見まわした。

「わたし、リトンの神殿に何百回と通って、御神託を求めたのに。今頃、突然、入りこんでくるってわけ?」

「もうとっくにそうなっていたでしょ?」

その証拠の品のように、ユーディットは抱えてきた一反の布地を卓上においた。マレイナが保護袋の口紐をほどきながら同意した。

「あんたの指先から生まれるものを、なんだと思っていたわけ?」

「でも……それと、これは」

エディアはこめかみを指して、

「違うと思うんだけど」

ユーディットとマレイナは同時に言った。

「違わない」

「同じでしょうが」

ちょうどそのとき、布扉がひらいて、主人のトッタデルスが姿をあらわした。やあやあやあ、とにこやかな挨拶をして、

「よかった、よかった、皆、無事にそろいましたな」

より濃い褐色の肌に、ふさふさと金の髪を後ろに流して、広い額の下半分には横皺を三本刻み、張りだした眉の下の目をきらきらと黒光りさせ、鉤鼻の鋭さを、満面の笑みが隠している。

の、がっしりした肩と背中は、往年の鍛冶職人を彷彿とさせるが、誘ったり誘われたりの夜ごとの宴会で、すっかり飽食していると胴まわりがほのめかしていた。若いころ、彼の腕をあてにしてきていた将軍やら士官やらの武器を鍛え、稼いだ小金を貯めて自由を買いとった解放奴隷だったが、鉱山をもち、大富豪にのしあがった今も、腰は低く、決して驕りたかぶったところを見せない。彼の胸内には常に、奴隷たちへの共感があって、それはまったく薄れることはないのだ。だから、三人の織女たちからパルクスたちへの援助を頼まれたとき、二つ返事で協力を承諾した。

剣闘士たちが、その職にふさわしい扱いをうけていたのなら、彼も躊躇《ちゆうちよ》したかもしれない。しかし、話を聞けば聞くほど、いかに奴隷といえども、辱めるにもほどがある、と憤慨が増した。奴隷はものである、という認識はコンスル帝国市民に共通している。だが、ものであっても、おろそかに扱うべきか、大切にするべきか、良識で考えればわかるはずだ。ましてや奴隷は故郷では自由であった人々、ものなどでは決してない。トッタデルス自身、ネルラント地方の豪族の息子であったのに、帝国恭順に同意しなかったがゆえに攻撃をうけて軛《くびき》につながれたのだった。首に環をはめられ、腰には鉄鎖をつけられて、長い泥道を歩かされたあの日々のことを決して忘れはしない。だから、帝国に一矢報いられそうな反乱の火種に、私財を注いだのだ。私怨を晴らすのにパルクスたちを利用した、と神々は気づいているに違いない。だが、そうしたしたたかさを神々はおゆるしになるだろう、とも思う。今まで身にふりかかってきた凶運の帳尻合わせをして何が悪い、と、商人らしいひらきなおりを腹にもって、この陰謀に加担している。

トッタデルスが一人がけの椅子に腰をおろすと、パルクスは囚人たちの行く末を説明しはじめた。

「囚人は見せしめのために、明日の午後、ロックラント街道に、磔《はりつけ》にされるそうだ。一馬身間隔で百五十人あまり」

「百五十人！」

エディアが驚き、マレイナがその肩をそっとおさえて、

「あたしたちが聞いたのは三十人だったけれど？」

「連日、つかまっては送られてきたので百五十人だ」

パルクスは険しい顔をして答える。トッタデルスが身をのりだして尋ねた。

「それをどうやって逃がしますか」

「街道に出たところを強襲する」

「もしくは、磔刑《たっけい》台にのせられそうになったところを襲う」

パルクスとケルタスは、やぶれかぶれに剣をふりまわして、最期を迎える覚悟の様子だ。トッタデルスは首をふり、三人の女たちもそれぞれに抗議の声をあげた。

「全員が助かって、警吏の人たちの生命も奪わない、そういう方法でなければ手は貸せんね」

「あたしたちの助けを必要としないんなら、それでもいいかもしれない。でも、あたしたちはあんたたちを死地に送りだすために助けるわけじゃないよ」

マレイナが憤然として言った。パルクスはそれに対して、

「だが、いい手がない」

唇を一文字にひき結ぶ。すると、ユーディットが、

「ここに、布を準備してきました。エディアがこの二日で織りあげた、パルラ用の布です。わたしたち三人の魔力がこもっています」

保護袋からひとかかえの布をとりだして、卓上に広げた。パルラ用なので、幅は半馬身、長さは二馬身もある。そんな大きなものが驚異的な早さで織れたのは、パルクスを救いたいエディアの必死な思いがあったからか。

「この赤……ひょっとして、帝国軍の赤じゃないか？」

パルクスの問いに、三人は同じようににんまりした。

「そう、帝国軍の赤」

「セオルにも、旗印にも、トゥニカにも使う赤です」

「そして首にまく汗布《フォクアル》にも、ね」

エディアが言いおわるや否や、マレイナがはさみをとりだして、布に切れめを入れると、両手でひっぱって細く裂きはじめた。

「な……なにをするんだ……？」

「三十人分だと思っていたのを、百五十人分にするのですよ。当初の予定よりずいぶん小さいフォクアルになってしまうけれど、小さくても効力は同じはずです。あなた方に計画がないと

いうのであれば、これを使ってどうにかする方法を考えましょう」

布が裂かれる、あんまり心地良くない音をききながら、ユーディットが葦紙《パピルス》を卓上におき、携帯用のペンとインクをとりだした。

「磔刑台に乗る前に、彼らを自由にした方がいいと思うのです。できれば牢から直接逃がした方が」

と、牢のしるしに四角を書きいれた。

「ちょっと待ってくれ」

パルクスの大きな手がひらいて、説明をおしとどめる。

「まったくわからんのだが。……その、布にこめられている魔力というのは、一体どんなものなのだ?」

あら、とユーディットは声をあげた。

「まだ、それを話していませんでしたか?　やだ、わたしったら」

マレイナが容赦なく布を裂きながら、あははぁ、と笑った。

「楽しそうね、マレイナ。わたしがくたくたになるまで織ったのに」

とエディアは恨めしげだ。

「こういうのは任せとき。これって意外に気持ちいいよ」

また、耳障りな音をたてて、細長い布切れにしていく。

「……で?　どんな魔法?」

ケルタスが鼻孔をふくらませて身をのりだしたのへ、三人は声をそろえて答えた。

「そりゃ、決まってる。目くらまし、よ」

その日の晩も遅く、トッタデルスの館から招待客たちが三々五々に、吐きだされてきた。鯨飲馬食ですっかり満足し、皆千鳥足で、迎えの担ぎ籠に乗りこみ、あるいは護衛を左右に従えて帰路についていく。

その雑踏の中から二人だけ、足元のしっかりした男が物陰へと抜けだし、小路から小路へと伝っていく。二人ともトゥニカの上にセオルを羽織り、腰には長剣をたばさみ、ほとんどしらふだった。二人とも軍人らしくきびきびと歩をすすめ、一刻のちには息も切らさずに都の最北に位置するファジロの丘の西裾に出ていた。細長い建物が、まるでうちあげられたマグロのように黒々と横たわっている。その横腹に、いくつかの穴があいているように見えるのは、複数の出入口に篝火《かがりび》が焚かれているからだ。番兵が二人ずつ立って、闇に目をこらしている、はずだったが、なにせ闇夜は長く、星も沈んで見るものとてない。無聊《ぶりょう》をなぐさめる賽子《さいころ》遊びも禁じられているとあって、ただ腰をおろし、壁に背を預けてこっくりこっくりやっている。

二人の将兵は気配を殺して近づくと、懐《ふところ》から小袋を出し、小袋の中から指先に何やら粉末をのせ、寝ている番兵の鼻先にかざした。一呼吸、二呼吸で粉末はなくなり、番兵はごろんと転がっていびきをかきはじめた。

将兵たちは素早く石段をおりて、半地下の通路を走る。牢が並んでいるが、格子のむこうはほとんど空だ。千人の重罪人をおしこめておける牢は、奥の方から埋めていくのが慣習だからだ。

奥には番兵詰所があり、その狭い一室の前では、二人がそっと賽子遊びをしていた。将兵の姿を認めるや、ぱっと立ちあがって不動の姿勢をとった。小卓から、賽子が一個、足元に転がった。

「これはなんだ?」

将兵の片方がそれを拾いあげて詰問する。そのあいだに、もう片方は詰所の中をのぞきこみ、狭い一室に仮眠をとっている十人ほどにむけて、小袋の粉をまきちらす。

「うわっ、なんだ?」

「どうした、何がおこった?」

げほげほと咳きこんだ直後に、次々に倒れ伏すのへ、詰問されていた番兵二人が異状を感じてふりむいた。その顎を、賽子を拾った将兵の肘がつきあげる。もう片方の顎を長剣の柄で横殴りにして、二人とも倒れて呻くのをまたいでいった。

牢ではぎゅうづめにされて、横になることもままならない囚人たちが、近づく松明《たいまつ》に、うるんだ目を注いできた。

「ジニアス。ショーラウス。どこだ?」

将兵が呼べば、牢の中から二つの返辞がある。その返辞にむかって、おれだ、パルクスとケルタスだ、と名乗る。というのも、その姿はどこにでもいる上級歩兵、何の特徴もなく、二人並べばそっくり同じと見えるのだ。

「パルクス？　確かに声は、そうだが」

ジニアスが人々をかきわけて格子のそばに進みでてくる。

「おまえが胸に二つ黒子《ほくろ》のある娼婦から蹴りだされたのを知ってんのは、おれだけだろ、ショーラウス」

とケルタスが暴露して、頭一つ分皆より背丈のあるショーラウスをあわてさせる。

「おい、何もこんなときに！」

「良かったな、秘密が一つ減ったぜ」

ケルタスはげらげらと笑って、

「おい、みんな、聞け！　今からここを出してやる。だが、一つ約束してくれ。赤い布切れを渡すから、そいつを首にまけ。女も、自分で歩ける子どもも、皆だ！　ここを出たら勝手に行動すんじゃねえぞ。歩兵連隊のように、列をつくって堂々と歩くんだ。いいか、それができなきゃ死ぬと思え。皆で助かる。誰一人、処刑されたりしねえ。そのためには今言ったことを守るんだ。できるか？」

「ケルタス、おめえの約束、一つじゃねえじゃねぇか。二つになってるぜ」

とジニアスが茶化しつつも、

「いいか、皆、承知したか？　赤い布切れを首にまく。どれ、一つくれ。……こうだ、いいか。なんだこりゃ。ずいぶん細っこいフォクアルだな。フォクアルっていうより……リボンみてぇだ。まあいい。こうまいて、軽く結ぶ」

　おお、とどよめきがおこる。なんだ、どうした、と当の本人はとまどうが、

「これ、魔法?」

「あんた、汚らしい囚人から、コンスル帝国の歩兵に変身しちまってるぜ」

と周囲から言われ、おのれの手を持ちあげてみて、感嘆の声をもらす。

「さ、皆、時間がもったいない。これは女魔道師三人からの贈り物だ。さっさと一個中隊になって、ネルラント街道に出るぞ」

　パルクスが深く落ちついた声で言えば、次々に歩兵が出現する。番兵から奪った鍵で錠をあけ、ぞろぞろと表へ出る。ひやりとした暁闇《ぎょうあん》の大気が漂っていた。足元に渦巻く霧が、みるまに濃くなっていく。街中を流れるウーラン川の賜《たまもの》といえようか。

　パルクスの先導で、足並みをそろえて西へ進めば、やがて旧市街を囲む外壁が行手にあらわれた。壮麗な門は夜間でもあいている。門番は、ときならぬ行軍に大慌てで番所をとびだしてくるが、将兵の眼光に気圧されたこともあって、半ば夢うつつで見送るばかり。外敵に用心はするが、内側から出かけていく一個中隊を、なんで怪しもうか。

　霧はさらに濃い。いまだ目覚めない新市街地を、彼らは堂々と、大股に通りすぎていく。霧と薄闇のあいだに注意深く目をこらせば、列の奥に、幼児や赤子を抱く兵士がいることに気がつくだろう。赤子はむずかり、幼児はしゃくりあげて、しかし鋲《びょう》を打った軍靴の響きがそれをかき消していく。早起きの老人が、一体この騒ぎは何事かと、板戸をおしあげて好奇心にのぞ

いたとしたら、兜《かぶと》もぶらさげず、盾も背負わず、兵糧、寝袋をのせた鉾《ほこ》も、槍も持たない軽装に、大いに首を傾げ、以来十年も、この不思議を語ってきかせるだろう。

だが、彼らは誰にとがめられることもなく、新市街を通り、ネルラント街道、通称「ヴァイアンの道」へと抜けだしていく。そこからしばらく野の道を歩き、あとは首のフォクアルをほどき、トッタデルスからの餞別《せんべつ》に一枚ずつの銀貨《セステル》をもらってめいめいの方角に姿を消す。セステル一枚あれば、一人一年は食っていける。両替えするにも怪しまれないほどの適当な金額でもある。故郷に帰るもよし、他の街に行くもよし。ただ、二度と都には戻るな。せっかくリトンに与えられた生命、自由に生きるために使え。パルクスは穏やかな声でそう言いさとし、自分もまた、ただ一人、蒲《がま》の穂が茶色い団子をつくりはじめた湿地にざぶざぶと分け入っていった。

エディアの指先から生まれたタペストリーが仕上がった。糸端を始末しながらマレイナが、

「あんたはこれで良かったの？」

と尋ねた。エディアは何の迷いもない笑みを浮かべた。

「いいのよ。どこかで元気に生きてくれていれば。わたしにはあなたたちがいるしね」

タペストリーには、カラの丘の攻防の場面が下から順々に綴られている。牢に入れられた仲間を助けだすパルクスとケルタスがその上に描かれ、さらに一番上には、森や湿地や岩山のあいだに姿を消すそれぞれの後ろ姿が、あいまいな輪郭《りんかく》であらわされている。

布端をかがっていた糸をちょきん、と音をたててマレイナが宣言すると、タペストリーの中の人物が、一斉に動いたように見えた。一瞬だが、戦うケルタスが槍を掲げて快哉を叫び、湿地に消えるパルクスが肩ごしにふりかえったように思われた。だが直後には、すべて布地になじんだ一大絵巻としておさまっていく。

「さ、できたわよ」

「最高傑作ですね」

ユーディットが満足の吐息をもらすと、エディアは、ううん、と首をふった。

「また、これ以上のものが作れるわよ。ときの流れがやってくれれば」

「運任せなのか？　それともあたしらが運を作ってんの？」

マレイナがはさみをおいて、二人のそばに並んだ。

「どっちでもいいんじゃない？」

「そうそう。創る喜びがわたしたちを満たしてくれる、それだけで」

窓から秋の陽射しがふりそそいでいる。秋晴れの日々がつづいており、今年の冬は暖かいのかもしれないと、ひそかに期待する女たちだ。

と、工房の入口から冷たい風が足元をふきぬけていき、三人の男が入ってきた。

「わたし、ネリス・テディア・レイダリスの家令です。覚えておいでですか」

ひげそりあとも青々とした壮年の男が名乗った。後ろの二人は護衛らしい。

「ああ、オアキウスさん」

人の顔と名前をちゃんと一致させることのできるユーディットが、率先して出迎えた。

「その後、レイダリスさんはどうですか？　娼館通いは懲りたと聞いていますけれど」

「あの節は大変お世話になりまして。おかげさまで、わが主人のそっちの方は落ちついたんですが、今日はまた別の相談で……」

「わたしたちでできることなら、お力をおかししますわよ」

「そうですか！　良かった！　それでは、館まで来ていただけますか？　テディア奥様がお待ちです」

「おやおや。またレイダリスが何かやらかした？　おもしろい男だねぇ、あいつも」

マレイナが家令には聞こえないように言って、くすっと笑う。エディアもにんまりして、

「世間知らずのお坊っちゃまが、今度は何を考えついたんだか。楽しませてもらえそうね」

「母親としたら、たまったもんではないだろうけどさ」

「いいのよ。テディアなんだから。息子が少しかきまわすくらいしないと、あの傲慢さが天井知らずになっちゃう」

こそこそと二人でしゃべっていると、ユーディットがふりむいた。

「二人で留守番する？　それとも行く？」

「もちろん行くに決まってるだろ？」

「おもしろい物を見のがすわけにはいかないもんね」

工房の戸をたてて錠をかけ、三人そろって路上に並ぶ。どこからかカラン麦のパンが焼きあ

がる香ばしい匂いが漂ってきた。

帰りに食堂によろうよ、あたし肉の入ったスープが食べたい、あら、わたしもよ、それに久しぶりに鳩の焼いたのを御馳走になろうかしら、どこの食堂にする、などと他愛もない食欲の望みを口々に、暖かい晩秋の陽の下、石畳を行くリトンの女たちである。

ジャッカル

Jackal

コンスル帝国暦　一三五一年　帝国首都

1

遠吠えでも、威嚇《いかく》の声でもなく、断末魔の、苦しげで尾をひく鳴き声が、途切れることなく黒い靄《もや》のように宙に舞っている。

夜更けにもかかわらず、隣の部屋のバルコニーにロッスラッスとその細君が出てきて、さらにその隣の住民たちと話しあっているのがきこえてきた。夜分でも遠慮のない声高の、これはコンスル帝国首都《エモール》の名物ともいうべきか。

角部屋に住まいしている若い魔道師は、ランプの油を惜しげもなく使って調べ物をしていたが、暑苦しい夏の夜でも集中できていたのはそこまでだった。太い眉をひらき、身を起こして立ちあがると、裸足《はだし》のままにバルコニーに出ていった。

「おう、ケルシュ」

ロッスラッスが首だけまわして挨拶した。

「まだ仕事していたのか」

「やあ、ロッス。カタラナ。今晩は。……で、何の騒ぎだい？」

「犬、だと思うんだがね。人の声のようでもある。もしくは、山猫か」

ロッスラッスは、名家といわれる、とある貴族の家庭教師をしている。二十年ほど前に北方から流れてきた博識な壮年の男で、流暢に四つの言語を話す。奥方のカタラナも同様で、ケルシュとそう年の違わない三人の息子も、家庭教師で身をたてている。この家族とは歴史の解釈や世界情勢について、よく熱い議論をかわす間柄だ。

ケルシュはようやく本気で耳をすませた。喉の奥からしぼりだし、口腔内に響かせてから出されるその鳴き声は、ときに人間の男が呼びかけているようにも聞こえる。山の中でこんな声を耳にしたら、一体どんな化物かと、肌に粟をたてて逃げ去るだろう。

「どうやらそこの路地からきこえるね。行ってみるとしようか」

そう呟いたケルシュは部屋に戻り、机上の小冊子と円形外套《セオル》をひっつかみ、サンダルに足をつっこんだ。廊下に出れば、すでに、ロッスラッスがランプを掲げて待っている。

二人は狭い階段をおり、路上に出た。頭の上のバルコニーには、集合住宅《インスル》の住民十人あまりが、野次馬と化して鈴なりになっている。この、二階までしかない珍しいインスルには、比較的金銭に余裕のある面々が店子《たなこ》になっており、身をもちくずしたような荒々しいすさんだ雰囲気はなかったが、それでも、

「おい、ケルシュ、化物相手に戦えんのかぁ？」

「ロッス、危ないと思ったらケルシュおいて逃げてこいよぅ」

などと、冷やかすくらいはする。

そうした揶揄《やゆ》にはただ手をひらひらさせて、二人は石畳の通りを横切り、むかいの小路にそっと足を踏み入れた。

左右に三階建てのインスルが迫っており、小路の御多分にもれず、泥やごみ、猫や鼠《ねずみ》の死骸も転がっている。悪臭に顔をしかめつつ、二人は奥をうかがった。

苦悩の声は侵入者に気づいて、低い唸り声に変わる。ランプの灯に、二つの目が緑色に反射する。

ケルシュはロッスラッスに入口付近で待っていてくれと言いおき、片手にランプ、片手に小冊子を握りしめて、そろりそろりと近づいていった。冊子を指で繰り、見もせずにとある頁《ページ》をさぐりあてると、呪文を呟きながら慎重に間をつめていく。

灯りに、尖った三角の耳が浮かんだ。次いで、犬というには細い顎が見え、白い髭がきらめいた。

「……狐、か……？」

こんな人の多い都うちで、野生の狐がいようとは、にわかには信じがたい。呪文で唸りは低くなったものの、いつ牙をむくかわからない。さらに一歩、用心深く近づけば、爪先が何やら別のものにふれる感触があった。

「ロッス……！　来てくれ！　人だ！」

ランプをかざすと、狐の足元には、貫頭衣《トウニカ》一つの人間がうつ伏せで倒れているのがわかった。

身体の大きさからして、十四、五歳の子どものようだ。

ロッスにランプを持ってもらい、そっと抱きおこした。すると狐は、さも安心したように、そろえた前脚に顎を乗せた。大きな吐息をついて、自分の役目は終わったというふうに目を閉じる。しかし、その背と腹が見せる息遣いは荒く、やはりさっきの鳴き声が示したとおり、苦痛にさいなまれつづけているようだ。

少年の脈はしっかりしている。呼吸もある。ただ、側頭部から出血していた。気を失っているのは、これが原因と思われた。

ケルシュはセオルでくるんだ少年を抱きあげた。すると、狐もよろめきつつ立ちあがる。その片胸から白い骨が皮膚を破ってつきだしているのがみえた。狐は激痛を感じているはずなのに、よたよたとついてこようとする。

「ロッス。この子を頼む。ぼくの部屋につれていってくれ」

少年を家庭教師の腕におしこむと、ケルシュは翻《ひるがえ》って狐に手をのばした。牙が空を切る。呪文のつづきを呟き、両腕を広げ、喉の奥でぐつぐつ唸っているのをそっとかかえあげた。二、三回、嚙みつかれたものの、力がないので、牙のあとが青く残る程度だろう。

インスルに戻ると、お節介焼きで部屋が一杯になっていた。いつもはうるさい、放っておいてくれ、と癇癪《かんしゃく》もおこすケルシュだけれど、今夜はありがたいと思わざるをえない。自室で湯をわかして持ってくる者、包帯がわりの布切れをさしだす者、気つけ薬や傷薬や布団まで貸してくれようという者。強盗や盗人も多い都だが、こうした善意あふれる人々も多い。

それゆえ、少年に関してケルシュがすることはほとんどなかった。カタラナが、てぎわよく頭の傷を洗い、軟膏《なんこう》をぬった布で包帯してくれたので、意識が戻るのを待つだけだ。

狐の方は――狐、といっていいのかどうか、ケルシュには判別しがたかった。狐にしては毛が黒っぽく、胴も華奢《きゃしゃ》だ。尻尾はふさふさで大きいが――いまや横倒しになって、はぁはぁと喘いでいる状態で、もう、呻く力も残っていないように見える。

ケルシュとロッスは二人がかりでこの獣の治療をすることにした。なぜか、少年とこいつは、一対の同志だと感じたためだ。狐は少年を気にかけて、嘆きの歌をうたいつづけたのだろうし、少年は少年で、目覚めたとき、狐がそばにいなかったらひどく落胆するだろう。

皮膚からつきだした胸骨は、幸いにも一本だけで、一部分がまだつながっていた。折れた部分の切り口は比較的なめらかで、くっつきやすそうだった。狐は鼻先を寝台に横たわる少年の方にむけ、半ば舌を垂れている。動く元気も残っていないらしいが、ロッスがその口と足をしっかりとおさえて抵抗を封じた。ケルシュははみだした骨をそっと皮膚の下へおしこもうとした。狐は弱々しく暴れ、獣の唸りを歯のあいだから発したが、ロッスは怯まずに渾身の力をこめておさえつけ、ケルシュは骨を慎重にゆっくりと、もとの位置に戻していく。

「……おい、驚いたな」

ケルシュたちの作業に声をかけたのは、反対側にある角部屋の住人のザエスだった。ファナクからつれてこられた男で、絨毯《じゅうたん》商の隊商の護衛を務めて三年で解放奴隷になった。主人の危機を何度も救ったためか、絨毯の裏取引で金を稼いだためか、詳しいことはわからない。今

は、インスル住人の護衛兼管理者兼大家の商売の助役をしてくらしている。この騒ぎに、様子見にやってきたものらしいが、

「こいつはセグロジャッカルじゃないか」

ケルシュとロッスはぎょっとして顔を見あわせた。

「ジャッカル、だって？」

ああ、いやいや、とザエスはそりあげた頭を自分でひとなでして、

「人を襲ったりはしないから大丈夫だ。攻撃されれば話は違うが」

ケルシュは骨の端をおしこみおえた。これを攻撃と思うかどうかは、狐――ではない、ジャッカル次第、ということか。元気になったら油断できないな、口輪がいるか、首環もいるか、などとめまぐるしく考えて、

「誰か、針と糸をくれ。それから、薄めていない葡萄《ぶどう》酒を浸した布も」

頭をあげて叫んでから、

「セグロジャッカル、っていうのは……」

誰にともなく尋ねれば、

「南方の獣だ。狼の仲間だと書物に書いてあったが……こいつは、見たところ、うん、狼よりも狐に近いな」

ロッスが説明し、ついでザエスが、

「ファナクの荒野でよく見かけるぜ。なんでも食べる。果物、草の根、木の実、鼠や蛇も。集

団で狩りをすることもある」

とつけ加えた。

「南の荒野の獣が、なんでこんなところに？」

渡された針と糸で獣の皮膚を縫いながらケルシュは首を傾げた。

「あの子を守っているように思えたんだが」

ザエスはまた頭をつるんとなでて、言った。

「まっ、人に慣れることもあるし」

「だが、どういう経緯で？　あの子はファナク人じゃない。あんな子どもと、セグロジャッカル……？　むすびつかないな」

疑問にこだわるケルシュは、さかんに首をふった。そのあいだにも、葡萄酒に浸した布を縫いおえた傷口にあてがい、羊皮紙を防水布がわりにその上にかぶせ、包帯を巻く。胸をぐるぐる巻きにされた獣は、ロッスが手をはなすと首を持ちあげて、包帯をひきちぎろうとしたが、すぐにくたびれてぐったりとなった。

ケルシュは大きく吐息をついて立ちあがった。カタラナが卓の上に水盆を用意してくれたので、それで手を洗う。カタラナが、眉をひそめて言う。

「子どもの方は大した怪我じゃないみたいね。明日には目がさめると思うけど、もしそうならなかったら、医者に診てもらったほうがいいかもね」

どこが悪いのかわからなければ、ケルシュといえども治しようがない。わかった、そうする、と答えてから、ケルシュは、はっとした。

「ええっ？　ちょっと待ってよ」

自室に帰ろうとしていた野次馬が、全員ふりかえって彼を見た。

「なんでぼく、なんだ？……この一人と一匹、面倒みろって……？」

「ここに運べって言ったのは、おぬしじゃないのか？」

質問に質問で答える材木商の会計係、

「ご飯くらい買ってきてあげるわねぇ」

と長外套《セオル》を巻きつけて手をふる高級娼婦、

「何かあったら呼んでくれ」

そう言いすてて、ロッスまでそそくさと出ていってしまう。

扉が閉まり、泥と血で汚れた床と、女たちのまとった香水の残り香と、暑さだけが彼とともにとどまった。

ケルシュはしばらく呆然と立ちつくし、やがて長椅子にどっかと尻をおろした。これだから、ぼくの好奇心は厄介者なんだ、と縦に大きくのびるランプの灯を見つめながらぼんやりと考える。じゅうじゅう戒めていたはずなのに、この好奇心はとびだす針のように、厚い防護布をつきやぶって、あっちをつっつき、こっちをつっつき、革袋を破って高価な葡萄酒を砂にこぼしてしまうのだ。

ファナクか。砂漠と荒野がつづく南の国。好奇心で訪れてみたいと思った。出かけていったものの、あの暑熱と砂粒と乾きに辟易《へきえき》した。それで、逃げるように北上し、北上したついでに帝国の首都というものがどう変わったのか見ておきたいと、またしても好奇心につき動かされ、インスルまで借りて三年、ちょっとした魔法を使う――ちょっとした魔法しか使えなくなってしまっていた。失意という病が彼の心をむしばんで、本に秘められた魔力をさえ感じるのが難しくなってしまっている――、代筆屋のケルシュとなって、少しは落ちついたかと思っていた矢先に、子どもと獣を拾ってしまうとは。

重荷は一つでたくさんだ。

本当は、こんなところに隠れている場合ではないのだ。パドゥキアへ行って人をさがさなければならない。だが、かけがえのない女《ひと》をまたしても失って、どうにもその気になれない。彼女を救えなかった、まにあわなかった、と忸怩《じくじ》たる思いにさいなまれ、そちらへの一歩を踏みだす気力がわかない。

ケルシュは拳《こぶし》で口元をおさえ、奥歯をかみしめた。太い眉毛が額の中央に寄り、鮮緑の瞳の奥に、剣呑《けんのん》な闇が跳躍する。

昏《くら》い記憶が途切れたのは、少年がかすかな呻き声をあげ、ジャッカルが――本当にジャッカルなのか？　南方の獣がこんな遠くまでやってくるとは信じられない。闘技場に運ばれる虎や獅子の檻に紛れこんできたことも考えられるが、どうもそぐわない。彼にはこいつが野生の獣のようには感じられないのだ。違和感がある――尖った鼻先を持ちあげて甘えた鼻声を出した。そもそもジャッカルが、こんなふうに人に慣れて人の心配をするようなそぶりをするなんて、自然じゃない、と呟いたケルシュは、ああそうか、と合点がいった。違和感はそれか。野生のものであれば、野生のもので納得するのだが、あの狭い頭の中に、獣とは一線を画す何かを感じるのだ。犬、そう、特に賢い犬——であれば、主人を気にかけるというのもわかる。ジャッカルが犬並みに賢いとは、大いに首を傾げるところなのだ。そして、そら、そいつは小犬さながらに甲高く鳴き、少年を憐れむふうではないか？　一方の少年はうっすらと目をあけ、見覚えのない天井をぼんやりと見つめている。

ケルシュは数歩で寝台のそばへ行き、そっと片手を出した。下からうかがっているジャッカルの金色と黒の目を意識しながら、その手で少年の肩をやさしくおさえた。

「急に動くなよ、坊主。頭を怪我したんだ。大した傷はないらしいが、頭の中がどうなっているかわからんからな。起きるんだったらゆっくりな」

少年は一度目を閉じて現実と自分をなじませてから、再び目をあけた。

「……あんた、誰？」

開口一番、ぶしつけなもの言いだ。左目がわずかにあらぬ方をむいている。そしてその傲慢な態度は、汚れたトゥニカを身につけ、裸足であるにもかかわらず、浮浪児を長くやっていた子どものようではなかった。

ケルシュは言った。

「人の名を尋ねる前にだな、まず自分が名乗るのが礼儀じゃないか？」

「礼儀なんて、腹の足しにもなりゃしねえ。……で、あんた、誰。おれを助けたって、一文にもならねぇぞ。それともおれを奴隷にするか？　なら会計士を呼んで、証文作れよな。自分を安売りはしねぇ」

ケルシュは目を丸くした。次いで笑みがこぼれる。この刺々《とげとげ》はどうだ、まるでかつての自分自身のようじゃないか。にやにやして答える。

「きみは、奴隷になりたいのか？」

「んなわけ、ねぇだろ、このうすらとんかち！」

頬を赤くして思わず起きあがり、めまいを感じたのか、呻きつつ再び枕に沈みこむ。

「ぼくはうすらとんかちではない。ケルシュという。代筆屋だ」

くぅくぅと鳴きつづけるジャッカルをまたいで寝台からはなれ、窓際の小卓においてある焜《こん》炉《ろ》の火をかきたてた。木片のなれのはてが、赤い熾《おき》を目のようにまたたかせる。素焼きの深皿に湯をわかし、乾燥したセージの葉を砕いて入れた。

「その獣は、きみが飼っているのか？」

さりげない口調で尋ねると、

「どの獣……？　ああ、こいつ？　しらねぇな」

弱々しい返事をして、

「いつのまにかそばにひっついてやんの。うざってぇからどっか行けって怒鳴っても、ぽかんとしてくっついてくんの」

「だが、きみをずっと護っていたようだぞ。自分の方が大怪我だというのに」

「怪我……？　おまえ、怪我したのか？」

寝返りをうつようにして寝台から半分身をのりだし、ジャッカルの頭をなで、胸に巻かれた包帯を認めたらしい。

「切られたの？」

「いや……思いっきり殴られたか、蹴られたかしたんだな。胸骨が一本折れて、皮膚をつき破っていた。素人処置だが、まあ、治るだろう」

それを聞いた少年は、息を吐いて、仰むけに戻る。

「きっと、おれを襲ったやつらがやったんだ」

「きみが頭を殴られて倒れてしまったから、このジャッカルが応戦したんだろう」

昔から強盗、掏摸《すり》は名物で、男でも一人歩きは危ない首都だ。中産階級以上の人々は、必ず護衛をつれて出歩かなければ、たちまち小路におしこめられて身ぐるみはがれる。それが、大怪我や殺人に発展することも稀ではない。だが、こんな子どもを狙うとは。おそらく、つかまえて奴隷市場で売ろうとしたのだろう。

ケルシュは黙ってしまった少年のそばに寄って、セージの香りがたち昇っている深皿を示した。少年は、

「薬臭え」

と鼻に皺《しわ》をよせたものの起きあがって両手でうけとった。ふきさまして一口、二口と飲んでから、

「ミルディウス」

と呟いた。太い眉を片方だけあげてケルシュが無言で問うと、

「おれの名前。ミルディウスってんだ。ミルドでいいよ」

礼のかわりの名乗りというわけか、と苦笑する。

今、都には浮浪児や宿のない者があふれている。それというのも、さきのエズキウム大戦のせいだった。エズキウムはコンスル帝国最南端の領土で、魔道師たちの集う同名の州都がある。この州都を陥落せしむれば、宿敵のコンスルに大打撃を与えることができると考えたイスリルが、破竹の勢いでコンスル領土を西進し、エズキウムに肉薄したのだった——イスリルでは、魔道師が兵士の役割を果たす。エズキウムの魔道師たちは、実際はそれぞれの研究に没頭する学究肌が多かったのだが、それを軍力とうけとれば、脅威と感じたのも無理はない——。ところが、思惑どおりにはいかなかった。エズキウムは強固な魔法の壁を造って対抗し、それまで互いの足をひっぱりあうようであった魔道師たちも協力してイスリルの魔道師軍団を敗退させた。そのおかげで、勢いにかげりが見えはじめていたコンスル帝国は息を吹きかえした。景気が良くなり、昔日のにぎわいが戻ってきたかのようだった。だが、戦にかりだされた市民の中には、期待した恩賞が配分されず、一家離散の憂き目にあった者も少なくない。それというのも、武器防具食料、すべて自前でそろえて出かけていったものの、戦の中心はエズキウムの城壁と魔道師同士の魔法の攻防に終始し、コンスル歩兵団はおよびでないという図式となり、大した報償が得られなかったからだ。出兵した市民の二割方が、借金で首がまわらなくなったと

いう話を聞いている。

少年ミルディウスも、そうした市民の息子だったのだろうか。彼と同じような子どもたちが浮浪児となって、その日をなんとかしのいでいるのは、ケルシュも片目でとらえてはいた。

幸せだった一家に闇が忍びより、家庭は刺々しい言葉と投げやりな態度に変わっていき、ある日突然、債権者によってその身一つで追いだされる。娘や妻を売り、自らも奴隷となる者、都から逃げだす者、上長衣《トガ》まではぎとられて路上に打ち捨てられる者。元老院はこの頃ようやく、減税をおこない、カラン麦配給の量を倍にしたが、もはや負の方向にまわりだした大水車を止める力にはならなかった。さらに、勝利によってあてにされていた、奴隷にする人間物資が皆無となれば——イスリル軍団は逃げ足も速かった——需要を満たすための市民の没落も歓迎される。

少年ミルディウスは薬湯をのみほし、また横になった。

「……もう少ししたら、出ていくから。あんたのこの薬が効けば、だけど」

片手を寝台の外にぶらんと下げて、ジャッカルの頭をさぐりあて、そっとなでて言う。

「ぼくの薬は日に三度、十日も飲みつづけなければ充分な効果は得られない。なにせ、頭をやられたんだ。予後は注意するにこしたことはないから、しばらくは寝ていなけりゃならないよ」

ケルシュの言葉を聞いて安心したのだろうか、小さな吐息とともに少年は寝具に沈みこみ、まもなく静かな寝息をたてはじめた。

やれやれ、とケルシュは深皿を下げて自分のための香茶をいれるために焜炉にむかったが、少しほっとしている自分に気がついていた。

ここにいるあいだは、少年とジャッカルは安全でいられる。ぼくも、ぼく自身の昏い記憶やパドゥキアから遠ざかっていられる。

一脚しかない一人用の背もたれつきの椅子に腰かけ、香茶をすすりつつ、夜が明けていくのを眺めた。東側をザエスの角部屋にとられているので、目に入るのは北と西の空だったが、夜明けの光に目をくらませることもなく、濃紺から少しずつ淡くなっていく青さをじっと眺めるのは好きだった。

中庭にさえずりはじめた小鳥たちの声、水盤に落ちる水音、遠くカランの丘のむこうから交易の荷おろしのざわめきも伝わってくる。

部屋に子どもと動物がいるってのもいいもんだ。子どもは口が悪いし、動物は正体がしれないが、それでも一人きりよりずっとましだ。意外なことに。

ケルシュはかすかな笑いを浮かべた。明け方のやわらかい風が、そっと入ってきた。

2

「ミルディウス……？　そう名乗ったのか？」

食事を買いに外へ行くついでに隣室のロッスラッスを訪ね、わかったことを報告すると、彼は眉間に縦皺をよせた。

「思いあたることがあるのか？」

「おお。……五、六年前になるがな、ナステウス家の家庭教師を短いあいだ、やっていたことがある。……わしも出勤だ、途中まで話しながら行こう」

鮮やかな緑のトガをぞんざいにまとったケルシュと、目のさめるような海の青さのトガの襞《ひだ》をきれいに整えたロッスラッスの二人は、狭い階段をおりて、インスルの入口を護っている門番に手をふり、強い陽射しの路上に出た。

「へへっ、おまえさんと一緒だと、護衛がいらない。もうけたもうけた」

と、ロッスラッスがほくほくする。ちょっと癪にさわったので、ケルシュは言いかえす。

「護衛がわりなら、あなたから賃金をもらわないと。そうだな、棚の奥で眠っている『帝国版図六〇一年版』一巻きで手をうつよ」

「そりゃまた馬鹿高い護衛だなぁ」

他愛ない戯言を言いつつ歩道を進んでいくと、すさまじい勢いの荷車とすれ違った。それが通りすぎるまで立ちどまり、見送ったあとに、ロッスが言った。

「ナステウス家は小貴族の家柄でな。郊外に瓦《かわら》を作る工場をもっていて、あの当時は羽振りが良かった」

再び歩きだしながら、

「そうか、あの子が……。大きくなってしまってわからなかったよ。……クレンド・ナステウス・ミルディウス。あの子の名だよ。わしが教えたときは、八つか九つだった。短いあいだだったがな」

「……貴族の息子だったのか？」

「うん。頭は悪くなかったぞ。素直だったし、ちゃんと育てればナステウス家を支える一人になると思っていたよ」

「それが、あんなふうに落ちぶれて……？　何があった」

さあな、とロッスラッスは肩をすくめた。

「わしが雇われていたのは一年かそこらだ。そのあと、わしの方で辞めたんだ。もっと羽振りのいい商売人の方に鞍替えしちまったから。そっちの生徒はできが悪かったが、これが、な」

と銅貨銀貨の入った袋をぽんぽんと叩いて、抜け目のない一面を見せる。

香ばしい匂いが漂うパン屋の前を通りすぎた。

「……買っていかんのか？」

「あなたをちゃんと送り届けてからにするよ。混んでいるし」

松の実入りの堅焼きパンを大声で値切っている女奴隷の背中を横目で見ながら、ケルシュは答えた。ロッスは、ううん、そうだな、と何かを思いだしたようだった。

「……あのあと、噂を耳にしたな。……スタラ教の奴隷が、瓦も炉も全部壊したあげくに逃亡したとか、何か、その辺のことを」

「それはまた……、珍しいな。スタラ教、か」

「商売道具をおしゃかにされちゃ、たまったもんじゃない。で、そのあと、スタラ教信者に対する弾圧がはじまったんだ。宗教とその騒ぎと、実際は関係がないはずなのにな。それに、わしとしちゃ、誰がどんな神を信奉しようとかまわねえと思うんだがな」

「そうか。そんなことがあったのか」

「なんだ、覚えちゃいねえのか。あれだけの大騒ぎを」

「うん。そのころぼくは、帝国にはいなかったと思う。ファナクの砂漠に埋もれていたんだ」

「そうか……。あれだけの惨劇を見なくてすんだか。……で、ナステウス家はその後どうなったかというと、大損害から立ち直れずに、落ちぶれたらしいと、そこまでだな、わしが知ってんのは」

スタラ教か、とケルシュは口の中で呟いてから、

「そんなに攻撃的な宗教だったか？」

「うん、そうでもないはずなんだ。本来は。ハフルとマズハの二神信仰で、大雑把《おおざっぱ》に言やあ、

この世は二神の子どもたち――つまり信者だ――のもので、平和な国をつくるために努力するのが信者の務めだってぇ教義じゃなかったか?」

二人は大通りに出た。八百屋や金物屋、反物屋と並ぶ歩道は、大勢の人が行きかい、荷車もひっきりなしにすれ違っていく。肉を焼く匂いと鉄梃《かなてこ》をうつ鉄の臭い、食堂の出入口から漂ってくる香辛料の匂いが綯《な》い交ぜになって、めまいがしそうだ。大通りを横切って広場に出ると、少しばかりほっとする。噴水の水滴がきらめくのを眺めながら、ケルシュは大声で言った。

「その、平和のためにっていう文言で、たいてい、戦いをはじめるんだよね、自分たちに都合のいいように故意に曲解して」

「自分たちのためだけの世界が保証されるんなら、敵を殲滅《せんめつ》してもいいと、理屈は曲がってぃくな」

ロッスも叫ぶように答える。どこもかしこも、誰も彼も、大きい声を出しているので、そうしないと聞こえないのだ。

「で、他者は皆、踏みつけていい背教者になるんだ」

「まったく、そのとおり! 家畜の方が大事にされる歪んだ社会ができあがっちまう」

しかし、スタラ教徒を十把ひとからげに弾圧しなければならなかった帝国にも、危うさと力不足を感じる。

広場から道の一つに入り、しばらく行くとロッスラッスの勤め先の貴族の屋敷がみえてきた。帰りは屋敷の護衛を頼むという彼をおいて、ケルシュは踵《きびす》をかえした。インスルのつづく通りとは趣が異なり、このあたりは低い建物や、広い敷地の富裕層の屋敷が並んでいる。一見、愛想のない狭い扉をくぐれば、円柱の並ぶ回廊があらわれる。埃っぽい外とは別世界だ。水盤が四角く切られている豪華な中央広間、いくつもの部屋に中庭までしつらえた豪邸ばかりだ。それだけの家を維持していくだけでも、大変だろうな、とぼんやり考えながらさっきの広場に戻った。

数人の若い娘たちが、花束や貢物を抱えてすれ違っていく。小鳥のような声をあげておしゃべりし、ケルシュに気がつくとくすくすと笑って流し目をくれる。背後で彼女たちの護衛が咳ばらいをし、じろりとケルシュを睨んだ。見とれていたわけではないぞ、と自分自身に言いわけをする。彼女たちはどの神に参拝するのだろうかと考えていただけだ。あの年頃であれば、美の女神イルモネスか、月と知恵の神レブッタルスか。

コンスルには、人の数と同じくらい神々が祀《まつ》られている。市民も神々の数など気にしない。どんな神を誰が信奉しようと気にしない、とロッスラッスは言い放ったが、それはほとんど市民全員の共通意識でもある。そうした懐《ふところ》の広い帝国市民であっても、スタラ教を拒絶した。市民に対して力を行使したスタラ教の奴隷に拒否反応を示したものだと、ケルシュは解釈している。そしてその教義が、異教徒を認めようとしないという点も、市民の癇にさわったのだろう。

せっかく遠出をしたのだから、うまいと評判のパン屋によって、胡桃《くるみ》と干し葡萄の入った円形パンを買い、二軒隣の食堂でスズキの香草詰めの一尾焼きを求め、インスルに戻った。

少年は寝台にいなかった。書棚の前に佇《たたず》んで、ケルシュが入っていくと肩ごしにふりかえり、

「これ、全部あんたの?」

と巻物や冊子を指さした。ケルシュは卓上に食べ物をおき、そうだ、と答えながら腰をおろした。一つの水差しから葡萄酒を杯に注ぎ、もう一つの水差しから水を入れて薄め、食事をしよう、と誘った。少年は腹がすいていたらしい。素直にむかい側に座って、ちぎったパンにかじりついた。

「あれだけの本、売ったらすごい金になるんだろ?」

もぐもぐしながら言う。ケルシュはちょっとむっとした。

「あれは売り物じゃない。金にかえられない知識がつまっている」

「知識? そんなものが何の役にたつんだよ」

「はっはあ! 腹の足しにはならないね」

癇癪もちのケルシュだが、さすがに十代の少年の思考方向にいちいち腹をたてたりはしない。そのかわりに、ちくりとやってみる。

「だが、食っていくための元手にはなる。ぼくはそれで住まいも食べ物も手に入れた。ここに、発酵した知識が知恵になってつまっているから、浮浪児にはならないですんだのさ」

自分の頭を指さすと、今度は少年がむっとしたようだった。しばらく黙って食べた。スズキに手を出そうとしたので、ケルシュは水の入った深皿をおしやった。

「まず指を洗え。長生きしたければね」

少年は上目づかいに彼を睨み、慣れた様子で深皿に指をつっこみながら、

「なんでこれが長生きにつながんのさ」

と呟いた。ケルシュはにやりとした。

「それが、知識をもつ利点だよ。行動の意味を知っているか、知らずにいるか」

「知っていれば、何がいいんだよ」

「教えてやってもいいけれど、きみには退屈なだけだろう。それに、大事な知識はただでは教えてやらない。知りたければ銅貨を払うんだね」

「……あんた、素直じゃないな。ややつって言われない？」

「きみよりずっと長く生きてきて、きみより素直じゃないのは認めよう。だけど、きみよりやなやつかというと、それには異議を唱えるよ」

「イ……イギ……？」

目を白黒させる少年に、ケルシュは不意をついた質問をした。

「御両親はどうしているんだい、クレンド・ナステウス・ミルディウス」

少年はびくっとして、口に運びかけていた魚の身を卓上に落とした。寝台わきに寝そべっていたジャッカルが、頭を持ちあげて低く唸った。

「とぼけるなよ、ミルディウス。きみの家庭教師をしていたロッスラッスが、一昨夜、きみを助けたんだ。きみが奴隷にならなかったのは幸いだった。だが、その年で路上生活をしなければならないなんて。一体御両親はどうなった？」

睨みかえして悪態をついてくるかと思いきや、意外にも、蠟《ろう》の仮面のようにこわばっていた表情が、半べそに崩れた。眉尻を下げ、唇を歪めて、

「あんなやつら、知恵神《レプツタルス》の雷に裁かれればいいんだ」

そう言いつつ、卓上に落ちた魚身を拾って口に入れた。うつむいた額まで赤くして咀嚼《そしやく》する少年をじっと見ていたケルシュは、両親恋しさに泣く子どもとは違う感情を読みとって首を傾げた。軽蔑、怒り、そして恥。親を恥じる子ども。

「何があった？　スタラ教の奴隷にすべてを滅茶滅茶にされたあと……」

「アマーは何もしていない！」

少年はきっと顔をあげて叫ぶと、両手を膝の上で拳にし、恥に耐えるようにうつむいた。ジャッカルが身体をひきずりつつ移動してきて、彼の隣に力つきたように腹ばいになった。喉の奥で低く唸っている。この獣は、少年の怒りに反応したのだろうか。

ケルシュは杯の葡萄酒を一口呑み下してから、食物をわきによけ、卓の上で両手を組んだ。

「そうか……。きみも重く昏いものを背負っているんだな」

少年は戦いの神《ガイフィフス》の怒りをかって石像にされたペリキナスさながらに、卑怯者の苦悩を眉に刻んで動かなかった。ペリキナスは巨人たちとの戦を前に、怖気づいて戦場から逃亡をはかり、ガイフィフスに石像にされた。その身体は〈北の海〉の底に沈んだままだと言われている。が、少年は敵前逃亡をしたわけではなさそうだった。

「ぼくにも恥じることはたくさんあるよ」

ケルシュは静かに言った。

「ぼくは、最も親しい友だちを二度、喪《うしな》った。二度とも敵に殺されるのを防げなかったんだ。それで、逃げた。敵から、ぼく自身から、恥から。遠く離れて、ときもたった。そうして、今、ふりかえってみれば、逃げてよかったとも思っている」

「えっ……？」

ミルディウスは少し顔をあげた。ケルシュは視線を組んだ手に落としたまままつづけた。

「退却して怪我を治し、違う世界に身をおけば、また違ったものが見えてくる。それが必要なら、そうすればいい。そうじゃないか？」

「必要だった……？」

「昏《くら》く重いものを背負って立つには、ぼくの場合はまず間をあけなきゃならなかったんだと、ああ、そうだ、今ならそう思う」

少年に語ってはじめて、ケルシュもおのれを見ることができた。すると、昏く重いものが、胸底の台座にようやくぴったりとはまった。彼は頭をあげて少年と目を合わせ、それから書架の方に視線をずらした。それぞれの書物からたち昇っている力の微光がはっきりと見えた。久しく見ることのできなかった光だった。それは、ギデスディン魔法をつくりあげたときに自然に備わった視力で、魔力の衰えとともに消えてしまっていたものだった。彼は、大きく息を吸い、しばらく瞑目《めいもく》していたのちに、力のこもった声で宣言した。

「ぼくはケルシュ。本の魔法《ギデスディン》を使う魔道師だよ」

「魔道師……？　そうは見えない……。てことは、あんた、見た目よりずっと年とってんのか？」

「いいや、見た目どおり、二十七歳の立派な若者だ」

「二十七は年寄りだ。若くない」

「ロッスの四十五よりは若いだろうが」

一呼吸の沈黙があった。そのあと、ミルディウスは淡々とした口調で尋ねた。

「二人も友だちを殺されたのか？」

「そうだ。同じやつにね。そうしてぼくは、大きな魔法が使えなくなった。力が出なかったのさ。……話せば長くなる。だから話さない」

「なんだよ、それ。けちくさいの」

「金貨《ガルウス》一枚なら話しても良いけどな」

「強《ごう》つくばりだな。……じゃ、おれの話ならいくらで買う？」

「きみの話？　真実の話か？」

「ううん……。そうだ、こういうのはどうだい？　かなりはしょった話なら青銅貨一枚。少しはしょってれば銅貨一枚。まったくの真実で適当な長さが銀貨一枚」

「普通なら、誰もそんなものに金をつかったりしない。だけどぼくは好奇心旺盛で知識欲もある。売る相手をまちがえなくてよかったな。……よし、銀貨一枚で本当の話ってのを買おう」

ケルシュは言いおわらないうちに腰の財布袋を探って、銀貨を卓上においた。言いだしたのは自分なのに、ミルディウスは束の間ぽかんと口をあけて、金と魔道師を交互に見比べていた。

ミルディウスがそろそろと手をのばすと、ケルシュは指で金をおさえた。

「話してからやるよ」

「やっぱり強つくばりだな」

舌うちしながらも手をひっこめて、わかったよ、と唇を尖らせながらも話しだした。

「おれは二人兄弟で、それぞれに奴隷の養育係がついていた。おれにはアマーという元農夫、弟ラムドには元水夫のカリードって北方人。アマーはやさしくて気がきいた。カリードは海賊の仲間だったこともあるのが自慢で、ちょっとおっかない男だった。弟はやつの言いなりだったよ。カリードの顔色をいつも気にして機嫌をとっていた。カリードにとりいっていれば、両親も自分をかわいがってくれると思っていたんだろ。だから、おれとはウマが合わなかったな。仲良く遊ぶことも、喧嘩することもなかったよ。

カリードはいつもアマーを目の敵にして、二人の仲は険悪だった。おれが十一になった年の春に、二人がいきなり口論をはじめたんだ。おれんちは瓦製造をやっていて、親父は自分でその指揮をとっていた。二人が口喧嘩をはじめたのは、瓦を保管しておく裏の広場だった。アマーはいつにもまして、何かひどいことを言われたらしい。ものすごく怒って、つい手を出してしまったんだ。殴りあいになれば、アマーはカリードの敵じゃない。一方的にやられはじめて、おれは我慢できなくなった。カリードを棒で叩いた。瓦も投げたと思う。そこにちょうど親父が見まわりにきた。激怒した親父はおれとアマーをとじこめた」

ケルシュは太い眉をひそめた。

「カリードという奴隷は？」

「カリードは前っから要領がいいやつで、親父にうまくとりいっていたから、おとがめなしですんだんだ」

それはおかしな話だ、とケルシュは思った。奴隷同士の喧嘩は、双方の言い分をきいて主人が裁く。お気に入りの肩を持つ主人というのも多いが、常に需要の多い瓦事業の実業家が、そうしたつまらない不公平をやるものだろうか。

「おれは部屋にとじこめられたけど、アマーが処刑されるって他の奴隷たちが陰で言ってんのを聞いて、脱走した。アマーが入れられている倉庫に忍びこんで、一緒に町中に逃げだした。町中にはアマーと同じスタラ教徒が大勢いて、地下墓地には礼拝所までつくっていた。そこにしばらくかくまわれていたんだけど、アマーがうちの瓦を全部だいなしにしたスタラ教徒の逃亡奴隷になってるって噂がきこえてきた。スタラ教徒が反乱をおこして、異教徒を皆殺しにするって話が広まりだした。『ナステウスがそう証言している』ってさ。そんなの、全部嘘だ。でも、ひどくまずいことになったと思った。アマーとおれは、あわてて都の外に出ようとした。その矢先に、警吏が礼拝所に踏みこんできて、スタラ教徒だというだけでみんなをつかまえはじめた。おれはアマーがやつらの気をひいているあいだに路地に逃げて……ずっと逃げどおしだ。おれ……、かくまってくれた人たちやアマーに、すごく申しわけないし、恥ずかしい。何をしたってもうとりかえしがきかない。平気で嘘ついた親父も恥ずかしいし、みんなをまきこんだ自分も許せないんだ」

「スタラ教徒が処刑された、という話は聞いた」

ケルシュが頷くと、少年はうなだれて、ぽたぽたと膝の上の拳に涙を落とした。

「親父がちゃんとアマーの言い分をきいてくれなかったのが悔しい。でも、喧嘩を大きくしちゃった自分が一番悔しい。あのとき、もう少し考えてれば……」

「ううむ……それは違うかもしれないね」

怪訝な顔で涙目を上むかせるミルディウスに背をむけて、ケルシュは書架に歩みよった。踵をかえしたときには、巻物と冊子を一つずつ抱えていた。彼は卓上に巻物——金のインクの飾り枠があるだけの、白い頁を広げ、冊子を繰って目当ての頁をさぐりあてると、そこに左の親指をあて、右の人差し指で金枠の白を示し、冊子に示してある文言を呪文として唱えはじめた。

「何……？　何してるんだ？」

とまどう少年を目でたしなめつつ、呪文をつづける。いささか身をひいて見つめるミルディウスの前で、金枠の白に像が浮かびあがった。

裏庭で瓦の良し悪しを確かめている父親と、蠟板を携えたカリードの二人だった。

はっと息をのんだ少年の前で、カリードは口を動かした。

「……そうはおっしゃいますがね、旦那様。確かにミルド様は長男です。が、少しばかり粗暴なところがあります。少しばかり、ですがね。それにわたしのラムド様に比べると、辛抱が足りないような気がするんですよ。ラムド様が奴隷たちの準備するのをじっと待っておられるのに比べて、ミルド坊っちゃまはすぐにいらいらして叱りつけることが多いでしょう？　あれでは、一家の長として尊敬をえることはできませんがね」

抗議しようとする少年をケルシュは頭を傾げて制した。カリードの話はつづく。

「……それに、あの目、です。どこを見ているのかわからないあの左目が、使用人たちから気味悪がられておりますよ。これから商売の表に立つ者が、あんな目をしてちゃあ、契約は結べんでしょう。早いとこ、次の長はラムド様に、とお示しになった方が家のためと思われませんか？」

「それはそうだ。おまえの言い分ももっともだと思う」

父親は広くなりつつある額の生え際にちょっとさわってから、

「あの目には……うむ、わしでさえときおり驚くこともあるが……だが、ミルドを退けラムドを次の家長にするとなると、商売もひっくりかえりかねん」

「なぜです？　家長はあなたです、ナステウス様。誰もあなたに異議を唱えはしませんよ」

「法律上はな。そして表だってはな。だが、信用がなくなる怖れがあるのだよ、カリード。都の連中は、ナステウスは見た目で跡継ぎを選んだ、約束されていた順序を無視するようなやつだ、とおもしろがって騒ぎたてるに決まっておる。評判がよろしくなくなれば、契約も儲けも減ってしまうのだ」

「……わかりました、御主人様。したが、今の話、覚えておいてくださいよ」

「おまえは大変有能な会計士だよ、カリード。おまえの計算のことは頭の隅に入れておこうよ」

ケルシュはそこで指をはなした。金枠の中の映像はひとゆらぎしてかき消えた。あとにはむなしい白が残っているばかり。

声も出ないミルディウスにかわり、ジャッカルが頭をあげて怖ろしげな威嚇の唸りを発した。ケルシュは二つの書物を書架に戻しにいき、杯に葡萄酒を注ぎ足して少年の手に握らせた。ミルディウスは半ばうわの空で一口、二口すすり、音をたてて卓上におくと、きっと顔をあげた。

「こんなものをおれに見せて、何を考えろっていうんだよ、おっさん」

「そのあとにおこった一連の災難を、きみはただの災難だと思ってはいけないってことを言いたいんだ、坊主」

「おれ……おれが、親に捨てられるべくして捨てられたって嘲《あざけ》りたいのかよ」

実際はそうではないのだが、少年にすれば、「捨てられた」と感じているのだろう。それには深く共感するケルシュだが、故意に冷笑してみせた。

「親に捨てられる子どもなど、ごまんといるぞ。そんなのにいちいちかまっていられるか」

ぐっとつまったのへ、おおいかぶせるようにつづけた。

「カリードという男は計略にたけた卑劣感だな。きみの父親はうまくそれにからめとられてしまったんだ。この会話のあと、そう間をおかずにアマーとの喧嘩騒ぎがおこったに違いない。きみの父親がどう判断をするか、カリードにしても賭けではあったろう。だがその賭けは、勝負の天秤の片方に、小さな分銅があらかじめのせられていたんだよ。そして実際、そのとおりになった。きみは罠にはめられたんだ、坊や」

「……なんで、そんなこと、言い切れるんだ？」

少年は目を見ひらき、声を震わせた。ケルシュはひそかに吐息をつき、

「それはね、ぼくが見てくれどおりの二十七歳じゃないからさ。この世に生まれて二十七年、それは確かだけどね。ここには」

とこめかみのあたりを指で叩いて、

「前世の記憶がつまっている。それで、楽々と魔法を操り、二百年の経験が知恵になって溜まっている。……忘れてしまったことも多いけれどね」

「……本当に、魔道師、なのか？」

ケルシュは思わず吹きだした。

「何をいまさら……さっききみが羊皮紙の中に見たものをなんだと思っていたんだ？」

「びっくりして、そこまで頭がまわらなかったんだ……」

「まあ……そうだろうな。さ、食事を終えてしまえよ。そしたら出かけよう」

どこへ、という問いには答えず、残ったパンを布に包み、トガの襞を直して立ちあがったケルシュだった。

3

二人がやってきたのは都の南部、ハルモの丘のふもとのノイル街道にほど近い地域だった。塩の貯蔵倉庫が建ち並び、石切場が点在し、素焼きの壺器《アンフォイル》の工房や青銅の鋳物工房が幅をきかせている。その背後には水道橋が大きなアーチをつくって、日なたぼっこをしている大蛇のようにのびていた。

「あそこだよ」

ミルディウスが指さした先には、石塀に囲まれた広い敷地があった。その一角は、門が大きくあけはなたれており、中がよく見える。木造の平屋の小屋がいくつか建ち、薪にするのだろう、乾いた丸太の山がずらりと並び、その合間には赤褐色の瓦が整然とつみ重なっている。半裸の男たちが、そろそろ仕事終いなのか、斜めに傾いだ陽射しに肌を焼きながら、転がっている瓦を拾ったり、粘土をこねる道具を集めたりしている。

「きみはさっきの石屋のところで待っていて。神々の彫像に興味があったろう？」

ケルシュがそう言うと、少年は素直に頷いた。ここへ来る途中、彫像工房の前を通りかかったとき、少年の足が止まりかけたのをケルシュは目ざとく見のがさなかったのだ。それに、今、少年は、人生を一変させた場所に戻ることに恐怖を感じている。当然だ。

ケルシュは一人になると、大股であけはなたれた門へとむかった。後始末にかかっていた男たちは、胡散臭《うさんくさ》そうなまなざしで彼を一瞥し、我関せずという態度で遠ざかっていく。すると、蠟板を持った金壺眼《かなつぼまなこ》の会計士が、ゆっくりと近づいてきた。

「何か御用かな、お若い方」

年は五十を超している。耳の上に白髪が少し残っているだけの禿げ頭、小柄で頭一つ分ケルシュより背が低く、猫背だ。声は高いがしゃがれている。黄色くすりきれたトゥニカに古びた茶色のトガを巻きつけて、会計士という立場でありながらも金には困っているようだ。抜け目のなさそうに目をぎらつかせているのは、奴隷たちを決してさぼらせまいと終始監視しているせいだろうか。

「ぼくはキャルシウス・ケアリウス・キアルスといいます。ユリーナ・ナステウスおばさんを訪ねてきたんですが」

一呼吸、会計士は黙った。息をのんだのか、ユリーナとは誰なのかと記憶をさらったのかはわからない。だが、一呼吸後に、ぶっきらぼうな口調で、

「ユリーナ奥様がおばさんだって？」

と問いかえしてきた。

「ああ、おばさん、といっても、ぼくらがそう呼んでいただけのことで……ええっと、ぼくの父の母方の兄弟には娘がいて、その娘が嫁いだ先の旦那さんの姉さんの子が、ユリーナおばさんなんですが」

「な……なんだって？」

会計士は目を白黒させる。ケルシュは太い眉を上下させてにっこりし、

「つまりは遠い親戚、ってことで。でも、幼いころ、よく面倒を見てもらったんですよ。都に出てきて祐筆をやりはじめたんですが、高い地位にある保護者に恵まれましてね。結構お金がたまったんで、おばさんに恩がえしをしようと思って訪ねてきたんですよ」

腰の財布を軽く叩いた。ちゃりんちゃりんと景気のいい音が響く。それを耳にしたとたん、会計士の小さな目の奥に、何か金色のものがさっと走った。

「……ユリーナさんはここにはいねえよ」

「もしかして、どこかへ引っこした？」

会計士は館の方をふりかえり、顔を戻してケルシュを見あげた。

「詳しいことを聞きたいか？……なら、ここじゃ話せねぇ。この通りに入ってくる角に、居酒屋があったろう？　あそこで待っていろ。……で、いくらよこす？」

「おばさんの居場所がわかるんなら、銀貨一枚」

「銀貨三枚」

ケルシュは頷いた。

「あなたの名前を教えてもらえれば」

会計士も頷いた。

「シーヤック。わしはシーヤックという」

ミルディウスをつれて、角地の居酒屋で待っていると、猫背のシーヤックは、夕陽の影が長くのびるころにようやくやって来た。葡萄酒の杯を一息でのみほすのを見て、ケルシュはおかわりを注文してやった。さらにそれを半分までのんでから、銀貨を要求したので、ケルシュは二枚だけ卓の上に出し、全部話したらもう二枚奮発すると申しでた。シーヤックにとっては、いいカモだったろう。それでもかまわない。真実は銀貨四枚より重いはずだから。

シーヤックは二年前の、アマーとカリードの騒動から順序よく語りはじめた。会計士らしい整然とした話し方で、二人が聞き返す必要もほとんどなかった。

「カリードはすべてをスタラ教徒のせいにするよう、旦那さんをそそのかした。そうやって騒ぎをおさめればいいと思ったんだろ。ところがことは、やつが思った以上に大きくなった。唯一神を祀る連中を都の大半は苦々しく思っていたからな。嫌悪感が憎悪に飛び火して、あっというまにふくれあがった。教徒たちがとらえられ、女子どもも皆処刑された。奥方ユリーナさんはいたく心を痛めてしまった。商売も左前になり、にっちもさっちもいかなくなった。で、カリードは会計士の立場から、家族三人の生計を保つために、瓦工場を手放し、その残った金でインスルを一部屋借りるように進言した。瓦工場の施設は使えるし、三十人の奴隷を売り払えば、三人で一生すみつづけられると言いくるめてな。その手間賃がわりに、カリード自身の解放を要求して、傷心の御主人夫婦をまんまとあそこから追いだした。そのあと、工場をやつ自身が安く買いとって、今じゃやつが主人ってわけ。わしはやつが工場主になったとき、奴隷頭に格あげされた。読み書きのできる奴隷はわんさかいるが、会計士みたいに複雑なやりくり算段ができるのはそうはいない。で、どうしてもすぐに会計士を必要としていたやつに、わしは自分を高く売りこんだのさ。自由人にしてもらったんだ。そのかわり給料は大してもらえないけどな。わしもそろそろ年だから、コンスル市民で死にたいと思ったんだよ」

ケルシュは銀貨をさらに二枚とりだして、卓上に並べた。金より自由を選んだにせよ、金はないよりあった方がいい。

「で？　その御主人夫婦は今どこに住んでいるんだい？」

「ウーラン川の河岸ぞいのルテ橋の袂、〈馬の耳〉亭の隣のインスルだよ」

シーヤックはインクと泥に汚れた指で、銀貨をそそくさとつまみあげた。彼が財布に金をおしこんでいるあいだに、ケルシュはミルディウスを促して店を出た。

夏の夕暮れ、公共浴場の煙突からあがる煙と、湯の匂いが漂う道を、二人はしばらく黙って歩いた。通りは風呂あがりの人々や家路を急ぐ人々でごったがえしていたが、次第にまばらになっていった。石畳に落ちる長い影が、夏も終わりに近いことを告げていた。ふと、ケルシュが立ちどまった。

「ルテ橋はここから曲がると近い。どうする？　行ってみるかい？」

普通の子どもの心境であれば、一刻も早く親に会いたいところだろう。だが、一度親に見捨てられた子の心は、ケルシュにははかりがたかった。罪人同様に、あからさまに追放されて、恨みがないとは考えにくい。しかし落ちぶれたくらしをしていると聞かされて、忘れていた愛情が思いだされて仕方がなくなるかもしれない。

建物の影が落ちた少年の顔は、表情が読みとれない。だが、声は、はっきりと、

「うん。行ってみる」

と迷いのないことをあらわしていた。

ルテ橋は都の東部の比較的平たい低地にあり、蛇行して流れるウーラン川によって、しばしばその河岸が洗われる、いわば貧しい者たちがふきだまってくるような場所にある。〈馬の耳〉亭は、橋の袂というより、橋と土堤をまたいで建てた木造小屋の居酒屋だった。材木の骨組みにまにあわせの板屋根と板壁をうちつけただけの、一杯ひっかけて去るしかしようがないような店で、むきだしの梁《はり》も垂木もところどころ折れたり腐ったりしていた。二人は外から一瞥しただけで通りすぎ、店と軒を接するように河岸にあぶなっかしく傾いでいる煉瓦《れんが》積みのインスルを見あげた。五階建てのそれは、隣の四階建てと互いに肩で支えあっているように見えた。それぞれの部屋にバルコニーがついているが、踏みぬいてしまいそうな板床と、ふれたら分解しそうな手すりという代物だった。陽がようやく落ちて、乏しい灯りが窓からもれてくる。赤子の泣き声や男の怒鳴り声やかみさんの金切り声がまじって、やたら騒々しい。焜炉の上で焼かれる豚の脂身の匂い、豆やキャベツのスープの匂いと、泥炭か何かの燃料の煙がいっしょくたになってあたりに滞留している。ケルシュは不用意に息を吸いこんで、思わず咳きこんだ。

ミルディウスは長いあいだ、浮浪児のみじめなくらしをしてきたにもかかわらず、呆然とインスルを見あげていた。まさか両親と弟が、こんなところに生活しているとは思っていなかったのだろう。その衝撃は小さくはないはずだ。

一階から五階まで、窓は三列ずつ十五ある。そのどれが彼の家族のものなのだろう。あれは違う、赤子の泣き声がする。こっちも違う、子どもがわめいている。と、ケルシュのトガをミルディウスがひっぱった。

「帰りたい」

ケルシュは静かにふりむいた。少年はうなだれている。泣いているのかもしれなかった。そうか、とケルシュは言った。

「会いたくなったらいつでも来られるからな。大丈夫だ」

何が大丈夫なのか、ケルシュ自身にもわからなかったものの、そのまま通りに出て、住処に戻った。

4

「おれさ、今から徒弟になることはできる？」

まる一日ふさぎこんで、ろくに口もきかなかったミルディウスが、起きてきて開口一番、そう尋ねた。

「徒弟？　なんの？」

ケルシュは『ギデスディン魔法入門』に書き足す部分を羊皮紙の切れ端に走りがきしている最中だった。

「石像造りの」

そう言うと首まで赤くしてうつむく。ケルシュは頭をあげた。

「石像造り……。ああ、一昨日、見に行った工房だな。石像造りか……。この都では、需要の多い仕事だな。しかしきつい仕事だ」

「きつくない仕事なんて、そうそうないだろ？　あんたみたいなくらし、誰もができるわけじゃない」

ケルシュは筆をおいた。皮肉たっぷりの言葉にはかまわず、静かに少年を見かえした。

「その気なら、何歳になっていたって徒弟にはなれるよ。問題は、つづけられるかどうかだ。

仕事がきついだけじゃない、兄弟子たちや親方からの嫌みやら叱責やら理不尽な命令やらが必ず待っているだろう。それを耐える、もしくは自力で解決する、のりこえる覚悟があるかどうか。それでもやりたいという熱意があるかどうか」

「それは……わかんないよ」

少年は頰をふくらませて正直に答えた。

「そんなこと、わかる子ども、いる？」

ケルシュは思わず破顔しそうになって、顎を下げた。

「確かに」

「でも……おれ、三年くらい、路地でくらしてきたじゃない。あれに比べたら、どんなことでも大丈夫なような気がする」

「ふむ……」

「徒弟からちゃんとした彫像家になって、金ためて、両親と弟を迎えにいくんだ。そしたら、アマーがおれを許してくれるような気がするんだ。家族がしたことも、おれがしたことも」

窓際で外を見ていたジャッカルが、首をまわして、小さな声で吼えた。まるで、ミルディウスに賛同しているような、低く短い声だった。ケルシュは少年とジャッカルを交互に見て、

「……カリードはあのままでいいのか？　瓦工場をとりかえさなくてもいいのか？」

「カリードなんかには二度と関わりたくないよ。そのくらい、わかんないの？」

ミルディウスは口から唾をとばして肩を怒らせた。ケルシュは怒らなかった。

「ふむ……。きみがいいっていうんなら、それでいいさ」

そう答えつつ、ジャッカルと視線を交錯させた。獣の瞳には、暗黒と金の闇が渦巻いていた。

ケルシュはそれを見て直感した。そうか。この獣は、ミルディウスが当然抱えているはずのものの化身なのか。ふりかえってみれば、少年はもっとカリードや両親を憎んでもいいはずなのに、やけにさっぱりとしている。この獣は暗黒でできている。ケルシュが前世から腹の奥底にためているものと同じ闇から生まれたもの。

ケルシュは大きく息をしておのれを落ちつかせてから、何気ない口調でつけたした。

「ロッスラッスが一人二人、彫像師を知っているだろう。行って聞いてみればいいんじゃないか？」

その日のうちに、ミルディウスはそう遠くない工房に弟子入りすることに決まった。ロッスラッスの推薦もあって、話はとんとん拍子に決まったらしい。しばらくはここでの同居をつづけたらいいと提案すると、少年は素直に礼を言ってうけいれた。

翌朝、ケルシュはバルコニーに立って、少年が出かけていくのを見送った。赤く染まった雲が暁の空を流れていく。暖かいのと冷たいのがまじった風が髪の毛を逆だてていく。

「坊主はああいったけれどね」

ケルシュは足元で手すりに両前脚をのせて、大気をかいでいるジャッカルに話しかけた。

「ぼくもおまえも、あいつを許すつもりはないよな」

何となれば、彼は魔道師、そしてこの獣は少年から乖離《かいり》した憎悪だから。

「運命女神《リトン》の意向を待つほどぼくらは善良じゃない。裁きの神《レブッタルス》の雷に期待するほど信心深くもない。そうだろ?」

ジャッカルは鼻づらをあげて、喉の奥で唸った。それはいかにも楽しみにしているように、ケルシュには聞こえた。

「世の中、理不尽が多すぎる。一つでも二つでもそいつをひっくりかえせたら、痛快このうえないことだよね」

正義が通るときもあるし、そうでないときもある。そうでないときの方が圧倒的に多いことを、ケルシュ/キアルスは知っている。身にしみて。半身をもっていかれたように。何度も。だから、憤っている。この憤りを感じなくなったら、生まれかわった意味はないと知っている。憤りがあるからこそ魔道師として昏い部分をためこんでいられるのかもしれない。

ミルディウスは憎しみ《ジャッカル》を切り離した。浮浪児としてその日をしのぐくらしをするには、道を選ぶ必要があったのだ。おそらくは、二つの道か。一つは、憎悪に身を焦がして復讐に意地を張る道。今ひとつは、過去を捨てて、今日を生きのびようと必死になる道。少年は賢明にも無意識のうちに、後者を選んだ。だから、憎しみを切り離さなければならなかった。しかし、今までの人生をすっかり打ち捨てることはできなかった。当然だろう。それだから、ずっと影のようにジャッカルは彼によりそっていたのだ。

今日、少年は未来へつづく新しい道を自分で作りだし、早くもその一歩を大胆に踏みだした。もう、ジャッカルは彼から離れられる。この獣をずっとここで飼っていてもいいのだけれど、獣そのものが、理不尽を正したいと唸っている以上、手助けをせねばならないだろう。

彼は室内に戻り、『ギデスディン大全』のとある頁をひらいた。黒文字の中に、一行だけ赤紫の文字で記してある部分に、右の人差し指をのせ、卓上にとびのってきたジャッカルの鼻のすぐ上に左の人差し指をのせ、呪文を唱えた。三呼吸を必要とする長い呪文を終えると、ジャッカルは耳まで裂けた口をあけた。ケルシュには笑ったように思われた。それから獣は身を翻し、長く太い尻尾でケルシュの頬をさっとひと掃きしたあと、バルコニーから身をおどらせた。その姿は明けゆく空に溶けていき、二度とあらわれることはなかった。

せわしない日々がすぎていき、いつのまにか秋の中頃となっていた。中庭の青ブナの葉の緑が金にかわり、クロワタをふんだんにつめた新しい布団が届き、火鉢には朝晩、火が入るようになった。

ミルディウスはあれから一日も休まず石像造りの工房で下働きを務めている。石材を運んだり、下準備の荒削りをしたりしているらしい。二の腕に力こぶができたと自慢している。ジャッカルの存在など忘れてしまったようだ。それは薄情でもなんでもなく、恨みつらみに惑わされず、陽光の当たるところで咲く朱金草《しゆきんそう》のような、明るい生きがいを手にしたがゆえの、自然ななりゆきだった。いたって健全なことだ。少年が額を輝かせて、先へと踏みだした証拠だろう。それでいい。世の澱《おり》はぼくら魔道師がひきうける。

火鉢で手をあぶりながら、羊皮紙の切り落としに新しい魔法の思いつきを書きつらねていた午後遅く、ロッスラッスが半ば酔った恰好で訪ねてきた。彼は踏みこむや否や、卓上に包みをほどいて料理の二、三品を並べた。

どこぞの貴族の宴会にお呼ばれして、あんまりうまいものだったから、厨房《ちゅうぼう》の友にねだって残りをもらってきたのだと言う。

「わしも妻も、もうたらふく食ったんでな。育ち盛りのミルディウスなら、いくらあっても足りんだろうと思ってな。しかも、こんなにうまいもんだ、食べさせたくてもらってきた……やつはどこへ行った？」

ケルシュはこんがり焼いたパイの匂い——中にはいちじくと月桂樹の葉のエキスをまぜた蜂蜜をぬったハムが入っているんだ、とロッスラッスが胸をはる——に鼻をうごめかせ、唾をのんでから答えた。

「どこに行くも何も、まだ帰ってきていない」

「まだ？　もう日がくれるぞ。働きすぎじゃあないのか？」

「石の粉だらけになるから、浴場に寄ってくるんだよ」

ペンを握っていない方の手で、ぱんぱんにふくらんだナツメヤシの実を一個つまんでほおばる。胡桃と松の実のかみ心地、甘い蜂蜜ととけあった煮汁が口の中に広がって、おう、これは、ふむ、これは、とまともに口がきけない。

「うまいだろ？　なあ？」

ロッスラッスはわが意を得たりとにっこりし、一人がけの背もたれつき椅子にどっかと腰をおろした。

「ミルドが帰ってきていないなら、ちょいとおまえさんの耳に入れておきたいことがある」

酔ってはいても、理性の芯はしっかりしているようだ。

「今日の宴会でな、ちらっと耳にしたことがあったんで、厨房で噂好きの料理人たちから詳しく聞いてきたよ。カリード……ミルドの家を乗っとった例の解放奴隷だが。どうやら同じ目にあったらしい」

指をぺろぺろなめてからケルシュは尋ねた。

「同じ目、とは……？」

「商売道具の瓦を何者かに壊されたそうだ。ほとんど全壊、瓦を焼く窯《かま》もつぶされて、再起は不能だろう、と」

「何者かって……」

「それがな、一月ほど前から、カリードの身辺に野犬みたいなやつがうろついていたらしい。一度など、やつの寝室に忍びこんでいて、命がけで追い払った、なんてこともな。その野犬が、瓦の上を走りまわっていたとか、仲間もひきつれて大暴れしているのを見たとか見ないとか。その話を聞いて、わしは、ジャッカルのことを思いだしたのさ。……あいつはどこへ行ったんだ？　ケルシュ。しばらく見ていないようだが」

抜け目のない酔眼が、ぎろり、とケルシュを睨んだ。ケルシュはキジバトのゆで肉に舌づつみをうちながら、ああ、あいつか、ととぼけた。

「あいつも自由になったんだろうね。何も心配はないと思うよ」

「……おい、ミルドに残しておいてやれよ」

「もちろんだよ。ちょっとつまみ食いしただけじゃないか」

「あんまりつまみ食いすると、腹が出てきたとか、また悪態つかれるぞ」

「うまいなぁ、ロッス。またもらってきてよ。特にこのパイ。絶品だなぁ」

そのくらいにしとけ、このうまい料理には上等の葡萄酒がほしい、ザエスんところからもらってこよう、ザエスなんか呼ぶな、分け前が減るぞ、などと、品のないやりとりをしているうちに、日はくれていく。


ケルシュがパドゥキアへ旅立つことができたのは、それから五年後、ミルディウスが家族と再会を果たしたあとのことだった。彼のインスルはそのままミルディウスにひきつがれた。ミルディウスの腕前はめきめきとあがり、皇帝の彫像、イルモネス女神の立像、ガイフィフス神の巨大な坐像などなどが、その後何百年ものあいだ、都を彩ったのだった。

ただ一滴の鮮緑

Only One Drop of Emerald

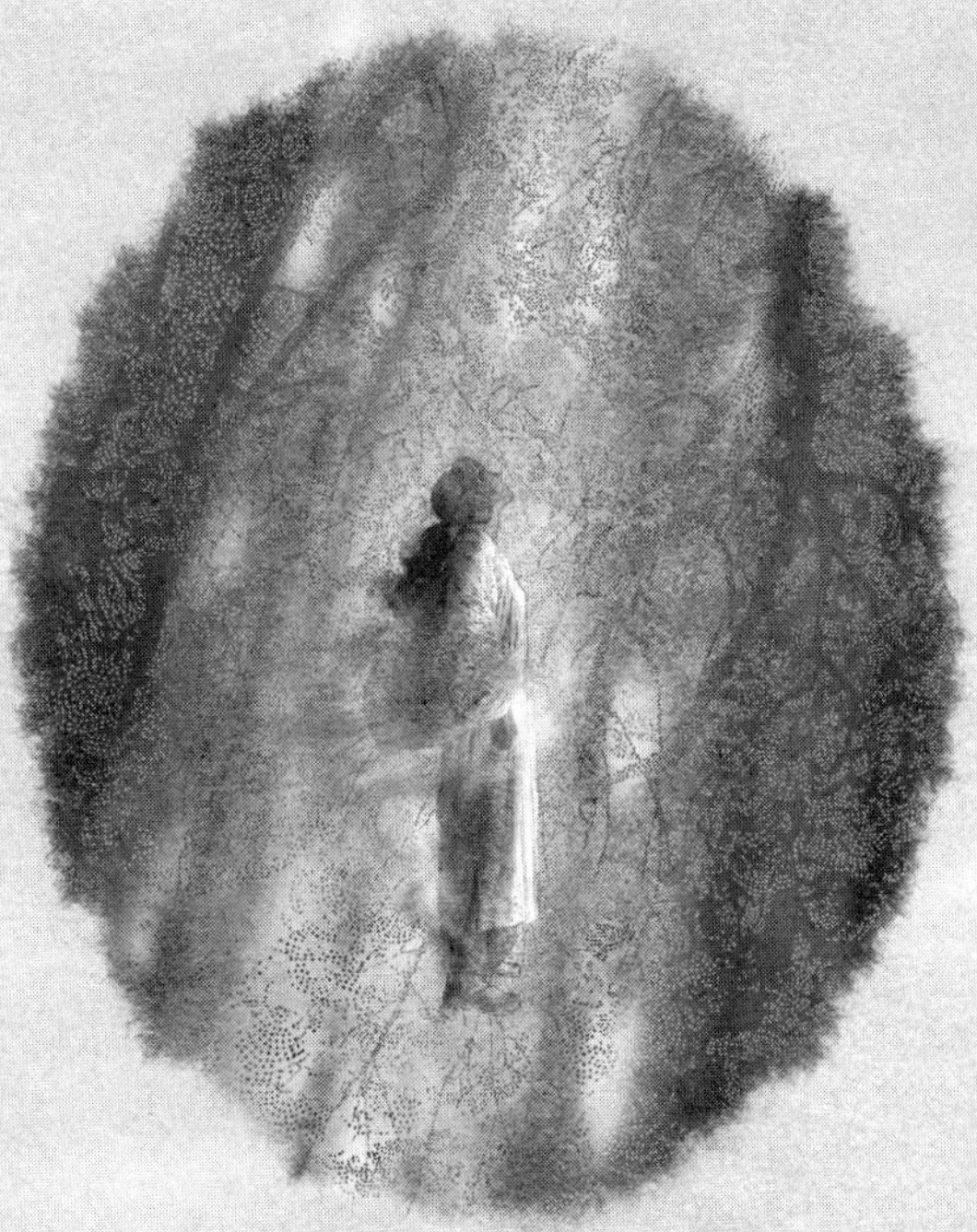

コンスル帝国暦　八八〇年　ノイル州　ノイル海湖岸　ノーユの町

チャファとモールモーが出会ったのは晩秋の夕刻、湖に面した居酒屋や宿屋や売春宿が、波止場の敷石に長い影を落としたころだった。一仕事終えてくたびれ果てたチャファが、屋台のそばの石に腰かけて、甘辛く味付けした熱々の肉をはさんだ人気の丸パンにかじりついていると、同じものを注文した若い男が隣に座った。睨みつける前に、男のやわらかい口調がふってきた。

「これがうまいって聞いて、はるばるセッテから来たんだよ。どう？　やっぱり評判どおりかい？」

意地っ張りなチャファだが、友好的な態度をはねかえすほど意地っ張りではない。もぐもぐしながら仕方なく頷くと、そうか、と満面に笑み——何の屈託もない、懐いた犬のような——を浮かべてかぶりついたが、一口で半分を片づけたのにはびっくりした。おう、ふうむ、こへはこへは、と味わってさらにあと二口。その手にはもう何も残っていなかった。

チャファが思わずくすっとすると、

「おれはモールモー。セッテの領主の小作人だったんだけどな、両親とも死んじまって、兄貴たち二人もいなくなってしまって、おれもほとほと人にこき使われんのが嫌になったから逃げだしてきたんだ。ここまでは領主も追ってこないだろうと思ってさ」

会ったばかりのチャファに、出自をぺらぺらとしゃべる。チャファはさらに目を丸くして、男を見つめた。痩せ気味の中背、頬骨がくっきりと目だっている。年の頃は彼女より三つ四つ上だろうか。まだ三十前には違いないのに、早くも生え際が後退して薄くなりつつある髪を、首の後ろで束ねている。目は髪と同じで、芽吹き前の雑木林のやわらかい色をしている。と、その顔が不意に近づいてきて、

「あんたの目、きれいだな。深い緑色で」

チャファは思わずパンを取り落としそうになった。

「ああ、ごめん、食べてよ。おお、それからこいつをどうぞ。あんた、すっごく疲れた顔している」

腰から葡萄《ぶどう》酒の袋をはずして手わたしてよこした。チャファが遠慮がちに一口飲んでかえすと、またにっこりして、

「あんたここに住んでんのかい？　おれもあと二、三日泊まってみようと思っている。また会えるといいな」

石から立ちあがり、去り際に、名前聞いてもいい？　と尋ねた。チャファが答えると、袋の

紐を腰帯に通しながら踊るように後ずさっていき、チャファ、とくりかえしたが、その声は近づいてくる荷馬車の音にかき消された。彼は叫んだ。

「どこに住んでんの？　明日また会えないか？」

普段であれば応えもしないチャファだったが、このときは春先の雑木林の色にひきこまれて思わず立ちあがっていた。叫びかえそうと口をあいたそのとき。

近づいてきた荷馬車の車軸か何かが折れる音がとどろいた。積み荷が斜めに崩れ落ち、車輪がはずれて転がっていく。仰天した馬が棹立《さおだ》ちになり、次いで首を左右にふりながら、蹄《ひづめ》を鳴らしてあらぬ方へと走りだす。半壊した荷車がひきずられ、ふりむいたモールモーへまるで虎のように襲いかかった。御者の口が空虚な洞穴さながらに迫ってくるのを、チャファはただ茫然と眺めていた。黒い潮が流れていくのにも似て、その口は景色のかなたに歪みつつ消えていき、あとには打ち倒されたモールモーが、長い影と夕陽のはざまに横たわっているだけ。

人々の怒号が遠くに聞こえた。チャファはモールモーに駆けよった。彼はもう、ほとんど息をしていなかった。どこにも怪我はないように見えたが、手をかざしてみると、身体の中で出血しているのがわかった。人々はまわりに集まってきたが、チャファが何をしようとしているのかを悟って、見守ることにしたようだ。事情を知らない水夫だろうか、おい、何をしている、早く助け起こせ、と喚いている。地元の女がたしなめる声がした。

「しっ。静かにしな。あの娘は呪《まじな》い娘、冥府女神《イルモア》から人の生命をかえしてもらう力を持った魔女なんだよ。黙ってみてな。イルモアが承諾すりゃあの怪我人は助かるだろうし、そうじゃなきゃ、もう、どんな薬師《くすし》にも医者にも助けられないってことだからね」
そう、あたしは魔女と呼ばれている。小さい魔法をちょこちょこ使えるから。未来を占える
し、少しは目くらましなんかもたしなむ。でも、本業は魔道師、生命をよみがえらせる力を持
った魔道師よ。だから集中させて。静かにして。イルモアの手から彼をうけとらなきゃならな
いんだから。またそなたかって、イルモアに渋い顔されなきゃいいんだけど。
モールモー、おれたちはもうたくさんだ。ほとほと嫌になった。これだけ働いても、少しも
くらしは良くならねえ。あたりまえか、働いた分だけ領主にもっていかれちまうんだものな。
もうここを出ていくぜ。一緒に行かねえか。
長兄が痩せた顔に目だけぎらつかせて頭をふりふり言った。次兄はもう、合切袋に荷をつめ
て、肩にかけたところだ。モールモーはううん、と煮え切らない返事をした。
「小作はいつまでたっても小作だ。奴隷と大差はねえよ。おまえもさっさと見切りをつけた方
がいいぜ。でないと一生、こき使われて終わりだ。親父とお袋のように、な」
それじゃな、おれたちは行くぜ、達者でな。
そうか、一生なのか、と思った。今までそんなことを考えたこともなかったので、しばらく
呆然と座りこんでいた。兄たちの姿が広い圃場《ほじょう》の端に消えたころ、ようやく立ちあがって外へ
の扉をあければ、うねうねとつづく畑には、鮮やかな緑色のカラン麦が、うっすらと雪をかぶ
っている。家族五人、朝から晩まで丹精して、毎年黄金の穂を海とした。その日々がつづくと

ばかり思っていたのだが。夏に荷駄十台分もできたカラン麦のうち、家に残されるのはたった一駄分、それで働き盛りの男三人と老夫婦の食いぶち一年分をまかなおうというのは、どうしたって無理というもの。畑の一角に野菜を作り、庭に豚を三頭飼い、なんとかやってこられたのは、母の才覚のおかげだった。ああ、父も母もいなくなってしまった。兄たちも去っていった。青々と波打つ穂の景色や黄金の海の輝きを、愛してやまないモールモーだったが、これを一人で維持するのはできっこなかった。できません、と馬鹿正直に領主に告げたらどうなるか。機嫌が良ければ鞭打ち十回の末、蹴りだされるだろうし、悪ければ骨になるまで晒し台に乗せられるはめになる。この圃場も、家も、すべて領主の持ち物だから、とりあげられてしまうだろう。つまりは生命の保証もなければ財産もない、それが今のモールモーの境遇だった。

兄たちが逃げ去ったのも当然だ。

ようやくそう納得したのがその日の夕暮れ。翌朝には、残された食料を合切袋にかき集め、野宿の用意もして家を出た。庭の豚たちはほどなく野生に戻るだろうし、すくすく育っているカラン麦は、この夏もなんとか穂をつけるだろう。領主の徴税人がやってきて、家が打ち捨てられたと判明するのは晩夏のあたり、それまでに距離を稼げば、追っ手の心配はほとんどない。

冬は、すぐにやってきた。しかしモールモーには、厳しい環境でも生きのびていく小作農ならではの才覚があった。山小屋を渡り歩いて狩人たちの助っ人をし、春になったところで山奥の伐採所に行って料理人のまねごとをし、夏にはさらに東進して牧童にまじって羊を追ううちに、小金がたまり——彼の一家がいかに搾取されていたかを実感したのは、ちょっと働いただけで銀貨《セステル》が数枚に増えたときだった。銀貨なぞ、数年に一度拝めるかどうかのくらしだったのだ――、それで、さらに東、湖のほとりの町をめざした。湖というものを見てみたい、と思い、できるんなら船というものに乗って、むこう岸に何があるのかこの目で確かめたい、と考えたからだった。てくてく歩いてノーユの町にやってきた。すると、そこには、輝く乙女がいるじゃないか。大きな四角い石に座って、恥じらうことなくむしゃむしゃとうまそうなものを食べている。決して美人というわけではない。いやいや、美人だ。絶世の美女ではない、と言えばいいのか。黒髪はくるくると螺旋《らせん》になって背中にかかり、ちらりとこちらを眺めた目の色は、針葉樹の深い色をしている。なめらかな所作には身分の高い人のような気品を感じる。身体全体からにじみでてくる光が、彼女を輝かせている。その輝きの中で、大きい口をあけてぱくぱくやっているのがなんとも心楽しい景色だった。

チャファ、と彼女は名乗り、また会えるか、と尋ねたものの、その答えは聞きそびれてしまった。突然、灰色の闇が襲ってきたからだ。気がつけば明るい森の中にいた。青ブナが広い間隔で立っている。生き生きとした下生えの緑が目に痛いほどだ。ふりそそぐ陽の下に、初老の、しかしなおまだうつくしい女が腰をおろして草を編んでいる。彼に気がつくと、嫣然《えんぜん》とした笑みを浮かべてさし招いた。

――ここに来よ。清き水を進ぜよう。喉が渇いたであろ？

その声は深い河のようであり、安らかな夜の色を彷彿《ほうふつ》とさせ、月の光を無数に散らす湖面のようでもあった。モールモーが招かれるままにふらふらと近づいていけば、女のそばに両親がにこにこして立っている。ああ、ここにいたんだ、と大きく安堵して、女からさしだされた杯に口をつけようとした。

と、突然目の前にチャファがあらわれて、そっと手首をおさえた。女がたしなめる。

——今日はこれで二度めであるよ、チャツフェリ。そなたの生命《いのち》が削られるばかりじゃぞ。

「イルモア、あなたが生命を奪いすぎてるのよ。特に、あたしのまわりで」

と、チャファは腰に手をあてて文句を言った。

「もしできるのなら、あたしの見えないところで取っていってくれる？」

——まさか、日に二度も来るとは思わなんだ。見境ないのう。

「お互い様」

——したが、本当に、おのれの生命がなくなってしまうぞよ。たいがいにせえよ。

「なんか、あたしには来てほしくないみたいね」

——父神イリオンの指がふれたそなたを大事にせねばのう。したが、本当に、抑制せねば、そなたとてここから帰れなくなることもありうるのじゃぞ。気をつけよ、気をつけよ。

「じゃ、彼はいただいていくわね」

——ということじゃ、若者よ。父母のそばに来るのはいつでもできる。このたびは、戻るがいい。そなたには暖かい陽の光が味方としてついているようじゃ。その光で、チャファの助けになってくりゃれ。

イルモアの言葉尻が消えやらないうちに、あたりはまるで蠟燭《ろうそく》の光を吹き消したかのように突然暗闇となり、強い力でひっぱられた。風吹きすさぶ闇の中を、上へ上へと吸いあげられていき、はっと目をあければ、見知らぬ部屋に横たわっていた。

　荷馬車の事故にあったこと、瀕死の彼をチャファが助けてくれたこと、三日間眠っていたことなどを、おしゃべりな宿の女が教えてくれた。そのチャファは、と尋ねれば、彼女もまた、あれ以来眠りっぱなしだという。女に案内してもらい、よろめきながらなんとか寝台のそばまで行った。ひざまずいてのぞきこめば、静かな深い呼吸をしている。本当だ、これは回復するための眠りのようだ、とほっとする。だが、かたく閉じたその目蓋《まぶた》が、早くひらいてほしいと思った。針葉樹の深い色をしたあの目、たくさんの試練にあって傷つきながらも、なお前に進もうと試みているあの緑の輝きを見たかった。

　遠慮がちながらも、額にかかる髪のひと房を指の背でそっと払ってやった。眉間にかすかな縦皺《たてじわ》を認めた。目の下や、口元にも、老いの最初の兆候があらわれはじめていた。イルモアが口にした言葉がよみがえり、モールモーは思わず奥歯をかみしめた。

　不意に、ある決意がどこからか湧いてきて、胸を満たした。

「おれがあんたの力になる。あんたを支える。人の生命を救うたび、あんたの生命が削られていくというのなら、削られた分のいくらかでもおれが補うよ。おれはそのためにあんたと会ったんだ。多分、ね。だって、あんたが大口あけてパンを齧《かじ》っているのを見た瞬間に、ああ、いいな、って思うなんて、どうかしているってもんだ。で、あんたのその目を見ていられるんなら、なんだってすると思ってる。これだって、どうかしている。どうかしているとわかっていても、どうにもならないってことは、それでいいってことなんだ。だろ？　これからはどこまでも一緒だ、チャファ。……ああ、もちろん、その、あんたが嫌じゃないんならってことだけど、な」

その何年か後

1

「婆さん、邪魔だっ、どけっ」

　葡萄酒を買おうと並んでいた列をつき破るようにして、大きな素焼きの壺《アンフォイル》を運んできた二人組が怒鳴った。怒鳴られたチャファが事態を把握しないうちに、二人組の片方が肘をつきだしたので、彼女は地面に尻餅をついた。杖が乾いた音を立ててふっとんでいき、周囲の客が皆、失笑した。それでも、良かったと安堵したチャファである。尻から転んだので、おそらくどこも怪我はしていないはずだ。これが下手に手をついていたら手首を折っていたかもしれないし、斜めに倒れでもしていたら、足をひねって歩けなくなっていたかもしれない。

「婆さん、邪魔なんだよ。あっち行けよ」

「なんだってあんたみたいなのが、葡萄酒を買いにくんのさ。年寄りは家ん中でおとなしくしてりゃいいのに」

　邪険な声がふってくる中、四つん這いになって杖を拾い、なんとか立ちあがる。それでも腰は前のめりに曲がっている。深い眼窩《がんか》の奥から針葉樹色の目であたりをねめつけ、売り台の方にむかってしゃがれ声をはりあげた。

「あたし、小一時間順番を待ってるんだけどねっ。この店は年寄りなんぞ相手にしないってことかしら。あとから来たのを先にして、年寄りを立たせておいて、しまいにはアンフォイルの端でつっついて転ばすとはねっ」

「酒屋なんぞ、いっぱいあるだろうが。他に行け、他に」
三十五、六の店主がにやつきながら言いかえし、髭面の客に杯を渡す。
「なんですって？　それが客に対する言葉なのっ」

「客ってのはな、婆さん。二本足でちゃんと歩けて、背筋もちゃんとのびた一人前の人間のことを言うんだよ。おめぇみたいな、人生終わった婆ァに売る酒なんぞねぇんだよ、もったいない」

「ああ、そうなの。いいわ。よくわかった。あんたんとこの酒なんぞ、こっちからおことわりだ」

「ふん、上等だ。どっからきた婆さんかしらねぇが、二度と面見せんな。店が汚れちまうわ」

「あんたの酒なぞ、全部酸っぱくなってしまえ。黴《かび》でも生えちゃえばいい」

チャファはそう言いすてて、ゆっくりと踵《きびす》をかえした。店主は次の客の杯の酒に水を注ぎ——葡萄酒を薄めて呑むのがコンスル帝国領土では常識だ——、客は杯に口をつけながら一歩横に移動し、直後に噴きだした。

「おい、なんだってんだ、汚えだろっ」

「なんだ、この味はっ！　これ、まともな酒じゃねぇぞっ」

言いがかりをつけるな、いや、こんなもの、一チェンの値うちもねぇ、ひどい味だ、しかもカビ臭え、シャウテルスごまかすな、そんなはずはねぇぞ、うちのはテクド産の上等もんだ、文句つけるにもほどがある、と二人して怒鳴りあうのを背中で聞きながら、チャファは敷居をまたいだ。

ちょうど昼にさしかかった時刻で、晩春の明るい陽射しがふりそそぎ、水辺から二馬身ほどつづく砂利の一つ一つが、赤や青の斑《まだら》を散らして輝いている。心もち腰をのばして大気を吸いこみ、ノイル海の風をかいだ。魚の生臭さと、陽光にあたためられた海藻の腐りかけの臭いがする。数匹の猫が足元によってきて、尻尾で叩く挨拶をしていく。猫は彼女が何者かをちゃんと知っていて、それなりの敬意を払ってくれる。

「小魚にいっぱい恵まれますように」

チャファはそう呪《まじな》いを呟き、杖をつきたてて歩きはじめた。そこへ、がらがらと音をたてて荷車が停まり、御者台からモールモーが叫んでよこした。

「こっちの用事はすんだよ、チャファ。野菜、全部売れたぜ。しかも結構なお値段で。テクド産の葡萄酒は買えたかい？」

チャファは返事のかわりに、杖を持ったまま両手を大きく広げてみせた。

「なんだ、どした。酒は売ってなかったのかい？」

モールモーのさしだした手にすがって御者台に登るのに、しばらくかかった。モールモーはその間、辛抱強く待っていてくれる。軽く息をはずませてようやく腰を落ちつけると、

「よそで買っていきましょ。年寄りにやさしい店でね。どのみち、あの店はしばらく商売にならないと思う」

顎で示した先に視線を流したモールモーは、なるほど、と口の中で呟いた。店先で客たちが声高に罵《ののし》り、杯を投げつけたり砂利を拾って戸口にぶつけたりしている。

「〈暗がり原っぱの魔女〉を怒らせたな」

「あそこしかテクド産の葡萄酒は売ってないの？」

「うん、このクエの町ではあそこだけって聞いた」

「残念ねぇ。いっそ、テクドまで行きたいくらいだけど。この足腰じゃ、無理だわ」

モールモーは手綱をゆらして、驢馬《ろば》を進める。

「おれも若いうちに一度、テクドに行きたいと思ってる。そんとき、買ってきてやるよ」

「若いうちって……あたしと大して違わないじゃない」

「まだ三十だ」

「ぐずぐずしているとあっというまに四十になって、五十になって、お迎えがきちゃうわよ」

五十といえばもう老人の範疇《はんちゅう》である。六十で長老、七十で大長老の世の中、チャファの見た目はそれこそ化石に等しいと自覚はしている。

「あたし、あなたより二つ若いのに」

と思わず愚痴《ぐち》が口をついて出た。と、モールモーはすかさず、

「その商売やめれば、少しは若くていられるんじゃないのかって、ずっと言っているってのに。言うこときかないいんだから」

「あたしからこれをとったら何も残らなくなんのよ。ずっと言っているけどね。そしたら死んでんのと同じになっちゃう。人にはね、生きがいってもんが必要なのっ。気持ちまで婆さんでいたくないわよ」

「関節が痛い、目がよく見えない、耳も遠くなった、だるいだの身体が重いだの、心の臓がばくばくするだの……それでもか？」

「……あたし、そんなにこぼしてる？」

チャファはぎょっとして思わず尋ねる。愚痴の多い魔女。わあ、いつのまにか見た目どおりの老婆になっているじゃない。

モールモーは、はっはぁ！　と笑いに返事をごまかした。荷車はゆっくりとクエの町中をすすんでいく。右手にはノイル海の黄みがかった青灰色が広がり、左手には魚屋や干物屋、船の道具屋、合間に居酒屋、食堂、パンや肉を売る店などが、身を縮めるようにはさまっている。この町よりずっと南のノーユも、ノイル海沿岸の港町だが、ここよりずっとにぎやかだ。しっかりした波止場があり、大きな船が東岸のロックラントから鉱石や織物や木材をつんでやってくる。ノーユからは大街道が西にのびており、クラーロ海に面するチャイやセッテといった大都市、ヒバル島、テクド島といった豊かな島々はもとより、南のエズキウムやもっと南のフォ

トあたりまで、交易に繁栄している。その道筋からはなれたクエの町などは、とり残された田舎町といった風情で、騒がしくないのがチャファに言わせると唯一のとりえなのだが、今日みたいに扱われると、どうしたって足も遠のく。〈暗がり原〉にこもって、ほしいものを我慢している方が楽、とも思うのだ。

「……他に買っていくものはないのかい?」

売りあげの入った袋をチャファの膝に落として、モールモーがさりげなく尋ねた。チャファは自分の骨ばって皺だらけの手に目を落とし、針を持ったら痛むだろうかと考えてから、答えた。

「そうね。反物屋があったら、布地を求めたいわ」

「わかった。あの岬の根元に一軒、あったような気がする」

モールモーは頷いて、手綱をふった。彼が顎で示した先には、椀をふせた形の小さな突端があり、頂上には灯台と駐屯所が薄茶の壁をみせている。荷馬車は丘を左に湖を右にした細い道を進み、岬の根元にかたまっている十数軒の村落についた。

楊柳《ようりゅう》の細い幹に驢馬をつなぎ、モールモーは日用品を求めに、チャファは反物屋にと二手にわかれた。丘から流れ下る清流に、舟がもやってあるのを何気なく認めながら、チャファはえっちらおっちら道を渡っていく。雨がふれば水たまりになるような、ほんのわずかな地面の陥没が、この身の徒歩にはひどくわずらわしい。魔道師になる前までは、彼女だってその辺の少女たちと同じだったのだ。何の屈託もなく、陽光に額をむける少女ではなかったものの。それが、魔道師としての力をふるいはじめて、たちまち老婆だ。それは、モールモーの言うように、魔力を使わなければもしかしたらもとに戻れるのかもしれない。それは、何千回と自分に発した問いだ。そして、問うたのと同じ回数の同じ答えがある。

村には雑貨屋、居酒屋、宿屋、仕立屋、沓《くつ》屋、食堂、パン屋が点在していた。こんな小さな集落で、と思ったが、謎はすぐにとけた。崖の上の灯台を守る任務についている兵士たちが、日々のまかないやちょっとした楽しみのために兵舎からおりてくるのだろう。

モールモーが入っていった雑貨屋に一人、居酒屋に二人、とぶらぶらしながら入っていく赤外套《セオル》が目についた。

チャファが足を踏み入れた反物屋は、布地も売るが衣類の仕立てもするという、いかにも村の店らしい商売の仕方をしていた。見本にかけてある赤セオルなどは、上等な天鵞絨《ビロード》で縫製もしっかりしたものだった。店の奥では大机の上で主人らしい四十がらみの男が、羊毛生地にしつけをしているところで、ちらりと目をあげ、口の中で「らっしゃい」と言ったらしい。愛想の良い輩《やから》は、このあたりにはいないのかもしれない、と思いながら、チャファは布地に目を走らせた。

羊毛がほとんどだったが、緑や灰色に染めた綿、生成りの絹も一反あった。あとは端切れがおしこまれている木箱、これはどこの店でもあるように、安売りの品なのだろう。モールモーの貫頭衣《トウニカ》がすりきれてきているので、一着作ろうかと思っていた。これから夏になるとすれば、綿でもいいかもしれない、と腕を動かした。すると、仕立屋が何か言った。聞きとれなかった

ので、ふりむけば、

「汚い手でさわらんでくれ」

と静かだが怒りの声だ。こいつもか。チャファは大きく溜息をつき、踵をかえした。呪《のろ》いをかける気にもならない。うつくしくないというのは罪なのだ。

店の敷居をまたぐかまたがないかのうちに、女の叫び声がした。泣きながら何やら訴えている。人々がわらわらと飛びだしてきた。仕立屋の主人も、チャファをおしのけるようにして、浜辺にうずくまってしまった女の方へ駆けだしていった。

女はさかんに湖の方を指して泣きわめいている。青灰色の水面《みなも》のとある一点が、濃い灰色に見える。近くを見るには心もとないチャファの視力でも、遠くのそれは、どうやら舟らしいと見てとれた。人々の後ろへとゆっくりと近づきながら耳をそばだてる。女の言うことは支離滅裂だったが、チャファの洞察力は、

「彼女の息子があの舟に乗っていると言っている」

と告げた。声をはりあげて皆に伝えたが、老婆のしゃがれ声に注意をむける者などいない。と、ちょうどそこに、モールモーが走りよってきた。彼はすぐさま、チャファの言をかわりに叫んだ。今度は皆が気づく。一人が女に確かめると、女は歪んだ顔で大きく頷いた。

「おい、舟が一つ足りないぞっ」

清流のそばに確かめにいった村人が怒鳴り、

「三人、来いっ」

水辺の民らしく、肩幅のある男が、岸にあげてある大きめの舟の方に走りだす。子どもの父親らしい男と他に二人も、舟をおしだして乗りこんでいく。

「ああ、本当だ。舟にいる」

誰かが指さし、皆目をこらせば、確かに動く黒い点が見える。女は意味をなさない言葉を泣き声にまぜながら、救いにむかう舟に祈るそぶりをしている。

湖の波は穏やかだ。岸辺によせる波音も、あるかなきか。おとなたちの舟が小舟に近づいていき、あとは小舟をひいて戻ってくればいい。皆、ほっと安堵して、母親によりそう女たちも慰めの言葉をかけ、静かに見守っていたのだが。

小舟に心細く乗っていた子どもが、突然立ちあがった。救けの舟が近づいて、焦ったものか、それとも喜びのあまりか。岸辺では皆口々に、危ない、立つな、座っていろ、と悲鳴をあげた。直後に小舟が均衡を失い、子どもは舟の外へと放りだされた。水飛沫も見えず、水音もきこえなかったが、小さな影が躍ったのは誰の目にも見えた。すると、すぐさま救助の舟から男二人がとびこんだ。岸辺の人々は息を呑んで待つ。岸からはわからなかったが、湖にも潮の流れがあるらしい。飛びこんだ二人のうちの一人は沖の方にまもなく姿をあらわし、舟へと泳ぎ戻った。もう一人は、子どもは、と目をこらしてさらに数呼吸、ずっと左の方の水面から一人が顔を出した。横泳ぎに泳いで、舟にたどりつくと、小さな身体をおしあげ、自分も仲間の手にすがってなんとか乗りこんだようだ。

浜辺では歓声があがり、足踏みもおこり、兵士たちが棒二本に自分たちの赤セオルを巻きつけ、急ごしらえの担架《たんか》を準備した。モールモーが荷馬車を提供する、と申しでて、街道筋の薬師まで子どもを乗せて走る手筈をたてた。

しかし、戻ってきた舟からおりた男たちの暗い表情を見たとたん、荷馬車は用がなくなったと誰もが思った。父親に抱かれた子どもはぐったりとして土気色の肌をさらし、母親は駆けよる力も失って悲痛な泣き声をあげるだけ。父親は担架にそっと息子を横たえた。指揮をとった肩幅のある男が、皆の無言の問いに、

「ひきあげたときはもう、息が止まっていた」

と答えてうつむいた。

たまらずチャファは人垣からとびだした。杖をわきに放りなげ、担架のそばにひざまずく。なんだ、婆さん、おい、どうする気だ、触んなよ、呪いでもかけようっていうのか、と、気のたった声がふってくる。と、モールモーが、

「皆、ちょっと待ってくれ。この人は魔道師だ、悪いようにはしないから、待てったら」

と太い腕でとどめてくれる。その腕の下で、チャファは子どもの様子を観察した。息が止まってしばらくたっている。心の臓も動いていないようだ。だが、もしかしたら、まだまにあうかもしれない。

「誰か、ナイフを。ほら、早くっ」

片手をひらめかせると、手の中におしこまれたのは兵士の持つ短剣だった。濡れたトゥニカをそれでひきさくと、痩せた裸の胸があらわれた。胸の上に片手を広げてそっとおき、肉とあ

ばらの下の心の臓の位置を感じとる。まだほのかに温かい。チャファは自分の生命力をかき集めて、手のひらから心の臓に送りだす。おのれの頭の中、喉、胸、腹にたまっている温もり、力、そして生きる意欲を注ぎこむ。いつのまにか、生きるのよ、と口に出している。生きなさい。生きようとしなさい。あきらめないで。投げださないで。あなたを愛する人たちのために。あなたを必要とする人たちのために。あなたは小さい存在じゃない。あなたはとても大切な存在なの。生きて。生きて。生きて。

圧倒的な死の力がはたらいていれば、チャファでもあきらめよう。だが、一縷の希望があるのであれば、それにすがりつく。子どもの生命を抱えこもうとしていたイルモアの腕が緩んだ……ような気がした。またそなたかえ、と、女神は苦笑いして、愛し子に甘い母のようにあきらめの溜息をついた……ように感じた。と、指先に、かすかな振動が戻ってきた。チャファが口と目を閉じ、手のひらに集中すれば、小鳥の羽ばたきにも似た、不規則な震えが、次第に力強く響きだす。チャファは目をあけて微笑し、手をはなした。

子どもは大きく胸を上下させ、小さく咳きこんだかと思うや、水を吐きだした。あわてて顔を横にむけさせ、喜びにたち騒ぐ人々の中で、チャファはモールモーの腕にすがってなんとか立ちあがった。

「塩とカラン麦は買った？」

「うん、それから魚の干物もね」

チャファは顔をしかめた。

「うえっ。魚は嫌い」

「帰り道の農家で肉も買えばいい」

「そうだね。さっ、帰ろ、帰ろ――」

そう言ったはずなのだが、口から出てはこなかったようだ。頭から血の気がひいていき、青い闇が落ちてきて、彼女は彼の腕の中に倒れこんでいた。

2

陽射しが高くなってきた。チャファは腰をのばして視線を走らせた。腕には切りとった香草の束を抱え、こめかみからじんわりと吹きだしてきた汗を微風がなでていく。マンネンロウやセージ、ヒソップなどの香りが高くたちのぼり、初夏の収穫に満足感をおぼえる。

「モールモー、あたしはもうあがるね」

香草畑の奥で赤カブやキャベツを掘りあげているモールモーに声をかけると、

「ディルもちぎっていってくれよ。あれがあるとサラダが絶品になる」

と、農夫は顔もあげずに答える。香草を抱えながら、片手間にディルの葉先をつみ、直射日光に目を細めて家の横にまわる。日陰に入ってほっと一息つき、平たい石の上に香草をおろすと、井戸から水を汲んで甘露を味わった。若い身体であれば喉を鳴らして飲むものを、むせないようにゆっくりと飲んでいく。

香草の束は石の上に広げたまま乾燥させることにして、ディルだけ握りしめて玄関にむかった。空は水晶をまぶしたかのようにきらきらしく、北の森からはヤマガラやホトトギス、ヒワ、アトリ、シジュウカラなどのさえずりが、綴《つづ》れ織りの金糸銀糸さながらににぎやかに響いてくる。丸太を半分に切った階《きざはし》に足をかけたとき、人馬の物音が耳に届いた。身体のむきを変えて、ギンノオグサの丈高い葉むらのあいだを透かし見ると、やがて赤い色がちらちらとあらわれた。コンスルの兵士が二人。何の用だろう。

家のそばで腕組みして待っていると、やがて騎兵があらわれた。玄関前の張り出し屋根の下で日なたぼっこをしていた黒猫ネヴが、あわてて家の中に逃げこんでいく。あたしも家に入って扉を閉めたい、と、チャファはネヴをうらやましく思った。

この暑いのに、仰々しく兜《かぶと》をかぶり、短丈セオルの朱の下には鎧《よろい》、ふくらはぎには銅板の防具という正装でやってきたのは、指揮官とその副官らしい。馬蹄《ばてい》を鳴らして近づくと、一馬身もへだてていないところでひらりととびおりた。その身のこなしにひそかな嫉妬をおぼえながら、チャファは副官の方に挨拶した。

「ごきげんよう、セレセス」

副官は二十五、六歳にしてすでに小太りの、〈切り出し砦〉に常駐している顔見知りだった。仏頂面でそっけない口調のチャファにはなれっこのセレセスは、朱のスカーフで汗をふきふき、にこやかに頷いた。

「やあ、チャファ。ごきげんよう。調子はどう?」

「歩くたびに息切れするのを除けば、まあまあよ。……で、そちらはどなた?」

セレセスより頭一つ分背の高い、がっしりしていかにも帝国士官といった風のもう一人も兜を脱いだが、それは暑さのためというより礼儀のためらしかった。ふうふういっているセレセスに比べると、息切れもおこしていない。四角い輪郭《りんかく》の男は、モールモーと同じくらいの年と

見えた。その特徴的な山形の眉と、眉の下の赤土色の目を見たとたん、チャファは思わず、

「あら、キノスじゃないの」

と口走っていた。自分でも驚いたことに、故郷の知りあいを懐かしいと感じてしまったのだ。

「わたしを御存知で？」

兜を胸にあてて、相手はあくまでも礼儀正しい。チャファは横をむいて聞こえないふりをしたが、

「おっ、さすが〈暗がり原っぱの魔女〉殿、キノス司令官とはお知りあいで」

セレセスが調子よく場をとりもつ。キノスは不審そうに、左右がいまにもつながりそうな眉をひそめた。

「失礼だが、どこでお会いしたのだろうか」

ああ、もう。ごまかそうにも、名前を呼んでしまっては、ごまかしようがないじゃないの。あたしったら。進退窮《きわ》まって困惑していると、モールモーが横手から、

「チャファ、この赤カブこんなにどうする？　酢漬けは嫌いだろ？　隣ん家にもっていくか？でも隣でも作っていたら、むしろありがた迷惑だよな」

籠一杯の赤カブに気をとられながらのっそりとあらわれて、

「チャファ……？」

本人がモールモーに返事をする前に、キノスが聞きとがめた。

「珍しい名前だ。わたしも同名の人を知っているが、あなたはその人のお婆さんかなにかか

な？」

「ああ、そりゃ本人だ」

屈託のないモールモーは、チャファの気もちなど考えもせずに答える。チャファは鼻に皺をよせて一瞬目を閉じ、男の鈍さに心の中で悪態をついた。日常の心配りは非の打ちどころがなく、至れり尽くせりなのに、彼はときおりこうした面を見せる。誰にでも心をひらいているせいなのか、話してほしくないことを無頓着に話してしまうところは、まるで子どものようだ。今も、一生懸命に説明している。

「この人は本名チャッフェリ、〈暗がり原っぱの魔女〉、〈生きかえしの魔道師〉、だよ。本当は若くて美人なのに、人の生命《いのち》を助けるのに自分の生命力を使っちゃうんで、見たとおりの婆さんになってるのさ」

「モールモー、しゃべりすぎ。誰にも彼にも語らなくていいから」

「誰にも彼にも、じゃないぜ。この人、新しい司令官だろ？　正しく知っていた方がいいじゃないか」

モールモーの説明を噛みくだこうとして目を白黒させているキノスに、彼は赤カブ満杯の籠をおしつけた。

「ちょうどよかった。そいつ、砦に持ってって皆で食べてよ。塩つけるとうまいんだ。あ、ちょうど、バイアン湖産の上等な塩がある。待ってな。持ってきてやるから」

身軽に家の中に駆けこんでいく。その足音を聞いてから、キノスはようやく息を吐いた。

「……チャファ、なのか?」

チャファは挑みかかるように顎をあげて、昔馴染みを魔道師の緑の目で睨みつけた。老いた姿を恥じることはない。生命とひきかえに若さを失った、ただそれだけのこと。

「ええ、そうよ」

何か文句ある? と反抗の表情で、精一杯腰をのばす。キノスは右眉の上を指先でぽりぽりとかいた。

「ああ……ええ……その……、元気そうだ」

後ろに控えていた副官セレセスは、失笑を隠すためにうつむいた。

「元気でもないわ。骨は痛む、動作はのろい、足はとられる、疲れるし。あんたは大出世ね。森林監督官にして木材伐採司令官。こんな山奥にとばされて、と、くさったかもしれないけれど、一年よ。一年後にはノイル海沿岸警備隊副司令官とかに抜擢されて、そのあとはロックラントかノイルの州長官。出世の道なのよ、ここの砦は」

もちあげるような言葉だが、険があるので、キノスは答えに窮《きゅう》している。うう、ああ、と口の中でもごもごしていると、モールモーが階をとびおりてきた。

「ほら、塩」

小袋をキノスの大きな手におしこんで、にっこりする。セレセスがすかさず、

「司令官の就任のご挨拶をと思って参ったのでしたが」

「キノスとあたしは同郷なの。ロックラントの、ノイル海東にあるエンカルっていう村出身。

互いに良く知っている。でも、わざわざのご挨拶をどうも」

冷たい声音で、もう帰れ、と言外ににおわせれば、セレセスはちゃんと察して上官を促す。キノスは言われるままに、鞍の横に赤カブの籠をくくりつけ、馬上の人となった。彼らがふりかえる前に、チャファはさっさと家の中に入った。

長椅子にくずおれるように座り、卓に両肘をついて頭を抱える。はるか遠く、ノイル海のむこう岸においてきたものが追いかけてきた、と思った。キノスがびっくりして混乱していたので、両親や姉兄の話にならなかったのは幸いだった。もしそんな話をされていたら、チャファは自分を保っていられなかったかもしれない。

それまで腹の底におしこめていた染みのようなものが、じわじわとせりあがってきた。もう二度とないことだ、二度とあんなことを許すことはしない、絶対に、と自分に言いきかせる。しかし、言いきかせようとすればするほど、その染みは胸へ、喉へ、と広がって、とうとうチャファは嗚咽《おえつ》をもらした。

モールモーが入ってきて、キャベツの玉を三個卓上に転がすと、隣に腰をおろし、そっと肩を抱いてくれる。赤子をあやすように、ゆっくりゆらして黙ってなだめてくれる。彼はなんでも知っているわけではない。以前彼に少しだけ話したことがあるが、それがすべてではない。

エンカルという村の、アイサワタという半耐寒性のワタを生産する、比較的裕福な農家にチャファは生まれた。姉二人と兄が一人、彼女は末っ子だった。子だくさんの裕福な家には乳母がつくのが慣例だったにもかかわらず、乳母はいなかった。家の中をきりもりする使用人を二人とワタ生産の手伝いの季節労働者を二、三人雇っているだけだったので、チャファとすぐ上の兄の面倒は姉たちがみていた。父も母も常に険しい目つきをして、忙しく働いていた。幼かったあいだ、チャファは何の疑問ももたずに、それがあたりまえのくらしだと思っていた。家の中は常に暗くて寒く、寝床も冷たく、身をちぢこめるようにして日々をすごす。夏のあいだだけは凍えていない、そんなくらしだった。兄が学校にかようようになると、チャファも一緒に行くようになった。村中の子どもが、都から流れてきた一人の教師のもと、文字や計算を教えられるのがあたりまえだった。キノスともそこで出会った。

ずっとのちにチャファが卒然と悟ったのは、両親が幼いチャファを学校にやることを容認したそのわけが、子どもに教育を与えようとしたからではない、という事実だった。子守を雇うより、兄にくっついていかせた方が金がかからない。両親はそう考えた、それだけのことだった。

他の子どもたちとの交流が深まるにつれて、チャファは自分の家が普通でないことに気がついた。よその家では、父さんも母さんもよく笑うらしい。酒を呑んで歌をうたうこともあるらしい。乳母をもつ子も少なくなく、着るものもお下がりばかりではない。そして何より、チャファの知らない食べ物もいろいろ食べ——コーズの台所で御馳走になった桃という果物の、何とみずみずしくて甘かったこと、キノスの玄関先の階段に座ってはじめて食べた焼菓子の、何とふわふわとやわらかくて香り高かったこと——、寒い季節には威勢よく暖炉が燃え、寝床には温石というあたためた石が入れられることなどを知った。一度、温石を入れてほしいと母に

頼んだことがある。すると母は、

「あんなものを入れたら最後、贅沢《ぜいたく》が止まらなくなって、軟弱者になる」

と吐きすてたのだった。

　どうやらこの母は、他家の母と比べてみれば、やたらに銭惜しみする親らしいと、このときはじめて気がついた。そうした目で眺めると、母のみならず父までも、綿を入れる袋を惜しんで、仕入れの終わったものに野菜などつめて戻ってくる。数少ない使用人――奴隷は使わず、通いの者を使うのさえ、養う金を厭ってのことだ――たちが、冷たい川水でいちいち洗って干さなければ、野菜かすや匂いも落ちないというのに、その手間は「ただ」だから良しとするらしい。一事が万事、この調子だと、子どもながらに愕然としたのが九歳のとき。

　翌年、さらに次の年、と二人の姉は他家へ嫁いだ。二人とも逃げるように家を出て、遠くネルシートの農家に行ってしまった。それは、両親が計画していた婚姻ではなく、姉たちが行商人や綿の卸業者にひそかに頼みこんで、家出さながらにとり結んだものだった。激怒した両親をなだめたのは相手方から送られてきた十枚程度の金貨《ガルウス》だった。姉たちはおのが身の自由を、金貨十枚で買いとったのだ。両親にしてみれば、すっかり育ってしまって化粧代や食費が馬鹿にならない娘のかわりに、近隣の村に嫁がせた場合の五倍もの収入を得たことになる。それゆえ二人めも同じ道を選んだとて、何の異論があったであろう。

　両親は、自分たちの損得勘定を誰にも見破られていないと考えていたようだ。そうでなくば、どうしてあんなふうに平然としていられようか。チャファは十歳、十一歳とすごして、すべてを肌で感じとっていた。子どもの感性をおとなはともすれば過小評価しがちだ。が、子どもは鋭い観察眼と無垢なる洞察力で真実を看破するものだ。

下の姉は、家を出るまぎわに、おいていかなければならない弟妹に対して、そっと耳うちした。

「あんたたちもさっさと独り立ちすんのよ。こんな家にいたら心を喰われてしまうわよ」

どういう意味なのかわからない言葉というものは、かえって記憶にしみこむものらしい。チャファは姉の言ったことを決して忘れなかったが、その意味を悟ったときには、もうとっくに遅い事態になっていた。

その後二年して、兄が病死した。三つも年上の兄だったが、気弱でウサギのように繊細で、チャファとは双子のようだった。両親の言いつけには決して逆らわず、愚痴もこぼさず、「手のかからない理想の子」だったが、三月寝こんで死んでしまった。チャファは自分の光の部分が死んだように感じた。残ったのは黒く渦巻く闇ばかり。闇の中でのたうちまわった。自分のしたこと、否、しなかったことが悔やまれ、おのれの卑怯さを恥じた。一体幾夜、兄に謝っただろう。しかし死者は還らず、慚愧《ざんき》の念だけが心の漆黒《しっこく》を穿っていった。

もう、この家にはいられない。突然決心し、母の財布をまるごと懐《ふところ》に入れ、綿の袋のあいだに身をひそめて川を下り、ノイル川の東端から西端へと渡った。締めつけてくるような家と罪をはるか後方に残して、彼女は逃げだしたのだ。自由に息をするためには、そうせざるをえなかった。

ノーユという大きな港町で、人を見抜く才に気づき――両親の顔色を常にうかがった十数年がその才を育んだらしい――小さな宿屋の隅で占いをするその日ぐらしをはじめた。それは、人が思うよりずっと性にあっていた。幸せだったといってもいい。何につけても自由だった。寝床には温石が入ったし、宿の食事は肉もミルクもたっぷりだった。毛足の長い羊毛のスカートをはいた冬は、皇帝や貴族でもこんなにぬくぬくはしないだろうと思った。もっとも、コンスル帝国の中央部では、蛮族めいたスカートなど、馬鹿にされるだけだろうが。

両親の吝嗇《りんしょく》ぶりを目のあたりにしてきたチャファは、母から盗んだ財布の中身を慎重に遣った。中には銀貨が百枚近く、金貨も数枚、銅貨、青銅貨と合わせれば、一生食うに困らぬくらいが入っていた。盗みをはたらいたことへの罪悪感は、これっぽっちもなかった。こんなもの、と彼女は思った。こんなもの、兄の生命にひき比べたら、お粗末なものよ。それに、家にはこの数倍の貯えが隠してあるのだもの。

財産もちになったものの、そんな様子は微塵《みじん》もあらわさず、古着でおしゃれし、安価な硝子《ガラス》のビーズで髪を飾り、ノイル地方の女たちと同じ指輪や腕輪をはめ、占い娘として赤黒いビロードのショールをかぶった。

やがて、ノーユの町にはよくあたる占いをする若い魔女がいる、と評判がたった。宿の主人はこの客寄せ娘を手放すまいと、宿代と食事代をただにしてくれた。チャファは一日十人ほどを相手にし、財布の中身は着実に増えていった。

ある春先の雨の降る、肌もほっとゆるむような暖かい朝方、チャファは何かに呼ばれたような気がして目覚めた。意識の隅をそっとかすめた羽根のような感触に、心の逆波が立った。それは、吉凶あいまざった予感、さながら暗い湖面に、天上から陽光の一筋がおりてきて、黒と金の斑を描きだすような。彼女は波止場にむかった。湖は青鈍色に波をうって、しとしと降る雨に不機嫌そうな水面をみせていた。すっかり濡れる前に宿に戻らなければ。踵をかえしかけたとき、沖合に帆の純白が、まるで朗報を告げる旗のようにひらめいた。蛇紋石《じゃもん》の空と、年をへた青銅貨のような海のあいだで、一艘の船が、運命女神《リトン》のセオルのように帆をぱんぱんにして、どんどん近づいてきた。

それはミドサイトラントの船だった。高い帆柱、船首から大きくつき出した索にはためく三角帆、船腹には今は動いていない二十本あまりのオールの先がのぞいている。こんな悪天候の中、ミドサイトラントからノーユへ航海しなければならないとしたら、その理由は一つだ。都ではカラン麦が不足している、と言われていた。あらたな供給先を求めて、皇帝配下のお偉いさんがやってきたのだろう。

官吏に興味はなかった。それなのに、チャファは立ち去らなかった。空と水面のあいだで、予言めいた白いひらめきが彼女をとどめていた。自由を手に入れたとはいえ、毎日毎日、同じことをくりかえして、心が何か普段と違うものを求めていたのかもしれない。雨に濡れて辛抱強く待っていると、船はきしみを響かせながら桟橋に横づけした。

チャファは狐が忍びよるように、慎重に桟橋の根元に近づいていった。くぐもった声が何かを叫び、錨《いかり》がおろされ、渡り板がけたたましく設置された。帝国の朱をまとった兵士たちに護られて、数人の官吏がおりてきた。身体に巻きつけた外衣《トガ》は、それぞれ鮮やかな緑、青、橙《だいだい》、夕陽色など、ちらりとみえたサンダルは宝石の留め金を使っている。

官吏たちは声高に議論しながら地上におりたち、兵士の案内に従って上級宿へと歩み去っていく。彼らの姿が雨の中にとけこんだあとで、最後に男が一人、渡り板をおりてきた。おりたつやいなや、ひざまずいて片方の手のひらを大地に押しあて、頭を下げて何やら呟いた。あれは、祈りだろうか。チャファがいぶかしんでいると、彼女の視線を感じとったのか、不意に立ちあがって、まっすぐにこちらを見た。

男は四十代半ばだろうか。魔道師の黒い長衣に青と銀の帯という、質素な身ごしらえ、長身痩軀、黒髪、そうして鮮やかな緑の目。

決して明るくはない雨の日の光の中で、やつれてこけて頰骨もくっきりと見えるその奥で、見えるはずのない緑の輝きがチャファには見えた。相手もチャファの瞳の奥をのぞきこんだのだろう、その一瞬、二人のあいだに緑の糸がぴんとはり渡された。

ああ、と男は吐息のようなものをつき、チャファはチャファで、湖のかなたにいるときからこの男が、自分を呼んでいたのだと悟った。

男は野良犬を手なずけるときにするように、そろそろと近づいてきた。骨ばって大きく、傷だらけの手をさしだして、大丈夫、ぼくは敵ではない、味方だよ、と示す。チャファは警戒しながらも、その場にとどまる子犬さながら、じっと相手を見さだめようとする。

「わたしはレイサンダー、大地の魔道師です」

男の声は砂のようにかすれていたが、海底の力強さを貯えていた。無尽の魔力をもちながら、その態度と声音には謙虚さがあらわれていた。それでもチャファは、男の本性をすぐには信じられず、そろそろと一歩退いた。疲労の色濃い灰褐色の肌を透かして、両親のような強欲が垣間見えないだろうか。市場の人通りを幽霊のようにさまよいつつ、他人のものに手をかける者特有の、小狡さがのぞけないだろうか。男はそれに気づいて、かすかに笑った。チャファの目の奥いっぱいに、緑の木の葉が無数にひるがえった。

いつのまにか、男に肘をとられていた。そっとふれる程度の力だったが、チャファはもうふりほどけないと思った。男は波止場から町の小路へと導き、まもなくコンスル風の円柱を四本も玄関に立てた豪勢な宿屋につれていった。家令らしき初老の男が恭しく二人を奥に案内した。幾何学模様のモザイクの床と石壁の廊下を進んだ先の部屋は、チャファの住処の四倍はあろうかという広さで、タペストリーがかけられ、暖炉には火の粉をはぜさせている丸太が幾本もくべられ、蜜蠟の灯りが数十本も輝き、乾いて心地良い暖かさにまもられていた。

魔道師レイサンダーは長椅子に彼女を座らせ、自分もその隣に腰をおろした。長卓に並べてある皿をすすめ、素焼きの水差し《アンフォイル》から杯に酒を注いだ。彼女には香料入りのあたためた葡萄酒を、自分には琥珀《こはく》色して泡だつ麦酒を。シナモンとカルダモンの刺激的な香りを楽しみながら一口すすれば、喉から胸に熱いものが流れていって、心もち背筋がのびる。ナツメヤシの砂糖づけという贅沢品を口に入れて、甘すぎるけれどおいしいと舌鼓をうつ。あたし、こんなところで何をしているんだろう、と理性の針がちくちく耳の下あたりを刺すけれど、この陶酔寸前の心地良さからあえて身をひきはなす気にはなれない。

蜜蠟の蠟燭の黄金《こがね》の灯りの中、レイサンダーは砂のような声で、砂の中をゆっくりと歩くように語りはじめた。

「わたしは都の皇帝直属の魔道師です。現皇帝ミトワス・ヘムルータス・マスケウスの命をうけ、宮廷魔道師になりうる人材をさがしています。風にのせて呼びかけを四方に送り、蛍火のごとき光が答えるのをとらえ、その人物にじかに会い、登用するか否かをさだめるのです」

「きゅうてい魔道師……?」

「イスリルに倣って、魔道師を戦力にしようという動きがあるのです。有事の際に魔道師が働けば、一人で兵士数十人分の力になるだろうと。国防も大切ですからね」

チャファには何のことやらさっぱりわからない。

「先日、あなたの返答をうけとりました。だから来たのです」

別の大皿に盛ってある翡翠《ひすい》色の葡萄に手をのばしかけていたチャファの手が止まった。

「あたし、返事なんか、してないけど?」

ああ、とレイサンダーは呟き、苦笑した。

「すみません。説明不足をいつも叱られます。ええと、ですね」

チャファは目をみはって、この大魔道師――おそらく大魔道師だ。皇帝にじかに会えて、そのお使いをするなんて、普通の魔道師にはできないはず。それに、このやたらへりくだった腹の底には、そうしても決して損なわれることのない巌《いわお》のような力を感じる――を見かえした。

四十代半ばに見えるこの男は、実際はもっと年をとっているはず。彼女の父親より年上の男が、自分の非をことともなげに認め、さらりと謝るとは。おとななんて、皆、子どものあたしを目下にみて、威張りちらすものだと思っていた。占いを求めてやってくる客たちだって、金さえ払えばどんな態度をとろうがかまわないと考えている者ばかりだった。

気がつくと、レイサンダーは一所懸命に説明している。

「――こうした魔力は、求めているものにあたると、はねかえってくるんです。わたしはこれを、屈折の魔法と呼んでいるのですがね。イスリルの魔道師たちが、次の皇帝を選ぶときに、こうした力を使って皇帝候補をさがすのだと聞きました。それで、わたしもやってみたのです。ですから、あなたが返事をした覚えがないのも当然、あなたの力が呼びかけに反応して光を放ったのだと、そう考えてくだされればいいかと思います」

はあ、そうですか、とぼんやり心の内で呟いて、チャファは葡萄を一粒口に放りこんだ。

「あなたには大きな闇がある。つまり、魔力があるということです。町の占い師も悪くはありませんが、魔道師になれる素地をおもちなのだから――」

云々かんぬん。チャファは口の中を葡萄で一杯にして、豊かさを味わっていた。

「どうでしょう。試してみませんか？」

ごっくんとのみこんだ直後に、チャファはさっきから胸の奥をつついていた疑問を口にした。

「宮廷魔道師って、つまり、戦にかりだされるってこと？」

「そうですね」

「人殺しになるのを、あんたはあたしにすすめてる?」

レイサンダーは額を指ではじかれたように、ほんの少し頭をのけぞらせた。田舎の小娘が、こう本質をついた直截《ちょくせつ》なもの言いをするとは思っていなかったのだろう。ようやく頭がはっきりしてきた。

「人が死ぬのは見たくないよ、もう。少なくとも、自分の目の前で死なれるのは。ごちそうさま。葡萄、おいしかった」

チャファが立ちあがると、その肘をレイサンダーはつかんだ。

「傷ついた者を助ける魔道師もいる。実はそういう魔道師が必要なのです」

「それだって、戦の最中のことでしょ? 殺しあいして、死にそうになったから助けろって? 傷つけあったから治せって? 馬鹿言ってんじゃないわよ、おじさん。人の生命《いのち》はそんなんじゃないわよ。ふさがらない傷もあるって、知ってるでしょ? 治せない傷もあるのよ」

無意識に自分の胸を示していた。目蓋をしばたたいたのは、涙がこぼれそうになったからだ。長椅子をまたいで帰ろうとした。すると、後頭部に隙間から忍びこむ砂さながらに、レイサンダーの声が入ってきた。

「あなたのその闇が形づくられているのは、どんな罪を犯したからなのです?」

それは、巻物の紐をとく問い、毒薬の紙をひらく問い、墓を掘りかえす最初のひと鍬《くわ》だった。チャファはレイサンダーに抗議しようとふりむいたが、目の前には一番思いだしたくない、しかし決して忘れることのできない光景があらわれていた。

兄が死にかけていた。納屋の一番奥、天井も破れかけ、積みあげた石壁のあいだから外の空気がひそかに流れこんでくる、冷やりとした薄闇の中で。ときは初夏、雨つづきの日々、山となった藁《わら》の上に雨もりがひそかに腐敗をもたらし、兄はその隅っこに横たわっていた。一晩、そばについていたチャファァには、もう苦しむ力も残っていないことがわかった。

魔物がくる、両親は竜になってぼくに火を吐く、いっそ殺してよ、と宙をかきむしり、チャファァをいたたまれない思いにしたときはすぎ去っていた。病をえてはじめのうちは、両親も薬師を呼んでくれたのだったが、二月してもいっこうに良くならず、薬師が治すのが難しい病気だと眉をひそめると、二度と招こうとしなかった。高熱を出し、胸をかきむしるたびに、チャファァは薬師を呼んでくれと訴えたが、

「どうせ良くならないのだもの」

と母は言い、

「治らんものに出す金なぞない。耐えるしかない」

と父も言った。それを聞いて、愕然とした。この人たちには、息子より金の方が大事なのか。良くならないから見捨てるというのか。せめて、あの苦痛をなんとかしてあげようとは思わないのか。

両親はある夜、兄を部屋から納屋へと移した。通いの使用人は皆帰り、空に半月が昇った夜だった。二人とも、その行為が冷酷で非道であるのを、感じていたのだ。でなくばどうして、二人でこそこそとおこなうものか。

チャファは一人、母にしがみついて抗議した。泣きわめいて爪をたて、嚙みつきさえした。業を煮やした父に、顔を殴られ、蹴りあげられて、気を失うまで。それから兄は納屋の奥に、忘れ捨てられた素焼きの壺《アンフォイル》のようにうっちゃっておかれた。チャファは台所からくすねた食べ物と水を持っていったが、母に学校に行けとおいたてられるのだった。

兄の息が細くなり、もう苦しみも去ってしまったのだとわかった朝も、母はやってきた。病の臭いに腕で鼻をおおい、眉間に縦皺をよせて、

「よくこんなところにいられること」

と言い放った。そうして、彼女を兄からひきはなし、学校へ行けと命じた。チャファは、また殴られるのが怖かった。蹴りとばされたときの衝撃は、恐怖と苦痛の記憶になっていた。なぜ学校へ行かせることに両親がこだわったのか、十一歳の子どもであってもちゃんとわかっていた。きちんと子どもの面倒をみていると、世間には思わせたかったからだ。せめてもの抵抗は、

「兄ちゃんをちゃんとみててね。あぶなくなったら、呼びにきて」

と約束させたことだった。母は、わかったから、と承知した。だが。

帰ってきたときには、兄は裏庭のイルモアの祠《ほこら》の前に、白い布地の上に横たえられて、村の神官が祈りを捧げにくるのを待っている状態だった。チャファは亡骸のそばに座りこみ、イルモアのおわす祠と、白茶けた兄の顔を交互に眺め、沸騰する暗黒の渦に身を任せていた。

こんな親が、いるものか、と思った。獣の親の方がずっと親らしい。あの二人は、まさに火を吐く竜、人の形をした魔物、人殺し。ああ、でも、あたしは彼らとどのくらい違うというの

だろう。苦痛と恐怖に膝を屈したあたしは。兄を助けられなかったあたしは。世間にむかって声をあげるべきだったのだ。村の衆に、助けてと声をあげなければならなかったのだ。学校の先生に、訴えなければならなかったのだ。なのにどうしてそれをしなかったのか。――親を恥じていたから。親の恥をさらしたくなかったから。

結局、あたしも母と同じ。子どもだったからという言いわけは通用しない。恥ずかしいことをしているという真実を、当の両親よりもちゃんと知っていたのに。恥ゆえに、兄を見殺しにした。あたしも竜。醜悪な生きもの。

「すべてが醜いわけではない」

レイサンダーの声がとどろいて、我にかえると、もとの部屋だった。チャファはモザイクの床に両膝をついて、目には暗黒をたたえ、魔道師を見あげた。魔道師の鮮緑の瞳が彼女の暗黒をかきわけて、頭の中に入ってきた。すると、白く小さな雛菊《ひなぎく》が一つ咲いた。闇を切りモズの声がした。雨あがり、青空を映す水たまりが輝き、石壁をあたためる陽光のぬくもりを感じ、青ブナの葉を金にひるがえす嵐の吐息をうけとった。枯葉の下でがさごそ動く虫、枝から枝へとはねまわるリスの尻尾、空を見つめる猫の、針葉樹色の瞳、にんまり笑う茶色い犬の唇《くち》、幼な児の五本の指、喧嘩っ早い少年の足の踏み、気の良い行商人の客寄せの声、八人の子持ちの宿屋のかみさんの、「焼きたてのパンをあんたも食べるかい」という太っ腹な誘い、そして、ああ、無垢だった兄の、笑い声。前歯が欠けて、そこだけぽっかりとうつろな……。

「愛でるものも多いのではなかったか?」

レイサンダーが鮮緑の石のきらめき——碧玉《エメラルド》か？——で問えば、チャファは素直に首《こうべ》をたれる。

「あれがすべてではない」

レイサンダーは闇のうごめくのをふりかえり、

「これもすべてではない」

青ブナに躍る光にむきなおり、

「ともに身の内に貯え、すべてではないすべてをおのれのものとうけいれる。そなたならできようぞ」

古い言いまわしのその声はレイサンダーのものでもあり、イルモアのものでもあり、運命女神《リトン》や知恵神《レブッタルス》や風伯《アイトラン》のものであり、戦と金属と火の神《ガイフィフス》のものでもあった。

「あたしは罪を犯した」

と呟くと、レブッタルスが嘲笑《ちょうしょう》した。

「罪を犯さぬ人などおろうかの」

「でも、あたしは、ゆるせない」

自分を、両親を、運命を。

「赦すのは難しいの。確かにの」

アイトランが、ほほっ、と細い腰をうねうねさせた。

「赦す必要があるのか？　そのまま抱いていけ。それでこそ魔道師であろ？」

ガイフィフスが鉄梃《かなてこ》をふるって火花を散らし、

「皆、しっかりと抱いておるわ。差し支えない、差し支えない。のう、リトンよ」

と肩ごしに妹神をふりかえれば、リトンはいくつもの顔をさまざまな表情にゆらめかせながら歌うように答えた。

「すべてではないものを、傷あるがままに、すべておのれのものとするが良し」

鮮緑の、碧玉のひらめきが、頭の中で星が散るようにとびちった。イルモアの司る大地がせりあがり、アイトランの司る大気がゆれ動き、主神イリオンの耕す指、生命を育む指が上空の雲の襞《ひだ》からあらわれて、眉間にそっとふれた。陽の光がふりそそぎ、濃い影ができた。大粒の雨が叩きつけてきておし流したあとの畑地に、力強い芽が生えた。風と火が無慈悲な滅びをおしつけていき、生き残ったものは新しい世界を築いてゆく。大地も傷だらけだ。だが、かくも無数の生命が一つ一つの輝きを誇っているではないか。

ここで生きよ、イリオンの大いなる指がそう言いおいて雲間に帰っていった。

そなたの望むままに、と神々とレイサンダーの声が重なってとどろいた。

脈うつ大地の鼓動、熱くたぎる大いなる河が地の底で流れていく気配、一個の存在が理《ことわり》のままにゆっくりとまわっていく残響が、頭頂から足裏までを貫いた。その瞬間、彼女は大地の魔道師となった。

雨の一粒一粒を感じて目をあければ、波止場に立っていた。大型船は帆をおろし、今まさに出港しようとしていた。雲間に水色の空がのぞき、朝陽は水平線からしずしずと昇ってくるところか。レイサンダーは船首に佇《たたず》み、もう行く手を見すえている。チャファの頭の中で薄い卵の殻が割れ、彼の残していった言葉が、ヒナ鳥が這いでるようにそっと頭蓋骨を包んでいく。

――どうやらあなたは生命の魔道師となったようです。イリオンの指がふれたあなたを、皇帝や帝国の血生臭い戦の中で働かせるべきではないでしょう。あなたにはあなたの進むべき道があるようです。わたしの来訪はなかったことに。野の魔道師として、市井《しせい》の生命を救いなさい。

野の魔道師。生命の魔道師。すべてではないものをすべて懐に抱く魔道師。

チャファは斜めにさしこんできた朝陽に、船の帆が黄金に燃えあがるのをじっと見送っていた……。

以来、死にかけている人を何人か救った。先日のように、気がつけば救っていた、というのが本当だろうか。しかし、救おうとしても救えなかったこともままある。頼みこまれて、とある商人の奥方に生命力を分けようとしたが、うまくいかなかった。まるで目に見えない一枚の岩板があいだをへだてて、彼女の手が病人にふれるのを許さないようだった。七十をこすお爺さんのときもそうだった。こちらはときをかけて自力で復活したと、あとで聞いた。最終的に人の生死を決めるのは、チャファではなく、神々のようだった。むろん。そうだ。そうでなければならないのだろう。悔しいけれど。

だが、噂を聞いた人々は、はるか遠くからでも家族を、恋人を、愛する人を、助けてほしいとやってきた。昼夜をわかたず、宿の薄い木扉をたたき、列をなして待ち、リトンやイルモアの神官が巫女《みこ》として神殿に迎えいれようと、贈り物や山盛りの金貨を携えて訪うありさまで、いたたまれなくなったチャファはノーマの宿を捨てた。

もう、そのときには、四十すぎのくたびれたおばさんの姿になっていた。生命力を注ぎこむのだから、当然といえば当然だった。村から村へ、ひとところに長居しないようにしてさすらい、すっかり老人の身体となって、この山奥の小屋にたどりついた。モールモーはずっと一緒だった。生命を救ったあの日から、二人のあいだには強い絆が生まれていた。どれほどチャファの姿が老いていっても、モールモーには関係がないらしい。その、ゆるぎのない不変のものがどれだけ貴重な財産なのか、チャファはよくわかっていた。

過去をはるかかなたにおいて、小さな村の丸太小屋で、穏やかな日々をおくる。やわらかい繭《まゆ》の中の、充足したくらしをしていたのに、自らキノスなんかに声をかけて、繭を破ってしまった。魔力をもっていても、愚かしいこと限りがない。罪も傷もすべてをうけいれたけれど、なるべく見ないにこしたことはないのに。自分で暗い壺の底をのぞきこんでしまうとは……。

呼吸が静かになったのに気がついたモールモーが、隣から立ちあがった。

「キャベツは塩バターでいためよう。その上にディルをまぶしたら、きっとうまいぞ」

チャファもようやく微笑《ほほえ》んだ。どっこいしょ、と卓に手をついて膝と腰をのばす。

「昨夜の残りのスペアリブ、あれをあっためようね」

窓から黒猫のネヴが入ってきた。身体中に狩りの殺気の名残をまとって、威嚇《いかく》するようにきゃあ、と鳴いた。

3

やたらととれたエンドウ豆を持って、チャファは草原を歩いていた。丈高いギンオノグサのあいだの獣道を、杖をつきつつ、ときおり腰をのばして風を頰に感じつつ。たえまなくこだまするのは、北西の丘で木を切る斧と鋸《のこぎり》の音だ。キオス指揮下のコンスル兵士たちが、材木を切り出す作業に日々いそしんでいる。そのようにして、このあたりの森も草原にとってかわられたのだという。北西の丘が草地になり、わた雲のような羊たちが陽なたぼっこをするのもそう遠くないだろう。材木は川を下ってノイル海に運ばれ、そこから近隣の大きな町や造船所に接収される。木々が役に立っていると言われれば頼もしいが、はげはげになった丘を見なければならないのはちょっと寂しい気がする。

まぶしい陽射しに、フェデレントの人々がかぶる葦の帽子の鍔《つば》をひきおろした。モールモーが絶対にかぶっていかなきゃだめだと主張し、老婆がかぶったら場違いもはなはだしいと思いつつ、誰も見やしないと折れたチャファだったが、今は、かぶってきて良かったと思った。初夏の光が年々きつくなってくるような気がするのは、老化がすすんだからかしら、と思う。

砦のある斜面を右手にしてしばらく進むと、やがて一本のケヤキが大きく枝を広げている窪地にいたる。窪地には清冽な水のわきだす泉と、チャファの家によく似た丸太小屋と、同じように作物の育つ畑がある。畑の中で草むしりをしていたミータヤが、チャファの姿を認めて、ああ、と朗らかな声をあげて立ちあがった。チャファより若くみえるこの女性は六十歳くらい。夫と二人でこの世界の果てでくらしている。

「エンドウ豆、作ってなかったよね。いっぱいとれたんで、持ってきたわ」

チャファは泉のそばの丸石に腰をおろし、籠を地面においた。

「そうなのよ。去年の秋に芽だしするの忘れちゃってね。春でもまにあうっていうじゃない？　でも、どうにもその気がうせちゃった。ありがとね。玉ねぎと一緒にバターで塩いためにするとしゃきしゃきしておいしいのよねぇ」

ミータヤは小柄な身体を左右にゆらしながらやってきて、泉で手を洗った。ずっと夫婦二人ぐらしなので、たまにくる客──年に数度の行商人、遠くに住む子どもたちは数年に一度、そしてチャファ──と、おしゃべりしたくてたまらないのだ。

「あんたんとこに、ナス、ある？　ちょうど今朝とれた大きいやつ、もっていく？」

「わあ、ありがとう！　ミータヤのナスは格別！　素揚げしてショウガで食べたいなあ」

じゃ、ちょっと待っていて、とミータヤは母屋の方にとりにいく。

チャファは丸石に座ったまま、ゆっくりとあたりを見わたした。

泉にはクレソンが生い茂り、そのあいだを仔ガモが泳いでいる。母ガモは石の上で羽ばたいて、水をはねかしている。斑に落ちる枝の影から影へと、小魚が素早く渡っていき、小石の下ではサワガニがゆっくりと足を鳴らしている。

泉の周囲には、金華草《きんかそう》や朱金草《しゆきんそう》、ルリチシャ、雛菊、麝香草《じやこうそう》、マンネンロウなどの花が咲きほこり、黒イチゴ、ラズベリーの実がたわわに実っている。この庭はミータヤと夫のネオスが丹精こめて世話をしてきたものだ。泉の縁の石づみの修理にネオスはぶつくさ言いつつ、一両日かけたことをチャファは知っている。その出来具合は、あと二十年はもつくらい堅牢だった。黒イチゴの整枝に二人でとりくんでいたことも知っている。ネオスは完璧主義で、ミータヤのはさみの入れ方に細かく指示を出し、ミータヤはちゃんと言うことをきいていた。チャファだったら「うるさいわよ」の一言も言うところだが、ミータヤは、はいはいと返事をして、満足しないネオスが小言を言ってもうけながしていた。そこには余人の入りこめない夫婦の機微とでも言うかのような何かがあり、チャファは純粋にうらやましいと感じたのだった。

細かいことにこだわるネオスだったが、磊落《らいらく》な面もあり、特に強い酒を呑むと、朗々と詩を暗唱し、それにあわせてミータヤが弓矢の舞なるゆっくりした動きの踊りを披露することもあった。二人とも前身はミドサイトラントの町で学問をしていたとかで、前皇帝の家庭教師も務めたキエクイロスとも親交があったという。三十年ほど前にこの土地を手に入れて開墾し、以来自給自足の生活を楽しんでいた。彼らの丸太小屋は、西の森の住人何人かと一緒にネオスが建てたのだが、驚くことに、ミータヤも男たちにまじって丸太を運び、鋸をひいたという。ミータヤにはそうしたことを苦にしない活力があって、チャファはとてもまねできないと思うのだ。家の中には貴重な本が十数冊並んでおり、二人の生き方をそっと語っているようだった。

チャファは首にまいてきた小巾をはずして汗をおさえ、ミータヤが大きな籠を手に裏手から歩いてくる姿を眺めていた。彼女が玄関前にさしかかったとき、家の中で何やら鈍い音がした。重いものが床に落ちたような音で、チャファは束の間、空耳かと疑った。ミータヤもちょっと立ちどまり、籠を階段下において、夫を呼びながらゆっくりと家の中に入っていった。チャファが杖にすがって立ちあがろうとしていると、ミータヤが飛びだしてきた。

「チャファ、来てちょうだい！　うちの人が……、うちの人が……」

その爪先に籠の縁が引っかかって、つややかなナスが転げ落ちたが、それには見向きもせず、チャファの袖をひっぱっていく。転ばないように必死で足を動かし、ひんやりとした室内に入ると、暗がりに慣れない目にも、床の上に左肩を下にして倒れているネオスの姿が映った。

ひざまずいて右肩に手をかけ、チャファはぎょっとした。もともと筋肉質で、がっしりした身体つきのネオスだった。ところが今、その右肩は、ひどく骨ばっている。筋肉がすっかり落ちてしまっているのだ。

小さな窓からさしこむ乏しい光の中で、様子をうかがう。息は荒く、呻きが口からもれている。眉間には苦悶の皺が深く、両手は胸をかきむしるような動きをしている。ミータヤが膝掛を丸めて頭の下にあてがった。声を震わせながら、これまでのことを早口に話す。

もうずっと前から、胸をおさえて苦しむことがあったという。はじめは大したことがないと笑いとばしていたネオスだった。しかし発作が頻繁におきるようになり、薬草を煎じて養生しようと努力はした。酒が悪いのはわかっていたが、酒をやめたら何の楽しみがあると、それだけはあきらめきれなかったらしい。いくら薬湯を煎じても、片方で心の臓を痛めつけるのでは、身体は逆に悲鳴をあげる。それを、何をしても治らぬ、と自棄になり、薬湯さえやめてしまった。酒量もさすがに減りはしたものの、悪くなる一方で、この頃では日常生活を営むのもままならなかった。ミータヤはその都度、隣人に助けを請うように説得しようとしたが、隣人も薬湯と同じ、どうせこれは治りはしない、と気力まで落として首肯しなかったという。

チャファは寝台のそばにひざまずき、心の臓の上に右手のひらをおいた。ネオス、死ぬのはまだ早いわよ、と胸の内で語りかけた。まだあなたにはやるべきことが残っている。『皇帝列伝』をまだ最後まで読んでいない。『去りゆく船の歌』をあたしに口伝するのも途中じゃない。白花豆の育て方を研究するはずだったでしょう。ミータヤだって、あなたを失ったらすごく困ることがたくさんある。あと十年、二人で畑を耕して、餌箱に群がる小鳥たちの名前あて競争をしなきゃ。あと十年は生きなければ。

魔力を注ぎこもうとした。しかし、彼のぼろぼろの心の臓に、生命の最初の一滴が届いた刹《せつ》那《な》、チャファははじきとばされた。床に腰をおろしていたので、ひっくりかえっただけで済んだが、そうでなければ、骨の一本も折れていたかもしれない。

——もう自由になりたい。

ネオスの思いが部屋中を震わせた。棚の巻物が一つ転げ落ち、インク瓶の蓋がかたかた鳴った。窓枠がぎしぎしきしみ、かけてあった彼のセオルがぱさりと落ちた。

——こんな、自由のきかない肉体から抜けだしたい。もう、いいんだ。

ミータヤがチャファをおしのけるように寝台に駆けよった。ネオスの手を握り、何事かささやいた。その手を握りかえす力もネオスにはなかった。もういい、とすっかりあきらめてしまって、心はすでにイルモアの足元にひれふしていた。

死にかけた人をたくさん死の淵からひき戻したが、こんなにきっぱりと拒絶されたのははじめてだった。ネオスだって生きたかったはずなのに——彼の決意《あきらめ》に含まれている哀しみが、皆に伝わっていた——、こうも決然と拒まれるとは。

チャファにできることはなかった。彼は選び、イルモアはうけいれた。

夕刻近くに、帰りが遅いのを心配してモールモーが迎えに来てくれた。三日月がかかる空の下、モールモーにおぶわれて家に帰った二日後に、ネオスは亡くなった。

ミータヤは夫を喪ったあとも気丈だった。独りで残りの人生を歩んでいく、と決意して、夫が生きていたときと同じように庭の手入れをし、作物を作って、からからとくらしはじめた。チャファの方が、思いきれないでいる部分が多かった。ネオスが生きていてくれたら、と、どれほど切望していることか。黒猫ネヴに対して、「静かにしなさい」と磊落にたしなめ、ガチョウたちに「並びなさい」と艶のある太い声を響かせる。吹きだしそうになるのを我慢しながら、あの声をもっと聞いていたかった。早すぎるわよ、ネオス。……いや、ミータヤが独りで泣いているとは思えない。夫を偲んで日に百回もうちひしがれるとしても、彼女は絶対に、運命に屈したと涙をこぼしたりはしないだろう。

それでもその後は頻繁に、ミータヤのもとを訪れるように心がけた。夏の終わりには、

「塩漬け肉はまだある?」

と尋ねられ、

「ある、ある。もう少ししたら、モールモーが山に行って鹿を追うって言っていたから、もし獲れたらまた持ってくる」

と答え、つづけて、

「この冬の薪、まにあう?」

ときいて、

「ううん。微妙なところよねえ。一人ぐらしになっちゃったからねえ」

とさばさばと言うのへ、

「じゃ、伐採木を持ってきてもらうように、言っておくね」

　砦のキオスに手配したりもした。かわりに、真っ赤なニンジンや冬キャベツをもらって家に帰る。そのようにしてまた一年がめぐっていった。

4

ネオスの死を悼んでいるあいだに、砦の司令官キオスは、ロックラント州南部の副長官となって〈暗がり原〉から去っていった。それからは、ほとんど毎日が同じ調子ですぎていった。北西の丘はあらかた裸になり、伐採は西の森へと移っていった。ネルシートから農夫の一家がやってきて、家を建て、羊や山羊を飼いだした。お隣さんが増えたことで、たまに原毛やら山羊のチーズやらが届けられるようになった。ミータヤも相変わらずで、今年は新種の食用花を植えるとはりきっている。

クエの町でおぼれた子どもを助けてからまる三年がたった初夏のある日、その少年が叔父にあたる人と一緒に丸太小屋を訪れた。あのとき手足も小さく細っこかった子どもは、おとなの表情の垣間みえる十二歳の少年になっていた。まだ子どもらしい卵形の輪郭の額に、陽なたの土色をした巻き毛がかかっていた。

「こいつがどうしても来たいっていうもんで」

と叔父がしきりに恐縮するのへ、モールモーは御馳走をふるまい、チャファはちょうど織りあがったセオル用の毛織物をおみやげに渡した。少年ははにかみ屋らしく、口数少なく、うちとけない様子で椅子に腰かけていた。それでも帰るころになると、勇気をふるったように顔をあ

げて、

「これ……植えさせてもらってもいいですか」

何粒かの青ブナの種を示した。

モールモーと叔父の二人で、家と草原の境にあたる場所を整えてやると、少年は慣れた手つきで種を植えた。

「こいつが育てたものは、なんでも良く育つんでさ。どんどんおがり（成長）しますから、楽しみにしていてくだせえ」

叔父はそう保証して驢馬にまたがった。少年は手綱を握って進みかけてから、ふりむいて、頷くような挨拶をした。そのとき、その青い瞳の奥に、青ブナの葉の翻《ひるがえ》りと似た鮮緑がひらめいたのだ。見まちがいだろうかとチャファは一瞬いぶかったものの、すぐに忘れてしまった。

客が訪う日というものはあるもので、同じ日の夕刻、馬蹄の音を響かせてキオスの使いというものが駆けこんできた。少年の残したなんとも言えないやわらかい空気は、たちまちこの兵士の叫びで霧散してしまった。使いは、キオスが、何としても〈暗がり原っぱの魔女〉の力が必要だと言っている。ついてはノーユの町まで今から出向いてほしい、と告げた。にべもなく断ろうとすると、口達者で機転のきく使いらしく、クエまでは馬、その先は三頭だての馬車を用意している、できるだけ早くノーユまでつかねばならない一大事だ、とまくしたて、しかし、その一大事が何であるかは知らされていないから話せない、の一点ばりだった。

気はすすまなかった。だがおそらく、ノーユに、キオスがどうしても救けたい生命があるのだろうと推測できた。ロックラント州の副長官の要請を無下にもできまい、とモールモーにも説得され、ぐずぐずと子どものように駄々をこねたあと、とうとうチャファは馬の背におしあげられた。いつまでも沈もうとしない夏至近い太陽を草原の空高くに見た。その後、山間の森を右手にしながら、クエの町についたのが、普段なら寝床に入っている時刻、そこからすぐに箱馬車におしこまれた。左に湖の、昏《くら》さを増して空と溶けあう銀鈍色をのぞみ、ひたすら街道を走りに走り、ノーユの町についたのが刻限でいえば真夜中のこと。で、宿で眠れるかと思うや、案に相違して、そのまま停泊していた船に案内され、彼女らが乗船するや否や、帆がおろされ、左右五十本の櫂が太鼓の音にあわせて動きだす。

たった一つの船室でやっと横になったものの、腰は痛いわ、尻の骨はうずくわ、目がまわるわで、チャファは呻くしかなかった。待っているはずのキオスの姿はなく、もしやたばかられたのかもとちらりと考えもしたが、その思考さえ乱れて、夢も現実もはねかす波のしぶきと変じていくのだった。それでもいくらかは眠れたらしく、翌朝、対岸のキタムタムに着岸したときには、昨夜よりは頭もはっきりして、陸で待つ騎上のキオスを目にしたとたん、何がおきたのか嫌な予感がはたらいた。

モールモーに支えられてキオスのそばへ歩みよると、チャファは単刀直入に尋ねた。

「……どっち？　父なの、母なの？」

「母上の方だ。ずっと具合が悪かったらしいが、我慢していたようだ。一昨日、倒れて起きられなくなったと。ちょうど巡察の途中、実家によっていたときに、その話を耳にしたから、父上には、生命をのばしてくれる魔道師がいるがどうするか、と聞いたんだ。父上はぜひ頼んでほしいと言っていたよ」

はっ、とチャファは思わず嘲《あざけ》りの声をあげた。

「父が？　母を生かしてほしいと？」

するとキオスは眉尻を下げて、こめかみを指でひっかいた。

「うん……。その、彼女がいないと、御飯を誰が準備してくれるのか、と」

「使用人がいるでしょ」

「それが、いないらしい」

チャファは目をぱちくりさせた。キオスは決まり悪そうによそをむいて、

「使用人はずっと前に解雇し、仕事はほとんど二人でやっていたようだ。……うん、その、こんなこと、おまえに言いたくはないんだが……近所では、『どケチ』で有名になっているそうだ。おれの部下の徴税士も、おまえの家には行きたくない、と。何だかんだと理屈をつけて、それで通用しなければお上《かみ》への苦情を言いたてて、逆に脅し文句を並べて、税を払おうとしない、と」

チャファの胸底で、黒い渦が動きだした。両親のこととなると、抑制がきかなくなる。自分でもそれはわかっている。それでも、思わず、

「税を払わないんなら、土地でも家でも接収してしまえばいいのに」

と口走ってしまっていた。その激しさに、キオスがたじろぐ。

「いや……そうはしたくないんだよ、おれが……」

「あたしに遠慮はいらないわよ。粛々と公務をおこなってくださいな」

「きっついなぁ」

「あの母の娘だからね、どうあがいたところで。……で、あたしが本当は誰かは言ってないのね？」

「それは、おまえの判断に任せた方がいいだろうと思ったのさ」

「呼びよせるのはほとんど強制だったのに？」

「いや、おまえの親だろう？　だから急いだんだよ」

チャファはそこでようやく、少し冷静になった。それはそうだ。普通の親子であれば、そうした情に動かされる。当然のことだ。キオスを責めるのはまちがっている。彼はすべて、良かれと思って善意で手配したのだから。

「ともかく、馬車に乗ってくれ。エンカルまでは遠い」

「あのね、この老骨に、せまっくるしくてがたつく馬車は、ものすごく身体に悪いの。キタム川をさかのぼる舟があるよね。むしろそっちにしてくれないかしら」

「しかし、それだと、時間がかかる。今日中にはつけないぞ」

かまやしない、とチャファは吐き捨てるように言いたかった。できることなら、あの二人と関わりたくない。死ぬのなら死ねばいい。兄を見殺しにした当然の報いだわ。渦がぐるぐると速度をあげはじめる。忘れられそうだったのに、どうしてまたこんなことがおこるのだろう。

ならないのか。

あの二人からもらったものは、冷酷さと憎しみだけだというのに、またそれで傷つかなくてはならないのか。

「馬車に乗ったら、あたし、着いたとき使いものにならなくなってるわよ。それより舟で行った方が、仕事は早くできるはず」

踵をかえしてノーユ行きの船に戻ればいい。なのに、それをしない――いや、できない。これは神々の差配らしい。行け、と言われている。行って、決着をつけるときがきた、と。少女だったときは、逃げだすしかなかったものに、いま一度対峙してむきあって、この渦の行き場をおさめよ、と。これは凶事ではない、むしろおまえのために用意されたたった一度の機会というもの。のりこえるか、否か。イルモアの門のこちらに留まれるか、それとも誘惑にあらがえずむこう側に行くか。魔道師という人間でありつづけるか、それとも闇に喰われる者となるか。

チャファが深緑の眼《まなこ》でキオスを睨みつけると、彼はうぐうぐ言いながら馬をおりた。配下の者を呼び、舟を用意しろと言いつける。ほどなくして、チャファとモールモーは、長さ一馬身半、幅は二人がなんとか座れるほどの川舟の上にいた。三角帆が一枚だけ、舳先《へさき》と艫《とも》に漕ぎ手が一人ずつ、舟足は風次第だが、折よく湖からの西風がそよ吹く中、チャファはぶ厚く敷いた羊毛の上に腰をおろして、ハリエンジュや葦の生い茂る緑の岸辺を眺めていた。ときおり緑が退き、灰茶色の舟つき場や木造の家々が屋根を並べる。その村々の名を覚えているか、確かめながら進む。記憶はあやふやで、自分の中では、すでに打ち捨てたものの一部になっているらしいと知った。

陽射しが照りつけるようになると、モールモーが古い帆布で陽よけを立ててくれた。チャファはその下に横になり、うとうとと、老人の夢にさまよった。二度、岸辺の舟宿におりて軽い食事をしたためた。夜のあいだも舟上にあって、川風に横たわり、細長く切りとられた藍色の空もまた、星々の河が流れているのを眺めた。遠くで山犬が吠え、近くでは獲物となった鼠《ねずみ》の短い悲鳴があがり、川はゆったりと流れていった。

翌日の昼前に、エンカルの村についた。舟つき場には他に二艘がもやってあり、そのうちの平底舟にはアイサワタの袋がぎゅうづめにされていた。舟つき場からあがって、閑散とした町中の道を歩いていくと、キオスが馬車を用意して待っていた。

「大した距離じゃないから、乗っていってくれ」

そう申しでられれば、仕方がない。何とかかんとか不自由な身体で乗りこみ、しばらく窮屈な思いをする。歩けばチャファの足では半刻もかかる道のりを、あっというまに走って、家に到着した。

小窓から外をのぞいてチャファはぎょっとした。数十人が家のまわりに集っている。よもや母が。まにあわなかったのか。転げるように馬車からとびだすと、どよめきがあがり、人々がおしよせてきた。たくさんの手がのびてきて、セオルをひっぱる、髪にふれようとする、帯をとらえようとする。モールモーが盾となり、キオスが馬ごと割って入って蹴散らした。

人々のわめきを注意深く聞けば、どうやらチャファの父が近隣に、「たいそう威力のある魔道師が、妻のために遠路はるばるやってくる」とふれたものが、「病、怪我、不調のある者をすべて治す魔道師がやってくる」と変じ、そこは人々の口、苦しみの多いくらしの中だから、それならば我も、我が子も、とおしよせてきたものらしい。

家からとびだしてきた父が――しばらく見ないうちに、ずいぶん老けていた。ふくよかだった身体つきがしぼんで、皺だらけ、病人のような灰色っぽい肌をしている――、おまえたちのために来てくれたわけじゃない、帰れ、帰れ、と叫んで、チャファを玄関になんとかおしこめた。木の扉が閉まり、キオスは番をしてくれるつもりらしく、玄関外に残った。

家の中は殺伐としていた。上等な青ブナ材を使って、飾り枠や扉に幾何学模様の意匠をほどこし、床はタイル貼り、天井は白木に輝いていたものが、今では埃をかぶり、しみや雨もりが流れたあとなどを残し、窓枠の木彫などは、その精緻をきわめた鳥の片足が大きく欠けてしまっている。タイルも黒ずんで、昔、母が目をつりあげて使用人に磨かせていたあの気遣いは、一体何のためだったのかとむなしい思いにとらわれる。

父は台所そばの小部屋に二人を案内した。初夏とはいえど、まだ日中でも室内は寒い。なのに、炉には火の気がなく、薪代を節約しようともくろんでいるあかしのようで、チャファはやりきれない。当然、薄めた葡萄酒を客にふるまう気もないのだろう。チャファは、椅子をすすめられたが、まず病人に会わせてほしいと言った。

小部屋の隣のさらに狭い物置部屋に、母は横になっていた。もとは使用人が寝ていた箱寝台に、穴のあいた毛布一枚をかけて、頬はすっかりこけて、記憶にあったあのけたたましさはな

「どうしてこんなところに……」

肩ごしにふりかえって父に尋ねると、

「わ、わしが言ったんじゃないんで。自分から、ここへ入ったんですよ。台所にも炉にも近いし、面倒がないって言って」

余人には何のことかわからなかっただろう。だが、チャファにはすぐ理解できた。具合が悪くなって、台所から一番近くにある寝台を選んだのは嘘ではないだろう。それは、彼女独特のものの考え方なのだ。効率的で無駄がない。台所に近いということは、それだけ竈《かまど》の火に近いということ。つまりは、日に二度か――あるいは一度――煮炊きをする際に、暖かい場所になる、ということなのだ。両親のこの痩せ方を見れば、ろくに食事をしていないことがわかる。もともと母は、食が細いことを自慢するようなところがあった。食べずに働ける、それが誰よりも価値のある人間だと思っていたのだ。それが高じて、三度の食事を朝晩に減らし、さらには夜の一食だけでおのれをまかなおうとしたのだろう。父にも強要したかどうか。だが、父も同調はしていたに違いない。その、日に一度の食事も、作ることがかなわなくなった母に対し、父は自分で作ってやろうと思ったかどうか。「おれの食事は」とキオスにこぼしたところを考えると、そういう気遣いはなかったのかもしれない。

様子をうかがいにきた近隣の人から、パンのひと塊、チーズの一切れをもらって、それで生きてきたのかも。

チャファは母の顔色をうかがい、息を確かめた。胸がわずかに上下して、呼吸していることを示している。毛布をめくって足を見る。蠟をひいたようなぬめりが見られるのは、死期が近い人の共通点だ。

チャファは毛布を戻し、踵をかえした。小部屋に帰って椅子に腰かけると、父にいろいろ尋ねた。いつからこんな様子なのか。こんなふうになる前はどうだったのか。倒れてから食事はどのくらいしているのか。

それに対する父の答えは、要領を得なかった。倒れたのが一月前、と言ってみたり、三日前、と翻してみたり。ちゃんと食べさせている、と胸をはるのへ、何をどのくらい、と畳みかければ、口ごもって答えられなかったり。しまいには、当の本人が食べたくないと、拒んだのだと弁解をする。いや、弁解ではない、それが真実かもしれない、とチャファは思いなおす。

この家へ一歩足を踏み入れた瞬間、黒い渦がまた巻きはじめたのだったが、父の言い分を聞けば聞くほど、その渦巻く速さがあがって、チャファは叫びだしたい気分だった。

その後も、薬師は呼んだのか、あるいは何らかの薬草を与えたのか、などを聞いたが、父は何の手だてもうっていないとわかった。魔道師を呼んだのも実はキオスの提案で、特別に「ただだ」と言われたからだった。それでも、

「あれがおらんと、わしが困る。もう少し元気でいてくれれば、綿花畑もこの家も売って、その金で余生を安楽にすごせるんじゃ」

と、先の展望は薔薇《ばら》色らしい。

「娘さんが三人おられるそうですね」

と水をむけると、吐きすてるようにそっぽをむいて、

「誰一人、わしらの心配をせんのだ。そろいもそろって親不孝ものどもよ。なぁんもしてくれんどころか、今、どこで何をしておるのか、連絡もよこさん」

それはそうだろう。チャファは思わず剣呑《けんのん》な微笑を浮かべた。それからよっこらしょ、と立ちあがって、

「この部屋、寒いわね。炉に火を入れてください。治療はそれからになります。それまでちょっと、わたしは、陽にあたたまってくるわ」

モールモーを促して、台所から裏庭に出た。

雑草が茂り放題のむこうに、半壊した納屋があった。そちらへと歩んでいく背中で、モールモーが声をおし殺して言った。

「チャファの親父さんだから、我慢してたけど、そうでなきゃぶん殴っていたところだよ、チャファには悪いんだけどさ」

「いいのよ。あたしも力があったらそうしたかもね。ああいうのに十数年、育てられたあたしにも、あの冷たさは伝わっているのよ」

「ううん……親父さんは、すごく自分中心って感じだな。冷たさっていうのとは違うかもな」

「あら……そうなの？」

思わず足を止めてふりかえる。

「親父さん、育ちはいいんだろ? 綿花農家に生まれて、何不自由なく育ったんじゃないのか?」

小作人として領主から搾取されつづけたという苦渋を経験したことのあるモールモーは、チャファより洞察力があるのかもしれない。

……いや、自分の親だから、あたしの目がどうしても曇ってしまうのかしら。

「言ってること、やってること……というか、やらないですませていることなんか考えあわせると、親父さんはお坊っちゃまなんだよ」

「何、それ。どういうこと?」

半笑いで尋ねる。

「つまり、いつも誰かが手をさしのべてくれる環境で育ったってこと。自分では何ひとつしなくてよかった。困ったことも、自分で決めるべきことも、まわりが始末してくれる。おとなになってからは、奥さんが差配するのへ、ただのっかっていればよかった。争いは嫌い。口論するんだったら、黙って従った方が楽。そうやって何十年もくらしてきたんだよ。だから、差配する人が倒れてしまったら、何をしたらいいのかわからない。生活力が低いのはそのせいなんだろうさ」

チャファはしばらく、呆けたようにモールモーの良く動く口元を眺めていた。彼の言葉がしみてくるに従って、まったくそのとおりだわ、と思った。自分で考えて行動できていたら、父の人生はもっと違う人生になっていたかもしれない。ああ、でも。

チャファは屋根が崩れ、柱が傾き、壁がおれたり曲がったりしてすっかり朽ちた体《てい》の納屋に近づいていった。陽光が、無残な崩壊を無慈悲にあからさまにしている。この下で、兄は死んだ。父が母の言いなりだったから。あたしが無力だったから。

柱の土台になっている平たい大石のそばから、黄色い雛菊が一輪生えて、微風にそよいでいた。

「でもね、モールモー」

「うん……」

「人は自分を変えようとすれば変われるのよ」

「それは……そうだな」

それ以上、言う必要はなかった。モールモーはさとく、すぐに理解してくれた。

父の罪はそこにある、とチャファは冷ややかな分析をする。自分を変える、向上させる、善き方へと顔をむける、この雛菊のように、太陽の顔をしっかり見つめかえすことができるようになる機会はあったはずなのだ。数十年も生きてきて、その機会をことごとく逃した、その卑怯さは神々が与えたものでは決してない。ほんの少し勇気をもって、うつむいて自分の胸をのぞけばいいだけのこと。その勇気はおのれの中にしかない。それをしなかった。そして息子を見殺しにし、今度は母を救おうとしている。真逆の行動だが、根は一つだ。

チャファは不自由な膝を折ってひざまずき、そっと雛菊の花面をなでた。心の渦は今はゆるく巻いている。兄を死なせたときの慚愧の念と両親への憎しみと蔑《さげす》みをくるんでいるのは、死装束の色をした喪失感、それはどれほど年をへようとも色あせるわけでもない。

モールモーの助けを借りて立ちあがると、彼女は再び母のもとへと赴いた。

助ける価値のある人とは思われなかった。夢うつつにありながら、なお、眉間に気難しい縦皺を深く刻んで、薄い唇を強情そうにひき結んでいる。母の顔をこうしてしげしげと眺めるのは、はじめてかもしれなかった。かつては罪を犯している親への恐怖と、それを知りながら黙しているおのれへの恥で、正視することができなかった。目をひらくことがない、あたしを見ることがない、と思っているから、今は眺めていられるが。もし、彼女の目がひらいたら、あたしは見かえすことができるだろうか。彼女の中にうごめいている得体のしれないものに、毅然とむかいあえるだろうか。いまだに自信はなかった。もう小娘ではないものを。

チャファはそろそろと右手を母の胸の上にのばした。助ける価値があるか否かは、彼女の決めることではない。神々がさだめたことに従うしかない。もし、力が入っていかなければ母はイルモアの門をくぐるし、入っていけばこちら側に呼び戻されるだろう。

自分の中の生命力を手のひらに集めて、母の心の臓に送りこもうとした。この力が血とともに身体じゅうにめぐっていけば、身体は活力を得て復活するだろう。拒むような抵抗を感じれば、手をひかなければならない。もうその身体は、イルモアの門に足を踏み入れているしるしなのだから。

抵抗はなかった。チャファは自分が喜んでいるのか、がっかりしているのか、よくわからないままに、生命力を送りこもうとした。すると、突然、右手首を母の両手ががっしりとつかんだ。目蓋があき、光を宿さない黒点のような目が彼女を見すえた。手をひきぬこうとしたが、逆にすさまじい強さでひっぱられ、直後には灰色の霧がたちこめる寒々とした岩場に佇んでいた。

冷ややかな微風が頬をなでていく。尖った岩が重なりあい、小道がそのあいだを走っている。濃い霧のせいで見とおしはきかないが、灰色のむこうに卵の黄身色をした光がぼんやりとにじんでいる。チャファの足はそちらへとむかった。

赤子を抱く母がいた。寝台のまわりでは十歳前後の姉ふたりと三つくらいの兄が身を寄せあって笑っていた。母の口元も珍しくほころんで、あたしをやわらかいまなざしで見つめている。あたしはこの世にやってきたばかり、それでも、家族のあたたかさを感じとっている。

しかし次の瞬間、母は長姉にあたしをおしつけ、もう四人めよ、世話はたくさんだわ、と言って目を閉じる。眉間に皺を刻んで。

――また一人食いぶちが増えた。

響くのは誰にも言ったことのない母の本心か。自分で生んでおいて、そういうことを言うのか、と愕然としているあいだに、その本心をまるでおおいかくすように霧がわいて景色は遠のく。

別の光が円をつくっている。歩いたつもりがないのに、もうその光の中に移動している。母は久方ぶりに訪ねてきた妹と、葡萄酒をのみ、焼菓子をつまんでいる。そばには四つくらいのあたしと兄が御相伴にあずかっている。妹は遠い町に住んでいて、数年に一度くらいしか会いにこないのだが、姉妹の絆で女同士のおしゃべりに花が咲く。商売がうまくいっていると互いに自慢しあい、税金がどうのこうの、安くするにはああだこうだ、と子どもの耳には小狡いと響くような話をしあう。それから話は流れて、互いのつれあいについて声をひそめ、妹は、母が「いい旦那にめぐりあった」と言う。「おとなしくて、なんでもあんたの言うことをきいてくれるものね。それに比べて、うちの人ったら。のんだくれで強情で、見栄っぱりときたもんだ」それに対して母は大きく頷く。そうよ、うちのはわたしの言いなりだもの。でも毎食ちゃんと食べさせないとならないから、これがちょっとね。

「何言ってんの、その分稼ぐんだからいいじゃないの」

――稼ぐのは稼ぐけれど、食べすぎだっていうのさ。

――その他に食いざかりの子どもが四人もいるんだよ。一人息子のあんたんとこと違ってね。

本心が吐露されると、再び霧がそれをおおいかくす。

三つ目の淡い光はむこうからやってきて、チャファを包んだ。

病気になった兄の額を、母がそっとなでていた。チャファは仰天した。あたしたちを抱いたこともない母が、愛おしげに兄をなでている。そんなことがあったのか。父がその母の肩をゆすって、助からない病だそうだ、あきらめろ、とささやいている。母は大きく嘆息し、この子にはできるだけのことをしてやりたい、と涙をぽろぽろとこぼす。二人は上等の掛け布団をかけてやり、看護に新しく雇った使用人をつけて、忙しい仕事のあいまをぬってはしばしば顔を見にくる。そばで心配そうに見守るチャファの頭をなで、情のあるいい子ね、とささやき、なるべく精のつくものを手ずから食べさせようとする。足元には温石を、窓には隙間風を防ぐ布覆いを、炉には赤々と火をたき、薬缶の湯気で部屋を満たし、薬師がいいといったものはすべて試し――金も惜しまず。

ちょっと待って、何よこれは。

チャファは杖をふりまわす。ここでは彼女は本来の姿で、膝はまっすぐに立って、杖などいらない。

「この茶番は何？　全部でたらめじゃないの」

噛みつくように叫ぶと、隣に母が立っている。

――どういうこと？　あんたは何を言っているの？

「あんたたちが何をしたか、自分で一番良くわかっているだろうに。あんたたちは兄さんを見殺しにした。納屋におしこめて、死ぬがままにまかせた。こんな介抱なんか、絶対しなかった！」

――なんてことを言うの、この子は！　どこからそんな、見殺しだなんて、怖ろしいことを！

チャファは呆気にとられて、まじまじと母を見あげた。――いつのまにか、彼女は少女に戻っている。のぞきこんだ母の目は、ただの黒い点だった。光を宿さない、冷たい、深海を徘徊するサメのような。

「兄さんは死にいたる病なんかじゃなかった。ちゃんと薬師にみせていれば、今もまだ生きていたはず」

——あんたの勘違いよ。小さかったから、夢でも見ていたんだよ。兄さんは助からない病気だった。あたしとお父さんは、手をつくしたけど、だめだったのよ。

どこからこんな妄想が生まれてくるのだろう、とチャファはサメの目の奥に、一点の光でも見つけられないかと分け入ったが、あるのは暗黒ばかり。

ああ、そうか。

母はとっくに闇の方へ歩いていってしまっていたのか。

卒然と悟って、そっと身をひく。母の心の虚妄の国では、自分自身を慈しみ深い理想の母親像にして、陶然とそこに浸っているのだ。もう、彼女の中では、それが真実となっている。そこに本心が呟く余地はない。

チャファは脇腹の肉を黒いナイフでこそげとられていくような寒々しさを感じた。逆まいていた渦はしずまり、ひどく硬質の石めいたものに固まった。いま一度、かすかに微笑む母の顔を見あげ、涙がこぼれないように必死におさえながら、その手を握った。

「さよなら、母さん」

周囲のものすべてが一気に深淵に崩れ落ちていった。大波が頂点でこわれるように。四方の壁が穴に吸いこまれるように。その怒濤《どとう》を聞きながら、チャファは眉間に縦皺をこしらえて、瞑目《めいもく》したのだった。

5

気がつけば、寝床にしきつめられたクッションのあいだにはさまって、自分の家の天井を見ていた。丸太を縦に渡した梁《はり》からは、この晩春に急いで摘んだ香草の束がぶらさがり、涼風に乾いた音をたてていた。マンネンロウや薄荷《はっか》、セージの香りがあたりにまきちらされ、その匂いに誘われてチャファは意識を取り戻したらしい。

窓には薄布がかけてあり、外の景色はぼんやりとしか見えなかったが、どうやら午後か。高く昇った太陽が、泉の水を反射させ、その光が薄布に躍っている。のんびりと鳴きながら羽繕いをするガチョウの気配がし、獲物をさがす鷹の影が流れていった。

居間の方では竈に立ったモールモーが、がさごそと動いている。鉄の浅鍋にじゅう、と何かを落とす音がし、やがて卵の匂いが漂ってきた。

「塩は少なめに、砂糖じゃなく蜂蜜を使ってねぇ」

横になったままチャファは注文を出したが、しわがれた声には力がなく、居間の方まで届くはずもない。ひどいだるさを感じながら片手をあげてみれば、また老化したらしく、骨と筋がうきだして、黒ずんだしみが一面に浮いている。ああ、と嘆息して深々とクッションに身を沈めてしまった。このまま、あたしも死んでしまいたい。

正しいことではない、とわかっていながら、むなしさがそう言わせる。

まだあたし、三十一歳よ。あと二十年は生きられる。

でも、こんな肉体で？

今であれば、ネオスが生きつづけることを拒んだのが、わかる。それでも、それを是とはできない。彼の生命は彼のものだけど、その存在がどれだけ周囲の人を助けてくれたのか。あたしの生命はあたしのものだけど、あたしがいることでモールモーやミータヤの助けになっている……はず。しっかりしなさいよ、チャツフェリ。あと二十年、この身体で魔道師やってくのよ。

母も、生きのびたことで誰かの助けになるのだろうか。

チャファはそう思いをとばし、ふん、と冷笑した。両親のこれからのことを想像すると、少し意地悪な満足感を感じる。生命が助かったとしても、その後の運命が好転した人ばかりではなかったと、思いかえすのだ。

そう、こんなことがあったわね。家族が助けを求めてきたので応じたら、あとで嫁にいった娘から、余計なことをして、と罵られたことがある。救ったのはどうしようもない浪費家の父親だったという顚末だ。それから、感謝はされたものの、その男が実は悪徳官吏だったとわかったことも。はじめにわかっていても、彼女に選択肢はなかったけれど。相手が助けるべき人であれば、身体は勝手に動くのだから。神々の意図は計りしれず、無意味と思われることもしばしばなのだから。

痛恨の思いをしたのは、まだもっと若くて勢いこんでいたころか。与えられた力を使命として、一人の女を助けたとき。貴族の娘でふくよかな身体つきの三十がらみ、その家にはもう一人そっくりの妹娘がいた。風邪気味だったのへ、薬草の量を誤って摂取したらしい。昏倒《こんとう》したところにチャファが呼ばれて助けた。大事にはいたらず、まもなく女は目をあけたが、その顔つきを見たとたん、チャファはひどく嫌な気分になった。目の周辺、特に眉間にかけたあたりに、底意地の悪さがあらわれていたのだ。醜い顔立ちではないのに、その傲慢で独善的な歪みが、彼女の人となりを物語っているようだった。しかし仕方がない。救おうと手をのばしたとき、神々からの制止はなかったのだから。

チャファは山ほどの銀貨をもらった。満足だった。いいことをしてしかもお金が手に入った。ちょっと目がかすみ、手が骨ばったような気がするけれど、代償はつきもの、気にすることはない。

しかし、それからさほどときをおかずして、その貴族の一家が奴隷も含めて全員、毒殺されたと知った。チャファが助けたあの女がただ一人生き残り、毒を盛った形跡があることから犯人だと断定された。本人は潔白を言いはっているが、世間では信じがたいともっぱらの噂だった。チャファも、彼女が犯人だと思った。あの歪んだ表情がよみがえり、一体自分はどんな悪を助けてしまったのだろう、と今でも慚愧の念にとらえられている。選択肢はなかった。助けないわけにはいかなかった。しかし、罪悪感がぬぐいさられることはない。

結局、あの女は処刑された。その直後に、一家の親戚の男が訪ねてきて、チャファを偽善者と罵った。熱湯を浴びせるように非難するだけ非難して、男は帰っていった。チャファは一言も弁解できなかった。

今なら、あたしはなんて言いかえすだろう。やはり、弁解しないかもしれない。

うちの両親だって、これから先どんな運命が待っていることやら。生命ながらえたといっても、それがどんな未来をひきよせるかは、その人次第だと思う。父が思い描いたような薔薇色の老後が待っているかと考えると、そうはならないような気がする……。

と、そこへ、モールモーがお盆を持ってあらわれた。皿一枚の上に、オムレツと三粒のイチゴ、ディルの葉、薄く切って軽くあぶったカラン麦のパンをのせ、杯には薄めた葡萄酒を入れて、そばの卓におく。

「おはよう。どんな調子？　食べられる？」

チャファはもぞもぞと尻を移動させ、自分でクッションを背もたれに作って、まずは葡萄酒をちょうだい、と頼んだ。手わたされたのは、いつもの二倍も薄めた、水にちょっと香りがついているようなものだったが、ゆっくりと時間をかけて空にした。モールモーがおかわりをとりにいっているあいだに、盆を膝の上にひきよせて、イチゴを一粒口に入れる。うれきった甘い果汁が、舌を喜ばせてくれる。しっかり味わって、もう一粒。

「これ、どこからとってきたの？」

戻ったモールモーに尋ねると、

「泉の南側の藪の中だよ」

と答えた。チャファは記憶をさっとさらって、

「藪なんて、あった？」

「あとで自分で見にいったらいい。まだふんだんになっているから」

モールモーはにやにやする。まだたくさんある、と聞いたので、チャファは遠慮なく三つめを口に放りこみ、オムレツにとりかかった。うん、塩は少なめ、ちゃんと蜂蜜を使っている。

「あたし、どのくらい眠っていたの？」

「エンカルからノーユまでと、ノーユから家まで、それから何日かで……うんと、七日、かな？」

「七日！　そんなに？」

「それだけ精根つきはててたんだよ。一時は、チャファもあの世にいっちまったかと心配したんだぜ？」

「本当はね、気がすすまなかったのよ。あの母を蘇生させるなんて……。でもね、それを決めるのは神々だから。あたしはやれるだけのことをやらなきゃならなかった。ひどい娘」

モールモーは首を横にふった。

「誰を生かすか、神々の基準はおれたちにはわからない」

「あたし、母の心の深いところにひきずりこまれたの。ちょうど、生まれる前、お腹の中みたいな感じのところに。でね、母にはいい思い出しかなかったわ」

「……それは……」

「人の心って、不思議だね、モールモー。闇にのまれると、あんなふうになっちゃうんだ」

「いい思い出だけって……幸せ、ではないのかい？」

「幸せそうではなかったよ。おかしなことに。それが当然って感じ？　いいくらしをしていい思い出を守って、でも幸せを意識できない」

そうなるのが当然、と傲然と胸をはって、感謝がない。それは幸福感とはほど遠い寒々とした景色だろう。

「ううん……よくわからないが」

チャファはオムレツの最後の一口分をのみこんでから、にっと笑った。

「わかったら、あんたも魔道師になれるかも」

「ああああ。ごめんこうむるね。おれは土と遊んでいるのがいっとう幸せなんだ」

チャファの笑みが深くなる。パンにはバターと黒スグリのジャムがぬってある。ちぎりもせずにかぶりつき、そうよ、幸せってこういうことよ、と目を細めていると、モールモーはちょっと首を傾げ、声の調子を落として尋ねた。

「なあ。あんなすさまじい親に……ごめんよ、こんな言い方して」

いいよ、つづけて、ともぐもぐしながら頷くと、

「おれだったら、生きかえってほしくないなあ。でも……親なんだよなぁ。神々が助けろって言ったんなら、嫌でも力を注がなきゃならないわけだろ？　どう心の整理をつけたんだい？」

「闇に喰われてしまった人を生きのびさせて、何かいいことがあるのか？　あたしにもわから

ないわよ。これから先、どんな運命が待っているかなんて、知るよしもない。でもね、つまりは闇に喰われてしまったとわかったから、ふんぎりがついたってとこかな」

「……？」

「母親だから力を注いだんじゃないの。あたしが、人として、そうするべきだと思ったから、そうしたのよ」

それは、闇に喰われた者と魔道師の違いなのかもしれない、と語りながらチャファは気がついた。あたしには母の血が半分は流れている。母と同じところが半分はあるってこと。でも、同じにはならない。兄を見捨てた人間と同じになりたくない。あたしはできる限り、公正でありたい。でもそれを口にしたら、公正？　チャファが公正って言うのか？　と、モールモーは大爆笑するだろう。だから、おいしいパンで口をいっぱいにしておこう。

「チャファ……おまえって」

「うん？」

「相変わらず、わけのわかんねぇ人間だなぁ」

「ふん。わかられたら大変よ」

「おい、全部食べちまったのか？　いきなりそんなに食べて、腹、大丈夫か？」

「あんたが食べろって出したんじゃない。何言ってんだか」

「吐き気はないか？　腹、痛くないか？」

「ごちそうさま。あたりまえのお食事だけど、たいそうな御馳走でした！」

「すぐに寝るなよ？　しばらく身体起こしてろよ？」

「わかった、わかった」

「じゃ、おれ、ウサギ罠見てくるから」

モールモーは盆を下げて外へいった。そう、行ってらっしゃい、と返事をしたものの、チャファははてな、といぶかしく思った。ウサギ罠って、何？　この辺にウサギの隠れるような藪なんてあった？　昔は森だったけれど、伐採されて草ばっかりになって、もとは暗い森の下になっていた、それをひきついで、〈暗がり原〉と誰が名づけたのやら。草の生い茂る荒れ地に変じて、暗がりどころか影の一つも生まれない、夏は陽射しに焼かれて葉を翻し、冬は雪にうち伏してただ一面の野っ原と化す。それなのに。

「藪……？」

七日のあいだ意識を失っていて、覚えているのは舟に乗せられて川を下った景色の断片、湖のまん中で、空に浮かんでいる半月のよるべなさそうな姿をぼんやりと眺めていたこと、舟からかつぎおろされて荷車に横たえられたとき、焼いた魚の匂いをかいだこと、あとはちょん切ったタペストリーのような断片が渦を巻いてぐるぐるしている。帰り道の森が長く長くつづいていると思ったあれは、夢だったのか。

そんなつまらない思考をめぐらせているあいだに、いつのまにか眠ったらしい。再び目覚めるともうすっかり夜半だった。窓板はおろされていたものの、隙間からは満月の光がさしこみ、毛布の襞や壁の板目がくっきりとうきあがって見えた。フクロウが鳴いていた。一羽、二羽ではない。それぞれ距離をあけながら、五、六羽も鳴きかわしているようだ。

チャファは闇の中に大きく目を見ひらいた。それまでぼんやりしていたあたりのものの輪郭が、急に明確な形として認められるようになった。

草原でこんなに多くのフクロウが鳴くはずがない。

チャファはそっと寝台から出て、杖をさがした。そばの卓にたてかけてあるのを握り、ゆっくりと歩きだす。戸口わきにかけてあったセオルを羽織り、居間へ入る。モールモーは隅の寝台に寝ていたが、帳《とばり》はあけっぱなしで、彼女の様子をすぐに把握できるようにしている。杖と足音にすぐさま気がついて、肘をたてて半身を起こした。

「どうした?」

「フクロウが鳴いてるのよ」

「ああ。そうだな」

暗がりでも、彼が微笑むのがわかった。

「ちょっと、見てくる」

「うん。気をつけてな。泉にはまるなよ」

「ごろごろ、ぼっちゃん」

これは、いつものやりとりだ。口角をわずかにあげて、チャファは玄関の階を半ば横ばいになりながらおりた。おりたところで腰をのばせば、月光におとなしく佇むギンオノグサの原が見えるはずだった。だが――。

チャファはわが目を疑った。次いでぽかんと口をあけた。

敷地の外には、青ブナの森がつづいていた。

ぐるりとまわってみたが、家の周囲には青ブナの太い幹が林立し、まるで歩哨のように丸太小屋を護っている。金の縁に青の葉という葉が、月光にきらめいて、あたかもさざ波の反映のようだ。目につく限りが森となり、北の丘のふもとから、南の山裾から、街道の東端と西端から、フクロウ——コノハズクだろうか——の問答が響いてくる。木々の下にはイバラやらサンザシやらヤマツツジやらの下生えが茂みを作り、紅玉《ルビー》さながらにイチゴやラズベリーが輝いている。泉のそばに、白イタチが忍びより、静かな音をたてて水を飲んでいる。ガチョウたちは狐よけの小屋におさまって、おとなしく眠っている。たえまなく井戸底にしみてくる地下水の流れを感じる。井戸のそばに立つ木の股で、黒猫ネヴとそのつれあいが、食事を終え、口元をぺろぺろなめながら前足を投げだしている。

チャファは一歩一歩確かめながら、門の外に出た。街道は細くつづき、青ブナの森を分けている。はるか先で二叉にわかれているのが、見えないのにわかる。一方はミータヤの家へつづき、もう一方は砦下に出る。道に一歩踏みだせば、もう、丘や山は視界の外だ。あるのは、森と空と月。

何がおこったのか、不意に理解した。

あの少年。

彼が植えていった青ブナの実が、発芽し、生長し、花をつけ、実を落とした。その実はまた発芽し、生長し……小鳥たちがその過程を助け、次いでリスやヤマネが協力し、森をつくった。あっというまに。森は下生えをよびこみ、多くの獣を誘い、豊かな王国となったのだ。

あの少年におのれの生命力を注ぎこんだとき、わかちがたいチャファの魔力も注がれたのだろう。おとなであれば意にも介さないほどの、ほんのきらめき程度の黒と金。しかし、人生はじめての自己の壁をのりこえようとしていた年頃の少年にとって、それは壁をうちくだくほどの光と闇だったに違いない。もっと幼ければ表面をすべって流れていく類のもの、もっと年をとっていれば、鈍感さによってどこかの隅にうっちゃられ、終生宿ることのないもの。それを、ちょうど、殻を破ろうとしていた九歳の子どもが、生きる力と一緒にうけいれてしまったのだ。少年はその瞬間に、魔道師になった。

緑の魔道師に。

チャファは影の中に歩み入り、一本の青ブナの根元に佇んだ。その幹は太く、まるで何百年も前からここに立っているかのようだ。その枝は大きく張って、世界を抱きとめる翼にも似ている。月光を木漏れ日として円模様に無数に落としている。

チャファは、その銀肌の幹に両腕を広げて身体を預け、額をおしつけた。すると、導管から吸いあげられた水の一滴一滴が歌いはじめた。

——戻ってきたよ。戻ってきた、戻ってきたんだよ。

——われらはめぐっていく。われらはのびる。われらは呼ぶ。あらたな息吹、あらたな身体、あらたなときを。

銀の樹肌が震え、葉という葉が天にむかってひらいていく。

すると天では満ちた月が、光の風を送ってよこす。それは慈しみの衣のように、大地をおおう。大地は深いところでゆっくりと鼓動を刻み、喜びにそっと目をひらき、

――寿ぎをうけたり。イルモネスよ、イルモアよ、われらは寿がれたり！

重くささやく。すると青ブナの森は一斉にざわめき、星々をもゆるがす。

「あたしはとうとう、及ばなかった」

チャファが幹を抱きながら呟いた。

「あの人からわかってもらえなかった。わかりあえなかった。それが、憾《うら》まれる」

母の中では母が犯した罪とチャファの存在がまざりあっていたのかもしれない。だからうけいれられなかった。いや、あたしが勝手にそう感じているだけだろうか。

――憾みも養分。われらの育ちゆく糧。虫の死骸と同じ。

青ブナがゆったりと笑う。死骸と同じ。そうか、この憾みはもう生きてはいないのか。

――だが、朽ち果てて溶かしこまれるには、ときがいる。長い長いときが。おぬしの生が終わるまでかかるやもしれぬが。

チャファは大きく息を吸った。

「あたしももう長くはないよ。そしたら、憾みと一緒に死骸になる。……それで、いいのかもしれないね」

森が再びざわめいた。月からの風に大きく枝がゆれ、まるで海鳴りのように渡っていった。

——生命の魔道師が、何を言うのだろう。

チャファは微笑んだ。

「でも、少なくとも、一人にはいい助けになったかな。あの少年、あの子はきっと、すばらしい人間になるね」

青ブナはそれを聞いていないようだった。

——生命の魔道師は、おのれの生命を大切にすることを覚えねばならない。

「もうこんなになっちゃったら、遅いと思うわ」

——おぬしは自分をもっと愛おしまねばならない。おぬしが生命を分けた人々も、おぬしのまわりにいる人々も、おぬしよりずっとおぬしに感謝している。

「感謝……」

——それこそが、人を幸せにするものだと、おぬしは知っているはずであろうに。おぬしは自分に感謝していない。それでは、幸せにはなれない。もう遅いといって、すべてを手放そうとする、それは誰かと同じだな。

「……ああ。……ネオス」

——彼を喪《うしな》って、今でも胸がしめつけられる思いをしているのだとしたら、同じことをすべきではない。

「そうね……。イルモアの手がかかるまで、あと一年か二年……。仕方がないわね。わかったわよ。もう少し、あきらめないでみるわ」

――おのれに感謝しろ。その肉体に、その運命に、その闇に。

「言うことが大仰ね。ああ、でも、あたし、ここにいられることに感謝する。ここに存在していられることに、ね」

青ブナは幹を震わせて笑った。

――生命はめぐるのだ、女魔道師。おぬしの一滴の鮮緑は、めぐりめぐっておぬしに還っていく。

「何のことやら」

チャファは満足して幹から身をひこうとした。ところが、青ブナがそれを許さなかった。導管や樹肌のあいだに満ちていた緑の光が、彼女をからめとり、したたる力となって彼女に注ぎこんできた。闇がおし広げられ、硬くちぢこまってしまっていた渦のなれのはてを少しばかり溶かし――芯は残された――、滞っていた血流に力を与えた。

解放される寸前に、青ブナがまた笑った。

――自分を愛せ、女魔道師。さすればあと三十年は生きながらえようぞ。

他の木々がさんざめくのも聞こえた。

――生命はめぐるのだ、チャファ。それを忘れるな。

――三十年といわず、あと百年でも二百年でも。必要とあれば、わらわを頼れ。

――わたしも分けて進ぜよう。いつでもおいで。

――もとはそなたの生命ゆえに、のう。

力強い夜明けの光が森の中にさしこむ中に、チャファは膝をまっすぐにして立っていた。腰ものびて、身体のどこにも痛みを感じない。ものの見え方もはっきりしていて、よりたくさんの物音が耳に届く。

手をあげてみれば、骨も血管もしみもうきでていない、なめらかな手になっている。頰をさわれば、がさつきは消え、ふっくらとしている。

チャファは目を閉じ、陽光を感じながら、ああ、と溜息をついた。

「ありがとう」

なんの、お互い様、と木々が答える。

転がっていた杖を小脇に抱えて、家の方へと足どり軽く戻っていく。モールモーは驚くだろう。そして一緒に喜んでくれるだろう。喜んでくれる人がいるってのは、とても幸せなことだ。

これから、とチャファは、下生えから這いだしてきた黒猫ネヴが、にゃあ、と鳴いてふりかえり、そのあとにぞろぞろと小猫五匹がつづいてくるのを眺めながら思った。またあたしは老いるかもしれない。生命を注ぐこの力を、使わずにはいられないだろうから。それで、また、両親のどちらかが助けを乞うてきたら、あたしは淡々とうけるだろうか。ううん、それは、自分でもわからない。でも、もう、それはないような気がする。そしてもう、どうでもいいような気もする。

小猫五匹のうち二匹がネヴそっくりの漆黒、あとの二匹は薄茶、一匹は母親と同じ三毛だった。父親に先導されて、行儀よく行進していくさまをみて、チャファはネオスの厳めしい声が森にこだまするのを聞いた。
――おとなしくしなさい。並びなさい。

神々の宴《うたげ》

Peaceful, The Best

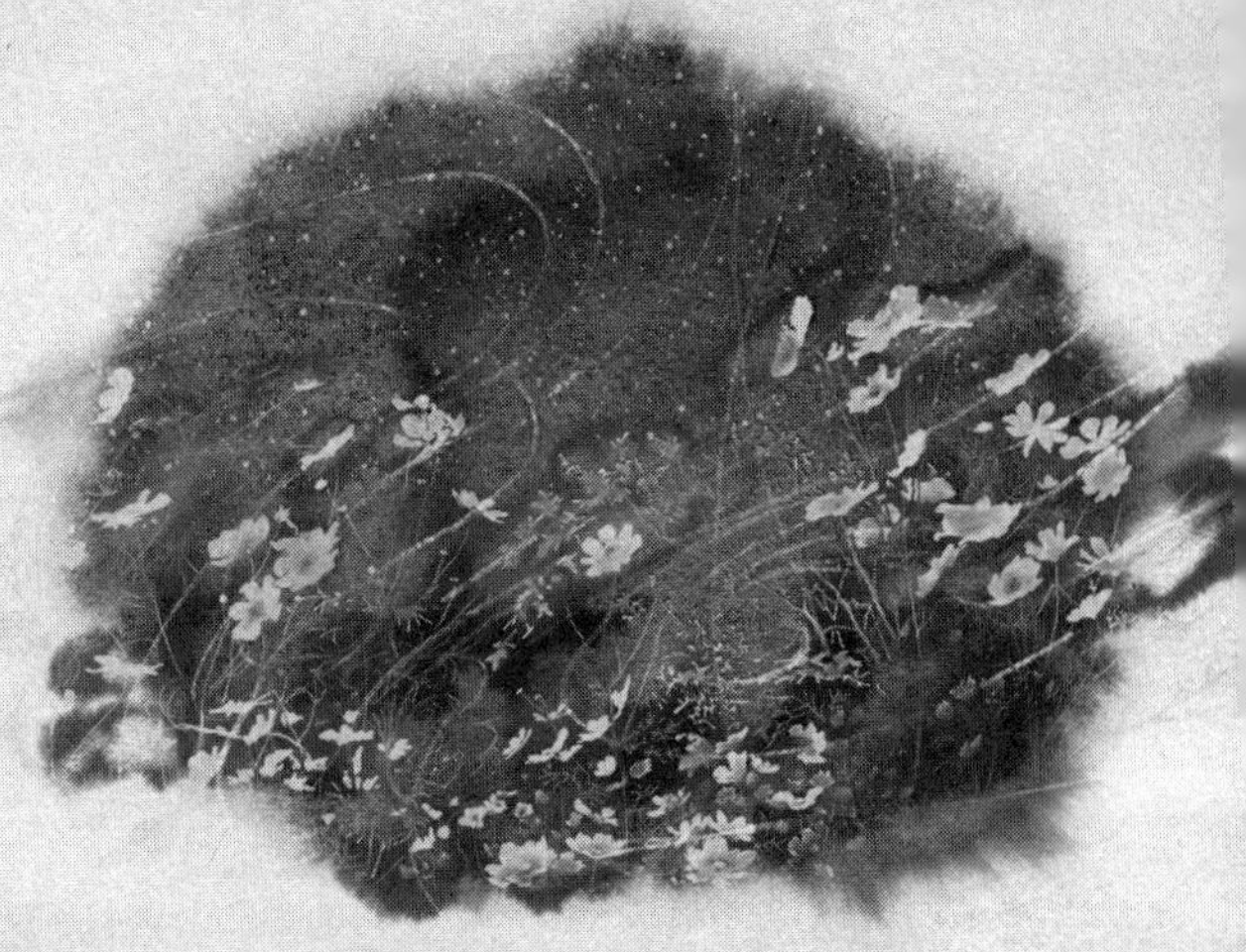

ヴィテス王国暦　二一一三年（コンスル帝国暦　四八五年）

1

ヴィテスの民は自分たちのことを、風と大地の申し子だと思っている。三方を峻厳な山々に守られ、村も町も狭隘《きょうあい》な谷間に点在し、大地の恵みの葡萄《ぶどう》を育て、香料花《ロスベル》を栽培し、北から吹きおろす冷風と、東から襲ってくる熱波を何百年もやりすごしていれば、そう考えるようになるのは自然なことかもしれない。

王アーゼカはときおり、皮肉まじりに、ヴィテスの民を山と岩の落とし子だと揶揄《やゆ》する。自分も含めて、ともかく山のように強情で、変化を嫌う。そして岩のように忍耐強い。

その日は、明け方に王都を出発し、ナブッカ川の橋を渡ってクラカの町に朝のうちについた。町長《まちおさ》の館で、鶏肉の胡椒《こしょう》焼きとゆで卵、細長パン《スクルート》と香茶を朝食に一休みした。陽も高くなり、半馬身もあるぶ厚い壁のむこうで人声がしはじめた頃合いに、ふくらんだ腹を抱えるようにして立ちあがった。ぼんやりと、この腹、ちょっとまずいかもしれない、と考えながら、外庭に出ていく。

春の陽射しがやわらかく人々にふりそそいでいた。巴旦杏《アーモンド》の古木が数本枝を広げ、いまにもほころびそうな薄紅色の蕾《つぼみ》をつけていた。陽にあたためられたかすかな香りが漂っている。百人くらいの町民が——老いも若きも、赤子も、これでほとんど全員だ——が、ちょろちょろと生えはじめた草の上にじかに腰をおろして、王が床几に座を占めるのを見守っている。アーゼカが巴旦杏の梢の下に陣どると、その両脇を地元と近隣の村長・町長がかため、背後に一人、民のそばに二人、近衛兵が槍を立てた。

クラカの町長が、これより移動宮廷をひらく、と宣言し、まず第一の議案、マンガル家の跡目について討議する、と言った。

「マンガル家は王国創始以前よりのロスベル栽培農家、収穫量はさほど多くないものの、最盛期は十五人を養うほどでありました」

町長はアーゼカに教えるというより、町民に再確認するように、あたりを見わたした。

「最近十年は、老夫婦二人で働いとりましたが、この〈白冷〉の月、夫が亡くなり、老妻一人とり残され、このままでは畑を存続させることは難しいと、跡目相続人を募ることとなりました」

当のマンガル家の老妻は、最前列に両脚を投げだして、幾度も頷いている。膝をさすっているのは、常に痛みを感じているからだろう。深い皺《しわ》を刻んだ顔の奥で、哀しみと不安の色をした瞳がうるんでいる。

アーゼカは思わずつと身をのりだして、

「心配なことでありましたでしょう、お婆様。今日はそなたのくらしがきっとたちゆくように決めますゆえ、御安心くだされや」

と声をかけた。老婆はこの思いがけない言葉にたちまち涙して、言葉もない様子。

町長は書きつけを広げて、財産を読みあげる。

「ロスベル畑が二〇ノム、蜜蜂が五ノム、家屋と庭、池が二ノム、水利権として八ノム、合計三十五ノム。この株をひきうける相続人は、株に付随するすべてのものを養い、存続及び発展させる義務を負う。名乗り出たのは〈刻み丘〉のギョーグと〈西窪地〉のクァジオ。両名とも前に進みでたまえ。これよりわれらがヴィテスの民の統率者にして国王アーゼカが審判する」

アーゼカと老婆のあいだに立ちふさがるようにして、三十七、八歳の男とその妻が立ち、半馬身間をあけて、遠慮がちに、まだ若いひょろっとした男が佇《たたず》んだ。

〈刻み丘〉のギョーグ夫妻は肩をそびやかして自信満々、二十歳にもならないだろうクァジオは控えめながら、空色の瞳をひた、とアーゼカに据えて訴えかけてくる。

アーゼカはまず、働き盛りの夫妻に顔をむけた。

「〈刻み丘〉のギョーグに尋ねる。そなたたちは、なぜに相続人の名乗りをあげたか」

多くの人を見てきた指導者の目は、日に焼けた額や節くれだった手指に、骨身を惜しまず働く者の勤勉さをとらえた。が、同時に、目のあたりや口元にかすかな険をうかべていることに気がついた。この険は、攻撃性を示すものだろうか、それともただ単に不安を隠そうとしているだけなのか。

夫妻の答えは、

「そりゃ、カリカナが哀れだと思ったからで……」

「うちはカリカナの遠い親戚だと聞いております。んじゃから、うちがカリカナの土地をひきつぐのは当然、と思います。なんせ、カリカナには子も孫もおらんで、身内、血筋も見あたらないんだから」

口ごもる旦那に比べて、妻の方はどうやら口達者らしい。身ぶり手ぶりもまじえて早口でまくしたてる。

「カリカナを哀れと申したな。では、ノムをひきついだら、彼女をどう扱う?」

「そりゃもう、大切に……!」

「ええ、ええ、そうですとも。もう一切、畑仕事なぞさせませんて。家ん中でゆっくりすごしてもらいますわ!」

「そなたたちは、〈刻み谷〉にもノムをもっておるのであろ?」

「葡萄畑を五十ノム、その他にも林と水利権をもっております」

旦那が誇らしげに胸をはった。

「そなたたちはどうやら働き者のようじゃ。したが、それだけの土地に加えてカリカナの三十五ノム、管理しきれないのではないか?」

「いえいえ、充分、わたしたちの手でやれますとも! 繁忙期には人を雇って、やり遂げますわっ」

アーゼカは口元をほんの少し、やわらげた。

「意気軒昂であるの。……では、そちらの若者、クァジオと申したか。そなたはなぜ、その若さで三十五ノムの畑をひきうけようというのじゃ？」

クァジオは、どう答えようかしばらく迷ったふうだったが、やがて、小さな声で、

「あの、おれ、正直に言うと、自信ないっす。……でも、でも、おれ、小っちゃいときからカリカナとオセムの世話になっていて……カリカナが一人になっちゃったんで、今度はおれが彼女の世話をしなきゃって、つい、思っちゃって」

と言った。すると、ギヨーグの妻の方が鳥の鋭い嘴《くちばし》さながらにつついた。

「つい、思った？　そんな思いつきで、一家をついでいけるもんかい。さっさと家に帰って病気の父ちゃんの看病でもしてな」

控えよ、と苦々しげな町長の声がとどろいた。細君は唇を尖らせて頬をふくらませる。アーゼカは苦笑して尋ねた。

「そなた自身のノムはどれくらいなのじゃ、クァジオ」

「おれんちは、カリカナの地所の隣の窪地で、十ノムもありません」

クァジオは恥じて視線を落とす。

「父御《てて ご》の病は長いのか？　母御《はは ご》はどうしたのじゃ」

「母ちゃんはおれが十三のときに死にました。その前から父ちゃんは具合が悪くて……」

かれこれ五、六年は、この若者が父の面倒を一人でみていたということか。

「カリカナとオセムは、おれたちにとっても良くしてくれたんです。貴重な蜂蜜を分けてくれたり、野菜の種をくれたり……。いろんな助言ももらいました。湿気を防ぐ方法や、虫やりの香の作り方とか……」

「それゆえ、恩をかえしたい、と」

青年ははっと頭をあげた。それが、自分のあらわしたい言葉だと悟ったようだった。眉間をひらき、まっすぐな視線をむけて、

「はい！」

と高らかな返事をした。アーゼカは身じろぎして聴衆を見わたした。気難しげな民だが、そのほとんどはクァジオに期待の顔をむけている。

「では、そなたも、カリカナを大事にするのかえ？　炉端に座っていてもらうのだね？」

「あ……それは……」

クァジオは束のまうろたえ、視線をカリカナの方に泳がせた。老婆は懇願するように、何度も小さく頷いた。クァジオはそれに勇気を得たらしい。

「も……もちろん、おれはカリカナを自分の婆っちゃんだと思って大事にします。……でも、カリカナは畑に出たいんだと思います。彼女に助言をもらいながら、一緒に働きたいって思っとります……」

ギヨーグの妻がクァジオの方へ一歩踏みだして、口をひらこうとした。アーゼカはすかさず、

「あいわかった！」

と立ちあがり、三人の町村長をひきつれて再び館の中に入った。

冷やした甘い葡萄酒をすすりながら、王と町村長は二組の審議にかかる。

「あのギヨーグという夫婦の、町での評判はどんなものなのじゃ?」

アーゼカがまず聞くと、町長は四角い顔をしかめて、

「いやあ……働き者といえば働き者ですが……自分たちに厳しい分、他人にも容赦がありませんで……雇ったものをこき使うとか、なんやかんやと理屈をつけて報酬を少なく渡してよこすとか……。あとは、自分たちの畑に注ぐ川の下流に水がいかないように嫌がらせをしたり、鼠《ねずみ》とりの猫を他人家から奪ってきたり……あんまりいい噂は聞こえてきませんな」

「あの夫婦以外に家族はおるのですか?」

隣村の長が聞く。

「息子と娘が一人ずつおります」

「では畑があと三十五ノム増えても人手は足りるな」

もう一人の長が背もたれに背を預けて呟く。町長は、いやいやいや、と慌てたそぶりで、

「あの二人は戦力にはなりませんで。姉は十六、弟は十五の年子ですがね、日がな一日このあたりをほっつき歩いて、コナをかけるのに忙しく……」

ごほん、と咳をして決まり悪さをごまかした。

「コ……コナ……?」

目をしばたたく二人の村長。対してアーゼカはくすりと笑った。

「ほら、蝶とか蛾が、交尾の相手に鱗粉《りんぷん》をかける、という、あれじゃよ」

「おっと……」

「ううむ、そ、それは……」

赤面する村長たちにはかまわず、アーゼカはさらに尋ねる。

「クァジオの方は……？」

「あれはおとなしすぎるところがありますが、真面目で思いやりのある子です。おもだった町の者たちは、あの子にノムを渡したいと望んでおります」

「じゃが、カリカナを働かせる、と申しておったぞ？」

「おからかいなさいますな、アーゼカ様。あなた様とて、もとは畑の民、陽に焼かれて土の匂いをかぎ、蜂たちとともに働く喜びを御存知でしょうが」

と町長はかすかに笑い、他の二人も同意した。

「われらヴィテスの民の望みは、葡萄棚の下で死ぬこと。酒神リフタルの腹さながらのふかふかの大地に横たわること。カリカナの願いも同じでありましょうぞ」

「働いて力つきるのであれば本望というもの」

アーゼカは満足の息を吐いた。これぞ、ヴィテスの民の骨頂だった。労働を誉れとし、土と風と葡萄の匂いをこよなく愛す。

「カリカナの方はクァジオを望んでおるのかえ？」

「もちろんです。ギヨーグにつがれたら、おそらくたちまち元気をなくしてしまうでしょう」

「ではクァジオと決めよう」

アーゼカの裁断に、町長はほっと肩の力をぬく。

「収税はいかようにいたしましょう」

「ノムを継いだ初年度は無税、翌年は一割、さらにその次の年からは二割。掟どおりじゃ」

町長はそれを聞いて、いそいそと立ちあがった。

「ではさっそく、伝えて参ります」

「クファッカをつれて参れ。あのギョーグの女房殿、暴れだしかねない。それが落ちついてから、第二の議案にかかるとしようぞ」

部屋の角に控えていた近衛ノ長は、名指しされて町長のあとについていった。案の定、ほどなく女の喚き声が窓から聞こえてきたが、ぴたりと静かになった。人々のざわめきも静まって、ツグミやらヒワやらの求愛の鳴き声だけが響いてくる。と、突然、扉がひらき、毛むくじゃらの大きな犬がとびこんできた。アーゼカを認めるや否や、その膝に突進して、頭をぐいぐいとおしつける。アーゼカは歓声をあげてその茶色の毛をわしわしとつかみ、首輪にひそませていた小指の先程の巻紙をとりだした。遅れて入ってきた近衛ノ長に大犬の相手役をかわってもらい、巻紙にさっと目を走らせる。奥歯をかみしめ、一呼吸の間をとってから、村長たちに告げた。

「ナッポルの町がコンスル帝国の軍に降伏したそうな」

「……それは、また……！」

「まさか、そんなことが……！」

ヴィテス王国の国境から少し西へ行ったところに、ナッポルという都市があり、人口三万を擁している。ヴィテスとは異なり、ひらけたなだらかな丘をもち、温暖で風光明媚、〈ファイラントの薔薇《ばら》〉と呼ばれている。コンスル帝国がロックラント、キスプ、ナランナと領土を拡大して、ファイラント地方に侵攻してきてはいたものの、いまだ小さい町や村々を支配下におさめるにとどまっているとばかり推測して、安心しきっていた人々である。しかしここにきて、すぐ西隣の都市国家が征服されたとあれば、

「次はこのヴィテス……」

「戦がはじまる……！」

と蒼惶《そうこう》とする。

「ナッポルからこっち、東側は征服したって何の得にもなりはしないものを……。お宝があるわけじゃなし、一体どうして……」

「まったくだ、あるのは山と畑ばかりというのに」

アーゼカは書きつけを近衛ノ長に手わたしながら言った。

「その、畑に用があるのじゃ。ふんだんなロスベルと豊かな葡萄酒が目当てじゃろうよ」

「ロスベルと葡萄酒……。それがほしけりゃ、相応の金を払えばいいのに。戦にまですることはないと思うんだがなぁ」

「交渉で穏便にすます、という頭が抜けてしまったのじゃろ。えてして、膨張してきた大国と

いうものは、すぐに征服、支配を考える。それが唯一の道と思い誤り、多大な犠牲を払う」

裾を翻《ひるがえ》して、

「王宮に帰るぞよ。すべてに優先して、大至急〈ロスベル会議〉をひらく。他の村長、町長に知らせてくりゃれ。われらの犠牲を最小限にせねばならぬ」

二人の村長が心得た、と返事をするのを背中できいて、クファッカが素早く用意した馬に飛びのり、駆けだしたアーゼカだった。

2

兵数二千。

ナッポルの治安維持に五百を残して千五百の歩兵部隊がファイラント内陸部深くへと侵攻をすすめていく。歩めば歩むほど、緩斜面は次第に狭まって、四列縦隊を二列に変え、両側に礫《れき》土《ど》の崖、あるいは見とおしのきかない森、はては片側がのぞくも怖ろしい谷となる道を行く。

テリオス・ウルシオス・ステラウス、通称テリオスは、その軍団の最後尾を、元剣闘士の従者シアンシウスと三人の歩兵に護られ、鬱々《うつうつ》として馬上にあった。弱冠十四歳、多感な年頃、血気にはやる時期、身の内の、よせてはかえし、渦を巻く潮のような得体のしれないものに翻《ほん》弄《ろう》されて目をまわすころである。しかしテリオスは、その渦の中から剣を持ってとびだして、血と雄叫びに行き場を求める少年ではなかった。幼いときに守護神として風の神アイトランを選び、やさしい母と毅然とした祖母に育てられ、ものの道理と公平さをもち、人の痛みをことさら感じとる繊細さすら身につけていた。コンスル帝国の第四皇子――しかも妾腹の――という立場でなかったのなら、こんな戦に従わなくてもよかったろう。周囲の期待に身が縮むような思いをしながら、幕僚のあいだに影とならずにすんだかもしれない。どこぞの小さな庭で、ガチョウに餌をやり、花を育て、豚を飼うのが夢、と語りでもしたら、どんな白い目でみられるか、しれたものではなかったが。……ということで、意にそまぬ戦の大将となって、ざくざくと足音を響かせている大軍を不安に満ちた瞳で眺めているわけだ。

この軍のほとんどが、略奪行為をゆるせば喜んで破壊の限りをつくす男たちだ。笑って他人の財産に手をかけ、老人、子どもを殺め、女たちを陵辱する。その荒々しさを実行に移さないのは、厳しい軍規があるからにすぎない。十人隊の連帯責任をとらされて、棒で死ぬまで殴られると規定されていれば、さすがに乱暴狼藉を控えようというもの。

テリオスは息を吸って首をちぢめる。この連中をこうして眺めているだけで、震えがくる。だが、それを悟られてはいけない。護衛のシアンシウスにも、誰にも。彼の内心が少しでももれたら、臆病皇子、腰抜け皇子、とたちまち陰口がひろがるだろう。

父皇帝や兄たち、彼をとりまく有力貴族たちの値踏みに耐えてきたせいで、黒い巻き毛のかかる眉間には、年に似あわぬ縦皺が刻まれている。口角は気難しげな老人のように下がって、めったに笑わない。身体中に拒絶の大気をまとって、ことさらに胸をはり、背骨をまっすぐにしている。

狭隘な道がわずかに広がった。巻糸がほぐれたかのように、山と山のあいだに村があらわれた。

軍の実質の指揮官、メビサヌス軍団長の放った斥候が戻ってきたようだった。

「……誰もおりません」

その報告は、兵士たちの口から口へと伝わって、テリオスのところまで届く。

眺めるに、村人が退去したのはそう前のことではないようだ。衛兵のように山肌に並ぶ葡萄棚は、きれいに整えられているし、石造りのがっしりした農家の庭は荒れた様子がない。まとめて植えられたらしい花サフランの、黄色、紫、白といった色彩が、陽に輝いて、戦などおこらぬよ、と首をふっている。

軍団は村の西口に待機して、次なる斥候が戻ってきて報告するのを待った。やがて、村の奥まった山陰から駆けてきた兵士が、一枚の羊皮紙をメビサヌスにさしだした。メビサヌスは厚い目蓋《まぶた》とぎょろ目をもった男で、頭も身体つきも円筒形の、我を通すことで出世してきた典型的な帝国軍人だ。苦労して書面に目を通しているようだったが、まもなくテリオスを呼んだ。本来ならば身分的に許されないことだが、気の弱い十四歳の少年など軽蔑しきっていて、意のままになると思いこんでいる。騎馬のまま、兵士たちをかきわけて進みでたテリオスに、同じく騎馬のまま、書面をつきだした。読め、ということなのだろうと察したテリオスは、黙って目を通す。

「兵たちに読んでやってはくださいませんかね」

助言をする体裁だが、実は、メビサヌス自身がよく読解できないのだ。字など読めてどうする、戦に文字など必要ない、祐筆一人つれ歩けばいいだけのこと、と喚くのを聞いたことがある。

テリオスはちらりとメビサヌスを一瞥してから、

「コンスル帝国軍の指揮者に告ぐ」

と声をはりあげた。あちこち綴《つづ》りが誤っているのは、この地方の言葉はコンスル語ではないから仕方がないのだろう。

「これより先は、ヴィテス王国の領土である。直ちに軍をかえすことを勧告する。されど、皇帝の名をうけて、おめおめ帰ることもままならないのであれば、交渉の余地もあることを伝えておく。話しあう気があるのなら、今宵、次なる村の、長の館に来るがよい。兵はこの村にとどめおけ。十人の護衛を許す。ヴィテス王国国王アーゼカ」

　田舎の土豪めが、とメビサヌスが呟いた。次いで、

「そのような愚行、とるにたらず。このまま兵をすすめる」

　ナッポリ攻城戦時の阿鼻叫喚《あびきょうかん》を思いだしたテリオスは、

「交渉の余地あり、というのであれば、一度話しあってみたらどうかな」

思わずそう口走っていた。文を読むことのできる者は、ぼく一人なんだ、とつまらない矜持が不意に頭をもたげたのだった。対してメビサヌスは冷笑で答えた。

「たかが山間の小都市、それを王国と名乗っていられたのは、ろくな敵もおらず、安穏なくらしをしていたからにすぎぬ。わが軍の一襲で蹴散らしてしまえるのであれば、それが最も簡単な道だ。このような人をくった文書など残しおって。その尊大な鼻っ柱、たちまちへし折ってやろう」

　どうやら田舎者が文字を書いたそのこと自体が癇《かん》にさわったらしい。劣等感を刺激されたらしく、

「よし、この村でしばし休止するが、その間、略奪を許可する。好きなだけとれるものをとってこい」

と、粗野な本性をあらわした。兵士たちはそれを聞いて槍や道具類を投げだし、点在する家々にむかって駆けあがっていく。

テリオスは下馬して従者にふりむいた。元剣闘士のシアンシウスは、めったに表情をあらわさず、話す言葉も端的で短い。それでもテリオスは彼を頼りとしている。はい、いいえ、そうです、違います、わかりません、と余計な言葉を一切省いた返事には、皇子という地位におもねったりへつらったりの臭気がないからだ。修辞に隠した嘘がないからだ。

「ヴィテス王アーゼカというのはどんな人物？」

小休止の床几に腰をおろし、薄めた葡萄酒の杯をうけとりながら尋ねると、

「人望があるようです」

と、馬の蹄《ひづめ》を調べながら答える。

「年は？　まだ若いの？」

「いえ……。四十はすぎたかと。治世二十数年、と聞いております」

二馬身離れた木の下に、同じように床几を出させて葡萄酒をあおったメビサヌスが、すかさず口をはさんだ。

「婆ァですよ、婆ァ。ちっとばかし学があるからって、王に推された田舎の婆ァです」

テリオスは黒い目を見ひらいた。メビサヌスの粗野な表現に、いまさら驚いたりはしない。

四十すぎの、女性、というのにびっくりしたのだ。コンスル帝国で女性が政治や軍事に席を占めることはほとんどない。例外として、宮廷魔道師とか、剣闘士とか、通訳くらいか。

「じゃ……王……っていうより、ええっと……」

「女王」

シアンシウスがぼそり、と呟き、

「そうか、女王、なんだ」

「田舎の小っさい領土にしがみついている、豪族ですよ」

メビサヌスが嘲笑《ちょうしょう》まじりにまぜっかえす。シアンシウスは馬から離れてあたりに素早く目を配り、腰の剣の柄にさりげなく手をおきながら、テリオスの斜め後ろに陣どった。それから淡々とした口調で言い切る。

「そう馬鹿にするものでもない」

「なんだと？　貴様、おれの言うことに文句があるのか」

睨みつけるメビサヌスに、冷静な目をむけて、

「事実を言うのに、文句もへったくれもない」

と切りすてる。メビサヌスが何と反撃しようかと考えているあいだに、テリオスが割って入った。

「シアンシウスはナランナの出身だったね。だから、この辺のことも詳しいの？」

「詳しいのは、先日陥《お》としたナッポリの住民から話を聞いたからです」

「いつの間に……」

「居酒屋へ行けば、情報は耳に入ってきますから」

「どうせ安酒を売る売春宿だろう」

メビサヌスの侮辱を聞き流して、テリオスは身体を従者の方にまわした。

「その、女王、のこと、もっと他に聞いてきた?」

「夫と、息子が二人、娘が三人いるそうです」

「なんだ、嫁《い》かず後家じゃないのか。じゃあ、よっぽどおっかねぇ女か、それとも旦那に操られているか、どっちかだな」

　この下卑たもの言いにはとりあわず、シアンシウスはかすかに首をふって、

「家族は皆、普通の農夫だそうですよ」

と言い、珍しいことにつづけて、

「彼らの国王は世襲ではないそうです。実におもしろい慣習があるらしく、それで決めるのだとか」

「へえ……。聞きたいな。教えてよ」

「先代が亡くなると、〈葡萄会議〉をひらいて、国の有力者十人で相談するのだそうです。選ばれる条件は十八歳以上、五十歳未満、とただそれだけ。男も女もありません。貧富も家の格も関係ないそうで。各家が持つノムと呼ばれる〈株〉を、まったく赤の他人がひきついでいく掟があるとか。その掟と同様に、国王のノムをひきつぐ、という理屈らしいです」

「ノ……ノム……？　どういうこと？」

木の下で耳を傾けていたメビサヌスは、小難しい話にとたんに興味を失ったらしい。床几を蹴って、略奪の景色を眺めにいった。テリオスは少し背中が軽くなったような気がして、シアンシウスに先をせがむ。

「ノムをひきつぐと、その家の権利をすべて手に入れることになるそうです」

「じゃ、国王のノムをひきつげば、国を統べる権利を得るんだね」

「そうです。しかし、ひきつぐのは、先代のものすべて、国王となればこれまでの国の問題も全部だそうで」

「それは……まあ、当然、かな？」

「先代の家族の面倒も見る、ということで」

「それは……じゃあ、皆、家族になるってこと？」

「そうです」

「責任重大だな。……でも、楽しそうだ」

「かもしれません」

母と祖母、たまに訪れる父皇帝のみがテリオスの家族だっただけに、赤の他人同士が家族になってくらす、という図は、子どもらしい団欒《だんらん》の夢につながった。

「女王は、王様っていうだけでなくて、国全体のお母さん、みたいなのかもしれないね」

そう言うと、シアンシウスはとりたてて反論もせず、頷いた。

「確かに」

「その女（ひと）に、会ってみたいなぁ」

騎乗して、手綱を握ったとき、シアンシウスは身体をよせてきて、略奪の成果に気を良くして戻ってきた兵士たち——内陸部の村だから、金目の物はさほどなくても、ちょっとした敷物や外套《セオル》、衣服などをかっさらってきた。それまで禁じられていたのを許されて、勝手気ままに暴れたことで、皆機嫌を良くしていた——の方へ冷たい視線をむけたまま、低い声で言った。

「ここから先は御油断なきよう。ヴィテスの農民は戦士を兼ねているとの噂も。長年、一国を保っていられたというのも、あなどりがたい戦力と戦略を有しているからかと。有事の際には〈ロスベル会議〉なる戦略会議をひらいて、すべての町村に共通認識を徹底させるそうです。わたしのそばから離れないように。常にあたりに目を配っていてください」

テリオスははっと息をのみ、次いで、わかった、としっかり頷いた。シアンシウスの予想をメビサヌスに語っても、おそらくあの丸筒頭は一笑に付してしまうだろう。はなから田舎の豪族めいた小国、と侮って、自身の軍力で一気に蹂躙《じゅうりん》できると確信している。メビサヌスが見ているのは、征服するべき蛮族と、征服したあとに注がれる誉れの視線、さらには第四皇子テリオスを後見する地位の確立という未来だ。彼にとってテリオスは、利用するべき階《きざはし》の一段でしかない。

少年は敏感な感性と、人を良く見よ、と常に助言をしてくれた祖母の言葉、そしてシアンシウスの、短いが的確な指摘によって、メビサヌスという人物の浅い底をすでに見抜いていた。

士気のあがった軍団は、大股に森の下生えをかきわけていく。彼らが通ったあとは、巨大な蛇が這いずったように、道ができていく。半刻もすすんだころだろうか、甲高く尾をひく鳥の声が響いた。シアンシウスがテリオスの馬の轡《くつわ》をぐっとひっぱり、立ちどまった刹那《せつな》、半馬身前に何かが落ちてきた。それは踏みしだかれた下生えの枝にはねかえってまいあがり、再び落ちた。矢だ、敵襲、と気づいたときにはもう、前を行く兵たちに、雨のように矢がふりそそいでいた。悲鳴、絶叫、慌てるな、の叫びも、どこから放ったのかわからない矢鳴りに紛れて、森の木々までもが騒ぎたてているようだった。

シアンシウスはいち早くテリオスを馬からおろし、帝国の大盾を頭上に掲げてしゃがみこませた。数本の流れ矢が盾にはねかえった。それは、ほんの十数呼吸ほどの短い時間だったが、テリオスには半日にも感じられた。

やがて静けさが戻ってきた。大盾をはずして立ちあがってみると、道には負傷者が転がって、呆然とつっ立つ仲間、きょろきょろと不安げに目をさまよわせる者、と、一体何がおきたのかもわからない有様だった。百人隊長が兵たちをかきわけながら事態の把握にやってきて、テリオスの無事を知ると一つ頷いてまた前方に戻っていく。

太鼓が響いた。前進、集合せよ。

負傷者を急ごしらえの担架《たんか》にのせ、肩を貸し、あるいは背負って、命令どおりに動いていく。テリオスも馬をひきながら、シアンシウスと並んで進んだ。すぐにひらけた草地に出た。メビサヌスが百人隊長からの報告をうけ、そばで蠟《ろう》板に書記が記録している。

「合計しますと……死者三名、負傷者五十七名」

「千五百のうちの六十名、支障ない」

初志貫徹とばかりにそう言い切ったメビサヌスは、闘えない負傷兵は、先程の村に戻って養生するように命じた。看護兵もつけて戻してやれば、

「残り千四百二十八名です」

と聞き、すぐに草地から動くことにした。

「数でおす。とにかく、次の村を急襲するぞ」

「死者はどうしましょう」

「捨てておけ。ヴィテスの首都まで一気に攻める。かまっている暇はない」

負傷者にかける一言もなく、騎乗して再び森の中へ入っていく。兵士たちの中には、顔を見あわせてひそかに溜息をつく者も見うけられた。のろのろと百人隊長の号令にあわせて整列してあとについていく。

テリオスは自分の背後に常にはりついている三人の護衛に、死者を葬ってから追いつくようにと命じた。彼らはメビサヌスの息のかかった腕自慢の三人だったが、テリオスの命令に嫌々ながらも従った。

道は森の中から、山肌に刻まれた傷跡さながらの悪路となった。左手に荒れ地の崖、右手に千尋の谷を見つつ、二列縦隊で前進するさまは、アリの行列に似ているか。

テリオスは、さっきの襲撃を頭の中で何度も反芻《はんすう》していた。戦闘は、あのように突然おこる

のだ。そして、突然おわる。――死んでしまった者にとっては、文字どおり、「終わる」。ぼくは臆病者だ。死ぬのが怖い。怪我をするのも怖い。戦は嫌いだ。何のために殺しあうのか。こんなことを考えるのがぼくだけだというのも、おもしろくない。

道は大きく弧を描いて小さな峰をまわりこんでいく。前を行く軍団は、一時的に見えなくなったあと、崖をはさんだむこう側にあらわれる。それは、白糸のような道だった。旗持ちを先旗持ちを先頭に、つくつくと進む軍列が見えた。誰かの兜《かぶと》に、高く登った陽光がきらりと反射した。

と、くぐもった地響きがした。雷のような音が五呼吸ほどのあいだとどろき、そのあと、一瞬の間をおいて、喚声がこだまする。弧のこちら側にいた軍列は、本能的にぴたりと足を止め、周囲に目を配りながら槍を手さぐりする。百人隊長たちが片手を挙げて静止の合図をし、そのうちのさとい一人が、

「槍は使うな。短剣と盾を準備しろ」

と指示を出した。

テリオスの背後に追いついてきた護衛たちが、今きた道の方をうかがい、シアンシウスも油断なく身構えて待った。しかし、雷鳴めいた音は、それっきりで、山陰に叫び、呼びあう味方の声がはねかえってくるだけ。先頭の旗持ちが停止し、メビサヌスが何やら命令を発しているのが見える。整然と並んでいた軍列が崩れ、乱れた。

シアンシウスは、様子を確かめてきます、と言いおいて、峰の陰へと、兵士たちをかきわけていった。彼がいなくなると、たちまち心細さを感じるテリオスだ。

さほど待つまでもなく、シアンシウスは戻ってきた。

「土砂崩れです。土砂を撤去しはじめていますが、百人がかりでやってもちと時間がかかりそうです」

「何人か、まきこまれたのか？」

テリオスは下馬しながら尋ねた。シアンシウスは眉を暗くした。

「一個中隊が」

「……そんなに……？」

「自然発生したものではなさそうです」

「なぜそういえるんだ？」

「土砂の量が少なすぎます。幅広く崩落したように見えますが、落下してきたのは大石ばかりで。石くずは少なく、山肌の剝落も目だったものはなく」

「人為的な……敵がやった、と？」

シアンシウスは頷いた。

「下からは見えませんが、岩棚があって、そこから岩を転がしたと思われます」

「助かった者は？」

「ほとんどははじきとばされて谷に落ちたようです。ただ今、残った岩を撤去しているところです」

テリオスは瞑目《めいもく》した。一個中隊だって？　それでもメビサヌスは、あと千三百人も残っている、と言うのだろう。だが、こうした遊撃を何度もうけては、確実に兵数は減っていく。そしてそら、護衛たちですら、山を見あげ、行く手来し方に視線を走らせ、谷をのぞき、不安そうな顔だ。士気を下げるに効果的な方法を敵は知っている。士気が低くなった千人は、実際の半分の数と考えた方がいい、とシアンシウスは教えてくれていた。ヴィテスの都に迫るまでに、どのくらい残っているか。そしてその中に、テリオスやシアンシウスが含まれているか。震えを必死で隠しながら、テリオスは、どうしたらその事態を招かないですむか、せわしなく考えをめぐらせる。戦神ガイフィフスよ、ぼくは闘いたくないのです。どうかお慈悲を。そして知恵を下さい。

陽光が山々の頂から斜めにはずれたころ、ようやく道は通じた。テリオスは再び騎乗して、軍列に加わったが、土砂崩れのあった場所に来ると、目をまっすぐに据えて、地面を見ないようにした。つぶされた肉体の一部や血の跡など、見たくもなかった。

長い緊張の行軍のあと、彼らはようやく大きくひらけた谷間にたどりついた。夕陽が、青と紫の花畑を鮮やかに照らしだしていた。暖かい大気は、甘い中に凜と香る花の匂いを抱いて、ゆるやかな風は浅黄色に漂っている。低い丘の上には、薄茶の石を積みあげた家が一軒、また一軒、と散在して見える。夕陽を浴びて、まるで溶けかけた飴菓子のように蜜色を帯びている。

谷間の縁に軍団は佇んで、この景色にうっとりとした。張り詰めていたものがとたんにゆるみ、この牧歌的な景色の中に憩いたいと、誰もが思った。

村は、先の村同様、すっかり無人かと思われたが、丘の上に順々に目をやると、最も東側の山麓《さんろく》の足元に、旗をひるがえしている館があった。

「全軍、あの館を陥とすぞ。前進！」

メビサヌスはおのれをふるいたたせるように、しゃがれ声で叫んで拳《こぶし》を突きだした。命令にもかかわらず、素早く態勢を整えたのは、真面目なごく一部の兵たちだけで、残りは百人隊長も含めて、うんざりのろのろと徒《いたずら》に武具を鳴らす。

数歩進んで、その鈍さに気づいたメビサヌスがふりかえった。

「どうした！　コンスル帝国の無敵の軍団は、あのようなちゃちな館一つ陥落せしむるに、一刻もかからんぞ。今宵はあの館で酒宴がひらけようぞ」

あんたはな、と聞こえないところで誰かが呟き、同意の唸りがあちこちであがった。テリオスは、ヴィテス国王からの勧告書にあった内容を思いかえしていたが、メビサヌスがいらだたしげに馬蹄《ばてい》を鳴らしたので、思わず、

「ぼくが行く！」

と進みでた。メビサヌスは筒頭を夕陽に真っ赤に染めて、

「なんだって？」

と眉を逆だてた。たじろぎそうになる自分をおさえて、テリオスはそばに馬をよせた。

「アーゼカ王は、あの館で待っていると書いてよこした。話しあいの余地があるなら、話しあうべきだ」

「何を話しあうっていうんだ！　馬鹿を言うな！」

メビサヌスは、敬意を払うふりもせずに、喚いた。

「このまま突っこんでいって、簡単に館を陥とせるとは思えない。必ず罠が用意してあるよ。それでまた兵数を減らすより、むこうの言い分をきいて、条件をこちらの都合にあわせさせた方がいいと思う」

「むこうにとらえられたらどうするんだ」

「だから、あなたじゃなく、ぼくが行く。朝までにぼくが戻らなければ、強襲すればいいじゃない」

兵士たちのあいだにざわめきが広まった。と、百人隊長が二人、進みでてきて、

「兵たちは疲れはてています。休息が必要です」

「皇子のおっしゃることももっともかと。戦わずして傘下におさめることができれば、これにこしたことはありません」

と冷静な口ぶりで説いた。黙って軍団を見わたすメビサヌスにそのうちの一人が身体をよせて、皆には聞こえないように小声で、

「犠牲をなるべく少なくして攻略したとあれば、皇帝陛下の覚えもめでたくなるかと」

とつけ加える。メビサヌスはそれを聞いて、渋々頷いた。

「従者と護衛三人はともなっていかれよ」

お目付役の三人とシアンシウスをひきつれて、テリオスは坂道を登っていった。道は一本道、うねりながらつづいているように見えたが、あちこちに落とし穴が掘ってあり、落ちないまで

も足止めをくらっているうちに、花畑のあいだから矢でも射かけられれば、また数十人の犠牲が出そうだった。館の周囲には低い生け垣がめぐらされて、その影にも伏兵がおかれていた。

シアンシウスが、テリオスの素性を語る音声《おんじょう》をあげると、弓矢をかまえた十数人がばらばらと行く手に立ちふさがった。テリオスは馬をおり、一人彼らの前に進みでた。

すると、二十すぎぐらいの若くて背の高い女性が弓矢隊の中からあらわれた。

「ようこそ、テリオス・ウルシオス・ステラウス殿。こちらへどうぞ。お付きの方もご一緒に。……そちらの三人は、武器をお渡しください。別間へ御案内いたします」

3

薄暗い館の中は、マンネンロウと柑橘《かんきつ》の匂いがした。目が慣れてくると、そこは板張りの床の広間で、暖炉が奥で遠慮がちな炎をあげ、大きな犬が五、六頭も寝そべっていた。

テリオスとシアンシウスは椅子をすすめられ、しばらく待った。壁ぎわには数名の女兵士が微動だにせず、それが彫像ではないと気づくのに、少しの間を要した。炎のはぜる音、犬たちの寝息、小さい窓から吹きこんでくる、花の香り。ああ、これこそぼくが求めている静けさだ、戦なぞしないですむに限る、と年寄りのような思いを抱いていると、ようやく奥扉があいて、王が姿をあらわした。

アーゼカ女王は中肉中背、がっしりとした骨太で、茶色がかった赤い髪の持ち主だった。えらの張った幅広の顔、きりりとした眉、茶色の目は子どもが何やらおもしろいものを発見したときのように輝いている。

彼女はテリオスの正面に座ると、組んだ両手を膝の上におき、身をのりだした。挨拶もなしでいきなり、

「コンスル帝国の第四皇子、テリオス。これが初陣《ういじん》？　どうでした、戦は。血湧き肉躍るものでしたか？　その若さにひきずられて、ナッポラの兵士を何人殺したの？」

強いなまりがあったが、そのコンスル語はちゃんと通じた。

「ぼ、ぼくは戦を望んでいません、アーゼカ女王。和解のために来たんです」

アーゼカは幅広の唇をさらに横に広げた。笑ったのだろうか。

「他国にずかずか入りこんで、勝手な言い草よの。それから、わたしをわざわざ女王と呼ばないではくれまいか。コンスルではいざ知らず、ヴィテスでは男も女も同じ仕事をし、同じ飯を食うのでな」

テリオスは喉仏を一度上下させ、それから敬意を表しつつ頷いた。

「失礼しました、アーゼカ王」

「コンスルが各方面に領土を拡大しているのは、よく知っている。ここ百年来のことゆえな。じゃが、そのやり方には疑問が残る。……それで、このヴィテスに何を望んでおるのじゃ？」

テリオスは目をしばたたいた。

「望み……ですか……」

「ネルシートやノイルには、海洋貿易を求めて侵攻したであろ？　ロックラント、キスプ、ナランナにはカラン麦を求めた。で、このファイラント地方には？　ナランナ海の制海権はすでにコンスルの手の内じゃ。ファイラントには山がちな農夫の国ばかり。その中で、ヴィテスまで入りこんでくるとは、一体何を求めてきやった？　戦なぞせずとも、交渉で互いに求めるものを明らかにすれば、落とし所も見つけられるというもの。人の生命をかけ、血を流すほどのことをせずとも、ほしいものはたいてい、手に入る。戦など、愚の骨頂じゃ」

テリオスは両耳の後ろに軽い衝撃を感じた。一瞬息をのみ、それから、

「ぼくもそう思います！」

と叫ぶように言った。おや、とアーゼカが目をみはるのへ、不意につきあげてきたものに身を震わせて、

「ただ皇子というだけで、戦の旗印にかつぎあげられていることは、よくよくわかっています。できれば軍団などと行動したくなかった。どうして人は、穏やかにくらすことができないのか、そればかりずっと考えているのです」

とうとう本心をさらけだした。臆病者、気弱な者よ、とそしられるとしても、ずっとおさえていたものが、一旦出口を見出せば、若く迸《ほとばし》る熱弁となるのも仕方がない。

対するアーゼカは束の間、虚を衝かれたように息をつめた。やがて小さく頷いて、視線をシアンシウスにむけた。

「そなたはどう思うてか」

「わたし……ですか？」

従者としてついてきた自分に、意見を求められてまごついたのか、口ごもってから、やがて肝を据えたらしく、落ちついた口調で答えた。

「わたしは元剣闘士です。戦わねば自分の生命《いのち》がなくなる、そうした状況におかれて大勢を殺してきました。……しかし……脅《おびや》かされることのない世であるならば……剣を捨てられれば、これ以上の幸せはないと思います」

「不必要な戦いはせぬにこしたことはない、とこういうことじゃな？　それで……？　それなのに、なぜにこんな内陸部まで兵をすすめる？」

「一つは帝国威信のため。もう一つは、中央へ供給する葡萄酒確保のため、でしょうな」

そうか、とアーゼカは椅子の背もたれに背中を預けた。

「帝国の威信を示すため、と言われては、わが方はなんともしようがないの。葡萄酒の供給のみであれば、喜んで和睦もしようものを」

テリオスは肩を落とした。戦は避けられない、か。つまらぬ見栄なぞのために人の生命が費やされるなんて、と思うが、その見栄で国を保てている部分もある、ともわかっている。

アーゼカは立ちあがった。

「そなたと話せて楽しかった、テリオス皇子。この元剣闘士の従者を大切にすることじゃ。そなたたち二人とも、なかなかおもしろい。頭の固い軍人とはまた別のおもしろさじゃった。生命を大事になされよ。ゆめゆめ、戦気などおこさず、軍団の後方に控えておられよ。これからおこることごとを、帝都に持ちかえり、皇帝にしらしめるがそなたたちのつとめと思われよ」

4

メビサヌス率いる軍団は、花畑を見わたす村の広場に陣を張っていた。農家の酒蔵にあった葡萄酒を、それぞれの携帯杯になみなみと注いでもらい、乏しい食料を肴にして、のめる、というだけで御機嫌の兵士たちだ。

村の家に食べられそうなものはほとんど残っていなかった。おそらく侵攻を予測して、何日か前から避難をはじめていたのだろう。アーゼカ王の采配は、あなどれないものという印象をテリオスはもった。

会談の結果をメビサヌスに話したあと、テリオスとシアンシウスの二人はとある農家の前庭を借りて、炉に火をおこし、乾燥豆と薄切りの干し肉を浸したスープに葡萄酒というつましい食事をとった。

「メビサヌスはこれからどうするつもりだろう」

葡萄酒の濃さに、喉と舌を焼かれるような気分になりながら呟くと、シアンシウスは杯をすっかりあけてから、

「この、薄めていない葡萄酒ってのは……きついですな。……メビサヌスは勝利を得るまであきらめんでしょう」

と言った。

「うん……。どれだけ犠牲を払っても、ひきかえそうとしたくない気持ちは、わかるような気がする。……明日には、あの館に総攻撃をかけるんだろうなぁ。相手はたった三十人。地の利がむこうにあるとしても、すぐに陥落するだろうね」

やりきれなさにそう呟くと、シアンシウスはぼそりと言った。

「……まともにぶつかれば、の話です」

「……というと？」

「あの女王様が、正面衝突をゆるすとは思えないのですよ」

炉の火に小枝をくべながら、小声で答える。

「策をもっているか……罠をしかけてくるか、そういうこと？　それでも、数におされるだろう？」

「それでも、大勢の死傷者が出るでしょうな」

テリオスは胸苦しさをおぼえて、立ちあがった。

「どちらに行かれます？」

「……花畑のあいだを歩いてくるよ。見えるところにいるから」

小路を降りはじめながら答えると、シアンシウスは食器を片づけながら、わかりました、と言った。

春の陽は山陰に沈んでしまっていたものの、残照が薄紅と茜《あかね》や橙《だいだい》の色彩をひろげて、花畑は薄闇におおわれつつ、香気を発していた。畦と畦のあいだの通り道をゆっくりといくと、甘い中に凜とした匂いが肌にはりつくようだ。頭上の空も少しずつ藍に染まって、小さな星々がまたたきはじめた。微風が頬をなでて、ここは楽園だと歌う。寒さを感じず、心から四肢を投げだしてくつろげるこの大地に、くらしを営む者は幸いだ、と。

しばらく散策を楽しんだあと、すっかり暗くなる前に、と踵《きびす》をかえした。丘の上に篝火《かがりび》が威勢良く何百も燃えているのを目にして、闇に慣れた目がつい、ときをすごしてしまったのだと気がついた。シアンシウスはきっと首をのばして彼の姿をおっているだろう。見失うことはまずありえないと知りつつも、テリオスは足を速めた。

一番端の篝火が、彼らの休み場所だろうと見当をつけて、駆け足で登っていった。木質化した花木がその裾をうち、風がおこった。花の香りが強くなり、息苦しさを感じた。渦巻く風に巻かれたあと、ようやく丘の上にたどりつく。

見知らぬ男三人が、酒盛りをしていた。

一人は身体の幅も背丈も普通の二倍もあろうかという大男で、葡萄酒色の豊かな巻き毛を腰の下まで垂らしている。ちらつく灯りでよく見えないのだが、その巻き毛の先は、どうしたわけか、地面にもぐっているようだ。

もう一人は前者とは対照的に柳腰の、男か女か判別のつきがたい細面、切れ長の目をして、銀と水色と薄紅――さっきの残照のようだ――がまじった髪を、なびかせている。

最後の一人は、コンスル帝国の上級将校か。褐色に陽焼けした肌、短く刈りあげた髪、赤い上等なセオルを羽織って、鎧《よろい》、防具は血のような色あいに輝き、太い腕はこれすべて筋肉らしい。この男も、通常の人よりふた回りも大きく、巨人族というものがいるのであれば、こうした人たちだろうかとテリオスがいぶかるほどだった。

三人は大声で話しながら杯を傾けあっている。地面にじかにあぐらをかいて、喉を鳴らして葡萄酒を呑んでは笑い、頷き、肩をたたきあってまた豪快に笑う。

テリオスが立ちすくんでいると、柳腰の男――女かもしれないが、男ということにしておこう――が、はっはぁ、と声をあげた。

「わが愛おしきテリオス、ここへ来やれ。われらとともに酒酌みかわそうぞ」

すると将校が肩ごしにふりかえり、眉をひそめた。

「なんだ、ひよひよの小僧か。戦嫌いの脆弱者」

「おやおや、そなたには覚えめでたくはない、か。じゃが、臆病ではあらぬよ。用心深くて繊細で考えすぎのところもあるが、アーゼカと面談するほどの肝はもっておる。そんなに悪し様に嫌うものではない」

将校は、ふん、と鼻を鳴らしてそっぽをむく。すると巻き毛の大男が、すっかり酔った身体をゆらしながら、

「まあいい、まあいい。わしらを見つけたのじゃ、良い子じゃよ。それ、こっちに来い、こっちに来い」

罅《ひび》の入った水差しがあったのなら、たちまち割れてしまうような大声とともに、手まねきし

た。テリオスがおずおずと近づいていくと、彼の名を知っていた柳腰の男が、ここに座れと隣をあけた。

「あの……どこでお会いしたのでしたか？」

手に杯をおしこまれ、上等の酒の匂いに半ば気をとられつつ尋ねると、

「われを忘れたのか。ついこのあいだ、会ったばかりじゃというに。われはアイトランじゃ。この地ではイーゼと呼ばれておるが」

「イーゼよ、イーゼ。人の『時』は、わしらとは異なることを失念しておるぞ。テリオスよ、イーゼの申す『ついこのあいだ』とは、十年ほど前のことじゃ。そなたが五つくらいのときに、この風伯に会っておろうが」

テリオスは目をぱちくりさせた。アイトランとは風の神の名だ。確かに都にいたときには、一月に一度は神殿に詣でて、御加護に感謝するのが習慣となってはいたけれど……。祀《まつ》られていた石像の顔だって、はるか頭上にあって、ろくに見えもしなかった。会ったと言われても……覚えていない。

と、むかい側の将校が、歯をむきだして顔を近づけてきた。

「おれはガイフィフス、おまえはおれを嫌ってみむきもしないな。帝国の皇子ともあろう者が、覇気のないうつろな目をしおって。ふん」

その責める視線に耐えかねてうつむきかけたとき、背中に大きな手のひらが音をたてて当たった。

「戦神はいじけておるのじゃ。そなたがちっとも敬ってくれんのでな。まあまあ気にするな、気にするな。人の性《さが》はそれぞれじゃ。さあ呑め、呑め。わしが手ずから醸《かも》した酒じゃ。テクド産にもひけをとらぬぞ」

テリオスは再び目をみはった。口に含んだ葡萄酒は、薄めていないにもかかわらず、まろやかな口あたりだったのだ。まろやかな中に、こしの強い酸味と苦み、それに胡椒にも似た辛みが隠れていて、木の実の香ばしさも感じる。

「えっと……アイトランとガイフィフス……？　それで、あなたは……もしかして酒の神《レブツタルス》……？　でも、レブッタルスは……」

二つの面を持つレブッタルスは、月と酒と知恵、雷と裁きの神、運命女神《リトン》と双子であり、男にもなり、女にもなるというが、このふくよかすぎる爺様の印象からはひどく遠い。遠すぎる。

「わしはリフタルじゃ。コンスルの神ではない。この、豊潤でありなおかつ厳しい大地に根づいておるのでな」

「え……神々は、どこにでもおわす、と聞いていたけど……」

「そりゃ、どこにでもいるわな。じゃが、同一神ではないことも多い」

「われは風じゃに、呼び名は変わってもわれはわれじゃ」

アイトラン／イーゼが高らかに笑い、ガイフィフスは苦い顔のまま、

「おれは戦につきそってここまで来た。好むと好まざるとにかかわらず。一応はな」

そう言い放ち、杯をあおる。リフタルが、

「この男が好意を抱くものなど、そう多くはないゆえ、嫌われてもしょげるでない。イーゼに加護され、このリフタルに歓迎されたことを喜べ、喜べ」

そう言って、また大きな手で背中を叩く。

「あなたはこの土地の神だと、おっしゃいましたよね」

杯を空にしたテリオスは、葡萄蔓《づる》さながらの巻き毛にそっとふれながら言った。

「よそから来た神々と、喧嘩することはないのですか？」

濃い紫をした目が、おもしろそうにちかり、と光った。

「この地に戦神はおらぬのじゃ。そなたの疑問がそういうことならば。もし戦神がおったなら――」

「おれと戦うことになる。そうすると、地上でも激戦となり、多くの血が流れ、大地の底から冥府女神《イルモア》の白き手が生命をさらっていくことになる」

ぶっきらぼうだが、ちゃんと説明してくれるガイフィフスだった。

「神の性《さが》にもよるのじゃ。酒神同士であれば、酒を汲みかわして酔いつぶれるが関の山」

アイトランがくすくすと笑った。

「海神同士が出会ったところでは、嵐がおきたり、豊漁となったり、渦潮が生まれたりするの」

いつのまにか再び杯は満たされている。テリオスは神々の話に気をとられながら口をつけたものの、リフタルの恵みに感激する。うまい。

「ここの土地はな、これだけの葡萄酒を産することもできるのじゃ」

そうリフタルは頷き、

「それを蹂躙しようという輩《やから》に、わしは何もできない。それでじゃな、風伯と戦神を招いて、酒で籠絡しようとしておるのよ。この二人であれば、事態を変えることもできようて」

アイトランは風をおこして自身の髪を宙に舞わせ、

「われは大昔から、この地の掟にも従うておるゆえ、例年どおりの仕事をなすまで。大地の理《ことわり》によりそってな。葡萄酒で抱きこまれたわけではないぞよ」

「おれは戦意喪失だ。はなっから気のすすまない侵攻だったが、こんなうまいもの馳走になっては、な。それに、この地に戦神はおらぬとリフタルは言うが、どうしてどうして、知恵の神がその役割を果たしておるではないか。……名を何といったか？　おまえんとこの、老獪《ろうかい》なあの神」

はっは！　とリフタルは朗笑して、

「あのちび助か？　なるほど、確かに姿形は子どもじゃが、なるほど、言われてみりゃあ、老獪も老獪、確かに、確かに！　この地の知恵の神は、美の神でもあり、長寿の神でもあるよ。生まれてからまだ二千年とたっておらぬで、いつまでもちび助のつもりでおったが。フリュレと呼ばれておるな」

「フリュレ、だと？　ふざけた名前だ。……で、おれんとこの軍勢をいいようにあしらいおって。遊びのつもりなのか？」

「遊戯のつもりではあるかもな。はっはっは！　大軍も、ちび助に翻弄されて、な」

いや、愉快、愉快、と遠慮もなく膝を叩く。

ふん、と鼻を鳴らしたガイフィフスは、喉を鳴らして杯をあおってから、

「おれは帰る。もっと違う方面に行くつもりだ。ここの酒はうまい。リフタルのまかないとしてうけとっておく」

「そりゃ、ありがたい」

「おい、小僧」

黒い目がぎろりとテリオスを睨んだ。

「おまえのような軟弱者、本来なら国につれ帰って鍛え直すところだが、生まれつきの性というものがあって、それはおれにもどうにもならん。おまえはアイトランの祝福をうけて生まれてきたというのだから、アイトランに行く先をゆだねよう。だからな、いいか。軟弱者でも、卑怯者にはなるな。そして、おまえの兵たちとここの葡萄酒をまもってやれ。いいな?」

そう迫られて、わけがわからないままテリオスは頷くしかない。ガイフィフスははじめてにやり、と笑い、また杯をあける。アイトランもにっこりした。

「ということで、テリオス。そなたは兵に告げるのじゃ。ガイフィフスは去った、ゆえに軍団も国に帰らねばならぬ、とな。それから、それから。あと五日もしたら、われが山間から吹きおろす雹《ひょう》の颪となって、この地を荒らしまわるであろう、とな。じゃからその前に、ナッポラへ退却せよ、と、風伯のお告げじゃとふれよ。よいな。無駄に生命を捨てさせるなや。肝を据えて、メビサヌスに命じるのじゃぞ」

そこまでの記憶ははっきりしている。一言一句、思いだせた。が、そのあとのことは——。酒に酔ったのだろう。口あたりのいい絶品を何杯おかわりしたのか。すっかり酩酊《めいてい》して目覚めれば、翌朝も遅く、軍団は彼とシアンシウスと三人の護衛をおいて、館に突撃したあとだった。

5

アーモンドの花が吹雪となって舞う中を、テリオスは馬を駆った。メビサヌス率いる軍団は、さらに内陸部へと侵攻していた。アーゼカと会談した館は、すでにもぬけの殻だったのだ。それを知ったメビサヌスは、嘲弄《ちょうろう》されたと感じたのか、焦燥もあってか、テリオスをおいたまま進撃してしまっていた。総大将をいかにも軽んじている仕様だった。いかにテリオスといえども激怒するだろうと護衛たちが想像したとおりそれを聞くや否や、少年王子は馬にとびのった。

しかし、馬上の少年には、屈辱への恨みも怒りもない。ただひたすら、神々に教えられたように、進撃を止めなければと、それのみを思って、村から村へ、山道から谷間へと追いかけていった。

昼すぎに、なんとか軍団に追いついた。小休止している兵士たちのあいだに蹄を響かせ、メビサヌスの前にとびおりると、軍人の戦に飢えたまなざしにも怯むことなく、進軍の危うさを訴えた。戦神はもはやこの軍団を離れたまいた、風伯がやがてこの地に嵐をもたらすと言われている、と見たまま聞いたままを熱弁したが、メビサヌスはせせら笑って相手にしなかった。

「テリオス皇子は、強い葡萄酒に幻を見、まだ酔っているらしい」

そう言って背をむけ、出発を命じた。

コンスルの民は比較的迷信深い。時代を下るにつれ、神々もその力もそれほど重きをおかれなくなっていくが、この時代はまだ、兵士たちも呪《まじな》いにとらわれている部分も大きかった。それゆえ、テリオスの発言は口から口へとひそかに伝わっていき、兵士たちの士気は一層下がってしまったのだが、メビサヌスはそれを叱咤して、さながらよろめく大蛇をひきずるように前進させ、三日ののちには大した抵抗もうけないままに、ヴィテスの都の城門前にたどりついた。

良く晴れた晩春の丘には、葡萄棚がたち並び、青と紫の香草花の畑が水色の空の下に輝いていた。蜜蜂が忙しくとびまわり、カナヘビは石の下で日なたぼっこをし、汗ばんだ兵士たちの額をやわらかな風がなだめていく。

「嵐がくるって……？　どこの話だ、そりゃ」

聞こえよがしに兵士たちは笑いあい、葡萄の木と木のあいだに腰をおろして水袋をまわしのみする。

「まあ、あの城門は攻めるのにちと苦労しそうだが」

「なに、持久戦ならこっちに利があるさ。むこうは大所帯だ。対するこっちには、水の心配もねぇし、食いもんだって、鹿やウサギ、畑におきざりにされたもんをあてにできる」

「腰を据えて、か」

「いいところだなぁ、しかし。うらうらと、こうお日様が照ってくれちゃあ、午睡にうとうとしちまいそうだ」

「昼寝か？　そいつぁ、幸せなことで！」

顔を見あわせてくすくすと笑う。彼らが仰ぐのは、ヴィテス城門の乳白色の石垣だった。がっしりと組まれて三馬身の高さ、丘の斜面を利用して頂上には小さな王宮がおもちゃのように見えている。その背後から突然立ちあがった山並みは、北の山脈へとそのままつづいて、白い尖峰を輝かせている。

その後もあきらめることなく撤退を迫ったテリオスだったが、葡萄棚を払わせて野営陣地を造るメビサヌスは、ハエでも追うように手をふって相手にもしてくれなかった。

「臆病皇子」

「心配性」

「どうも心が弱くておられるらしい」

と、兵士たちのあいだにも嘲笑が漂った。多感な十四歳、自尊心が傷つかないわけがない。それでもテリオスは、

――メビサヌスに命じやれ。

とアイトランが言い、

――おまえの兵たちとここの葡萄酒をまもってやれ。

とガイフィフスが言った言葉をすがる杖として、次の日もあきらめずにいさがった。とうとう、

「兵の士気に関わることを、もう申されますな。その口、閉じておかっしゃい！」

と一喝されてしまった。

さすがにしょげかえって自分の天幕に戻ると、シアンシウスが何も言わずに焼いた鹿肉を供してくれる。これは昨日、シアンシウスが仕留めてきたもので、すべて切り分けて周囲に配って回った。進軍してからこのように助け合って糊口をしのいでいたが、それが長続きしているのは、村々に葡萄酒が残っていたからでもある。

黙って鹿肉を齧《かじ》り、春に狩りをするなど、本来は言語道断なのに、罪深いことをしている、などと思いつつ、寝についた。ぼくは力不足だ、みんなの言うとおり、臆病者だ、メビサヌスの手のひとふりで、かき集めた勇気も蹴散らされて、ぼくはハエと同じだ、と、二転、三転寝返りをうつ。

そのうちに、天幕をゆする風の強さに気がついた。天幕を大地につなぎとめている杭がぎしぎしと鳴り、鞭のようにしなって結び綱がはじけとんだ。幕布がへこんだかと思うや、ばたばたとはためく。テリオスとシアンシウスはそろってとびおき、外に出た。

満月が、丘の真上にかかっていた。走る雲が、おびただしい大コウモリの群れさながらの影となってその面《おもて》を蹂躙していく。めまぐるしく入れかわる光と影の空中を、天幕が一つ、また一つ、と飛んでいく。

テリオスは腕で鼻と口をかばった。そうしなければ、息をも奪うほどの風が、北の山々から吹きおろしてくる。しっかりと足を踏みしめていなければ、彼自身でさえとばされそうだ。

兵士たちの喚く声も、とぎれとぎれに耳に届く。シアンシウスが耳元で叫んだ。

「天幕をたたみましょう！　このままではすべて持っていかれてしまいます！」

たたむというより、手あたり次第に丸めて抱えこみ、膝の下におさえこむといった方があたっていたかもしれない。ともかく、合財袋と剣だけを身につけて、二人がかりで天幕を保持し、風から身を避けようとあたりを見わたした。宙に、ちかっちかっとまたたく赤は、焜炉《こんろ》がそのままもっていかれたしるしだ。馬たちはいななき騒ぎ、とうとう一頭が、つながれていた手綱を杭ごとひきぬき、蹄を鳴らして斜面を下っていくと、次々に同様の黒い影が転がるように駆けていった。その蹄の音さえ、吠え猛る風に紛れてしまう。そのうち、雨が吹きつけてきた。大粒の、礫《つぶて》のような雨は、素肌にあたると痛いほどで、人々は引き倒さずに残っていた葡萄棚の下にもぐりこみ、あるいは斜面を馬のあとを追い、暗がりと斑《まだら》の月光の中を逃げまどった。

テリオスはシアンシウスにひっぱられるようにして、いち早く斜面を下っていったが、地鳴りをともなった風に、幾度か転びそうになった。一度転んだらそのままどこまでも転がりおちていきそうだった。稲妻《いなずま》がつづけざまにひらめいた。金と銀の網目が天いっぱいに広がり、光と闇がせめぎあった。雷鳴がとどろき、山の端の至る所に落雷した。巨大な怪物が君臨して、咆哮《ほうこう》を響かせ、足踏みをしているかのようだ。

すっかりずぶぬれになった二人は、ようやく斜面の下にうずくまっている林にたどりついた。青ブナの林は、よく手入れされて下生えもなく、幹と幹のあいだを狼の群れさながらの風が疾駆していったが、雨だけは広がった梢のおかげでかなり防ぐことができた。二人は林の奥深くに分け入って、一本の巨木の根元に腰をおろした。がたがた震えながら、身を寄せあって、互いのセオルを重ねるようにかけあい、嵐がおさまるのをじっと待った。あるいは、再び陽が昇るのを。

しかし、風はやまなかった。やむどころか、冷たさを次第に増して、風の群狼は氷の餓狼《がろう》へと変じていった。

「小さい洞を見つけました。あちらへ」

しばらく闇に姿を消していたシアンシウスが、テリオスを窪地に誘った。湿った土に草が倒れているのをまたいで、風向きとは逆の崖下に、一馬身四方の洞があった。シアンシウスはテリオスをそこへおしこみ、天幕の一部を裂いて、木の枝で二箇所を支えた。その雨よけを入口に立てかける。さすがに、崖下となったここには、あの荒々しい狼どもは入ってこない。

テリオスは試しに足元に小枝を積みあげ、火口で火をつけてみた。小さな炎はまもなくぱちぱちと爆ぜる心地の良い音をたてて、小枝をなめていく。それを見たシアンシウスが、落ちた枝をかき集めてきてさらに火を大きくした。二人はセオルや防具、貫頭衣《トゥニカ》を脱ぎ、首にまいていた赤布で裸の上半身をこすりあった。

寒さは夜が更けるにつれ、増してきた。火で乾かしたトゥニカを再び着こみ、セオルを重ねあって暖をとった。頭の上では吠え猛る狼風と、太鼓をうち鳴らしているような雨の音がたえまなくつづいていたが、疲労のためにそれをも子守歌にして、いつのまにか眠りに落ちた。

目覚めたのは寒さのせいか、それともぴたりと物音がやんだせいか。

うっすらと白い光が、斜幕のあいだから洞へとさしこんできた。焚火はすっかり灰になっていた。テリオスは四つん這いになって頭をつきだした。

「シアンシウス！　霜がおりている！」

喉がひりひりして、叫んだつもりの声もしゃがれていた。シアンシウスも同様に這ってきて、昨日びしょぬれだった草地が、まっ白の霜に打ち倒されているのを見た。窪地を囲っている崖も、その上の林も、霜の鎧にがっちりとかためられて、世界中が凍りついたかのようだった。

「……風が……やんでいます」

「皆をさがしに行こう！」

二人は装備を整えて崖を登ったが、十歩も行かないうちに、再び風が吹きだした。しかも雹をともなって。青ブナの梢といえど、さすがに氷の粒をさえぎるには力足らず、足元にたちまち白い層になっていく。どこかの幹に鈍く当たる音が次々と響き、転がってきたのを見れば、拳大もある氷塊だった。

「いけません。戻りましょう！」

シアンシウスの叫びに、テリオスも従わざるをえない。嵐はその後三日間、ほとんどやむことがなかった。

五日めの早朝、風はようやく微風となり、寒さも峠をこしたのか、まっ白だった草木や地面に色が戻ってきた。水音がそこここにしはじめ、大気もやわらかさを帯びたようだ。

テリオスとシアンシウスはようやく洞を出て、仲間をさがしながら本陣の方へと戻っていった。

――赤いセオルを！

コンスル軍団の合言葉を叫びつつ、林の中をたどっていくと、どうにかして嵐をしのぎきった者たちが、よろめきながら加わってくる。助けを求める声に行ってみれば、友を抱いて茂みにうずくまる者もいた。幹に身体を預けて、飢えと寒さに瀕死の者、とけかけた落ち葉の下にうつ伏せに、すでにこときれている者も多かった。

テリオスのように、まだ歩く力のある者たちは、担架を作ってそうした兵を運ぶ。ようやく林の際にたどりついたとき、集まってきたのは自力で歩けるものが三百人ほど、担架で運ばれ、背負われ、あるいは友の肩を借りてひきずられてきた者が同数ほどか。

葡萄畑の斜面が、彼らの前に、難攻不落の城も同然にたちはだかっている。その新芽は、おりしも雲間から射してきた陽光に霜をとかして、鮮やかな碧玉《エメラルド》をちりばめたようだった。

「本陣をみてくる。皆はここで待て」

そう命じるテリオスの声には疲労がにじみでていたが、以前にはない力がこもっていた。兵士たちの多くは膝や腰をつき、溜息を吐きだす。中にはいまだ元気に体力のある者もおり、テリオスは彼らにまとめ役を命じて、シアンシウスとともに斜面を登っていった。

あれだけの雨と風にもかかわらず、葡萄の木を支える柱はどれも頑丈だったようだ。はずれたり曲がったりはしているものの、折れたり飛んだりしているものは少ない。葡萄の木そのものも、長年、この嵐を経験してきていますよ、というふうに、きらきらと新芽を鮮やかにしているのだった。

その新芽の一つに、名残の水滴が止《とど》まっていた。かすかな風にゆれて陽光が反射し、テリオスの目の中に飛びこんできた。とたんに遠い記憶が、深い霧をかきわけて浮かびあがってきた。

幼い彼は、神像の前に母とともにぬかずいていた。見あげても、小部屋半分もある神の手の甲しか見えない。尊い顔《かんばせ》は、その顎の先が薄闇になんとか見分けられるだけ。母から、頭を下げて祈りなさいと叱られたけれど、うつむけば神の足の親指が迫ってきて、味気なさが勝る。

と、一筋の微風が吹いた。

——そうじゃ。そこにわれはおらぬ。

笑いを含んだ声が耳の内側に響き、

——こちらに来よ、こちらじゃ。

誘われるままに神殿から庭へと出れば、雨あがりの香草が風にゆれて水滴をまきちらしていた。マンネンロウの紫の小花がちりばめられ、セージの銀の葉が裏がえり、ディルの扇にひらいた枝が手まねきしている。

うん、ここだ、と感じた直後に、

——われはアイトラン。縛されぬ神、恣《ほしいまま》に駆けゆく者じゃ。

「風神様……?」

——そうよ。われがあすこにおらぬことをそなたは素直に感じたのであろ？　そは、なかなか得がたい感知であるよ。

「……?」

——われはそなたを寿ぐ。そなたを誇る。されば、わが愛《めぐ》し子よ、ことあらば、われら神々の声を聞き、姿を見よ。そなたは巫ならぬ巫となれ。魔道師ならぬ魔道師、人の世の桟橋にあって、とらわれぬわれの錨《いかり》となれ。わが加護はそなたにあり。

水滴が眉の上にふってきた。睫毛《まつげ》から光がこぼれ落ちていく。

ああ、そうだったのか。

テリオスは目をしばたたいた。幼かったせいで、風伯の言葉の半分も理解できなかった。忘れ去ってしまったのも仕方がない。ただ「わが加護はそなたにあり」だけが残っていたのか。思いだした今、アイトランの言葉は葡萄の木を支える杭のように、彼の背骨の中心に柱となった。

どうされたのですか、とシアンシウスがふりかえったのへ、テリオスは微笑《ほほえ》んで、再び歩きだした。

すべりやすくなっている坂を登りきり、メビサヌスが切り払いを命じた本陣に到着した。本陣はあとかたもなくなっていた。天幕も、杭も、簡易寝台や炉の類も、すっかり消えうせていた。ただ、遠くの葡萄の木に、コンスルの旗の残骸らしきものがちらりと朱くひるがえっていた。

メビサヌスの姿も、従者の姿もなく、足跡さえ消されていた。しかし、あの血気盛んな士官が、たやすく生命を落とすとは思われなかった。おそらくどこかに避難しているだろう。それでもさすがに闘志はこそぎ削られたに違いない。

テリオスは丘の上の城壁を仰いだ。走る雲の影に、乳白色と灰色がせめぎあっている。

メビサヌスが行方しれずの今、残った軍団を実際に率いるべきは自分だ、とテリオスは思った。またもし、メビサヌスがあらわれても、もう指揮権を譲ることはするまい。だが、彼は姿をあらわさないだろう。昇進の道が闘わずして絶たれたのだ。恥を知ってどこかへ逃れたに決まっている。

「シアンシウス。ぼくは降伏しようと思う」

と彼は城壁に目を据えたまま、はっきりと言った。シアンシウスは、二呼吸の間をおいてから、これもまた力のこもった声で答えた。

「よろしいと思います、テリオス軍団長」

6

降伏を申しでてきたのが、あの少年皇子だときいて、アーゼカ王は微笑を禁じえなかった。では、あの子は生きのびたのか。イーゼの嵐をのりこえて、戦意のないことを示しにきた。喜ばしいことじゃ。

うねうねと登る坂道を越えて、王宮までやってきた皇子は、さすがに疲労困憊の様子だった。目の下には隈を濃くし、頬をげっそりとやつれさせ、唇もひび割れて、しかしその茶色の瞳には、それまでなかった輝きが宿っていた。

丘の上の王宮が、村長の館とさほど変わらない造りであるのに、少し驚きを示したが、すぐにこの地方であのような嵐を耐えるにはこのがっしりとした石造り、大きすぎない単純な様式が最も適していると悟ったようだった。

広間に通された彼は、すすめられた椅子につく前に、

「わたしを人質にして、コンスルの都へ使いをやってください」

と言った。仁王立ちになり、胸をはってそう申しでた姿は、人質の態度とはほど遠かったものの、アーゼカはかえって好ましく感じた。

「ヴィテスの地を安堵すると約束すれば、わたしを殺さないと。さすれば無用な争いは避けら

れましょう」

嵐が、少年を育てたか。風伯が少年の目をひらいたか。老いるさなかの道にあって、若き者が自力で立つのを目のあたりにすることほど喜ばしいものはない。アーゼカは即答した。

「よかろう。そなたはたった今より、このヴィテスの国の人質じゃ」

少年はほっとしたように少し肩の力をぬいたが、すぐに、

「つきましてはお願いが。斜面の下にコンスル兵の生き残りが六百ほど待機しております。彼らにもお慈悲を」

「よかろう。救助し、仮宿舎を用意しよう」

少年はそこではじめて王の前に進みでてぬかずき、降伏を誓った。


その後は侵略をまぬがれたヴィテス王国である。アーゼカ王のあと、彼女の側近として勤めていた男が玉座に就いた。〈ロスベル王〉と呼ばれたこの男は、コンスル帝国と正式に和睦し、葡萄酒とロスベル香料を帝国に大量にもたらした。双方の橋渡しとして陰ながら力を尽くしたテリオス皇子は、やがて人質をゆるされたが、帰国を選ばなかった。品質の良い葡萄酒と香料は、帝国にはなくてはならないものとなり、皇子は二つの国を結ぶ強い楔《くさび》として尊敬を集めた。〈ロスベル王〉の次代には、彼自身が王に選出され、長く王国を統治した。シアンシウスも側近として、冷静な判断力を大いに役だてた。

ヴィテス地方がコンスルの属州にくみこまれたのはそれからさらに三十年後のことで、これ

は侵略も戦もない無血無犠牲の、自然な流れに合議した結果だった。交易を通じ、相互理解を深めた長い年月が、どちらにも利する形となって実現したのだった。

ガイフィフスは帝国の主神殿でそっぽをむいて、苦い顔をしていた。

風伯は毎年、あの季節にはすさまじい嵐を北方から運んでくるのをやめない。が、あの霜と寒さが、上等な葡萄酒を育んでいる。

土地の酒神リフタルは、太鼓腹をゆすって朗らかに杯を掲げ、テリオス前王やシアンシウスとともに歌をうたっている。

平穏、善哉《よきかな》、と。

あとがき——神々の存在

青森県青森市の三内丸山《さんないまるやま》遺跡に行ったときのこと。栗の木で造ったあの高い櫓《やぐら》に度肝を抜かれたあと、〈縄文時遊館〉に戻ったときに、ポスターが目に入った。記憶が曖昧《あいまい》なので断定はできないが、ポスターだったたと思う。そこでまた、大きな衝撃をうけた。

一体の土偶《どぐう》が、座った状態で仰向き、両手を合わせているのだった。考古学などよくわからないけれど、有史以前の土偶が、何かを拝んでいる。宗教が確立するよりはるか以前に、縄文時代の日本に、拝む、という行為があったのだ。

最初の印象や衝撃などは、あとで冷静にふりかえったときよりも、しっかりと本質をとらえるものだ。ただただ純粋に太陽を拝んでいる、畏怖《いふ》と感謝だけを抱いて手を合わせているその姿に、すばらしく尊いものを感じた。

帰宅してから調べたら、彼女は三千五百年ほど前に作られ、八戸市郊外の風張《かざはり》遺跡から掘りだされたもので、〈合掌《がっしょう》土偶〉と呼ばれているとのこと。

オーリエラントの神々は、ギリシャ神話やローマ神話に登場する神々同様、個性を持っている。だが、無慈悲にゼウスの愛人を呪ったり、怒りに任せて村人を蛙《かえる》にしたり、とことんダフネを追っかけて月桂樹にさせてしまったりといった世俗的な面はあまりない。彼らは大自然の化身であるので、無慈悲は無慈悲でも、権力闘争や陰謀などとは無縁の存在なのだ。縄文の彼女があがめた対象と重なる部分が大きいと思う。彼女の子孫であるかもしれない日本人として、オーリエラントの神々も、人間と同じ精神レヴェルではあってほしくないと考えた。

だから神々同士で嫉妬したり、支配力を競ったりはしない。そりゃ、腹も立てるし、喜びもするし、酒を呑んでいい気分になったりもする。気まぐれだったり怒りっぽかったり、無情であったりはする。けれど、腹黒さや陰湿な陰謀や嫌がらせとは無縁だ。邪悪か善良かといった判断も意味がないところに存在している。自由でおおらかな、大きい存在として受けとめていただければと思う。

このスタンスの根っこは縄文の彼女からもらったものかもしれないが、では、表現としては何から支えてもらっているのかとふりかえってみれば、多分、J・R・R・トールキンの作品群の影響だろう。畏《おそ》れ多いことだ。トールキン・ファンの皆さんから腐ったりんごをぶつけられそうな話だ。ごめんなさい。

トールキンの作品を読んでいて感じるのは、神聖さはあふれるほど描かれているのに、「神」という存在は、イルーヴァタールという名前でほのめかされるだけ、はじめに大いなる音楽が創造され、その中から堕天使を思わせる「悪」が生まれてきてしまうというシチュエーションは、旧約聖書を彷彿《ほうふつ》とさせるものの、その後はどの宗教にも拠《よ》ることなく、「神」なる言葉も出てこない。エルフたちの憧れの「西方」が天国と結びついているようだ、と感じるが、「神に祈る」場面は書かれていない。『ホビットの冒険』も『指輪物語』も、「神」を提示しない。

どんなに窮地に陥っても、ビルボもフロドも、「助けて神様」とは言わない。
オーリエラントの世界の中では、神殿や祭祀場などは、人々の願望の受け皿としてあるべきだと思い、神々を造形したものの、表現の枝葉となる部分では、トールキンの影響を受けたように思う。（だから、すみませんってば。大変おこがましいってことは、じゅうじゅうわかっております）
トーリンが、アラゴルンが、ほかのすべての人々や種族が、なぜ「神様」と呼びかけなかったのかを必死に考察するが、足りない頭ではいかんともしがたい。ただ、意図して宗教色を省いたのは感じとれた。その辺に感化された、オーリエラントの神々である。

それではオーリエラントの魔道師シリーズによく出てくるコンスル帝国の神々の詳細を少しばかり記して、しめくくろう。

巻末の神々の系図を参照していただければわかるように、主神夫妻のあいだに子ども神が七柱生まれている。容貌や身体つきなど、想像にお任せしたいが、主神イリオンは筋肉質で四角い感じ、イラネスは腹囲と腰幅がやたらに大きく、足の小さい感じ。

一番怖いのは、リトンでもガイフィフスでもなく、イルモアかもしれない。有無を言わせず人々を地の底に引きずりこんでしまうのだから。

一番適当なのはお察しのとおり、風伯アイトランか。

いつもご機嫌だが、逆鱗に触れると落雷被害にあうレブッタルスにはご用心。

キサネシアのお気に入りは常に身を慎む者で、イルモネスが厭うのは心根の卑しい者。うん。わが面貌はよろしくなくても、心根は善良でいたいものだ。サムワイズ・ギャムジーほどではなくとも、ね。

乾石智子

コンスル帝国の神々の系図

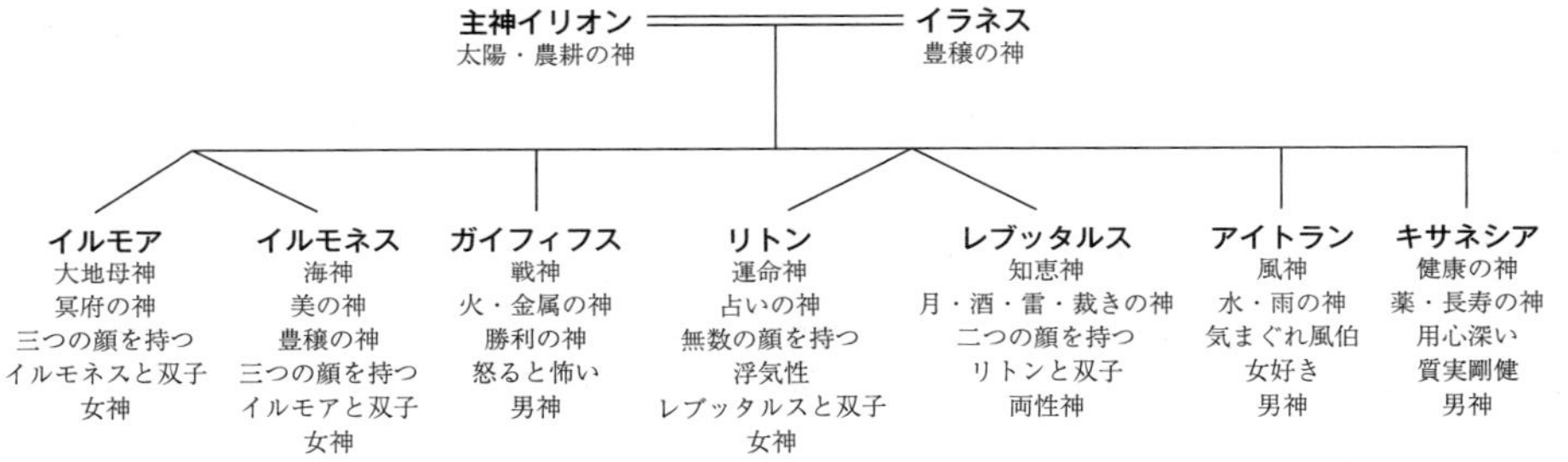
主神イリオン
太陽・農耕の神
イラネス
豊穣の神
イルモア
大地母神
冥府の神
三つの顔を持つ
イルモネスと双子
女神
イルモネス
海神
美の神
豊穣の神
三つの顔を持つ
イルモアと双子
女神
ガイフィフス
戦神
火・金属の神
勝利の神
怒ると怖い
男神
リトン
運命神
占いの神
無数の顔を持つ
浮気性
レブッタルスと双子
女神
レブッタルス
知恵神
月・酒・雷・裁きの神
二つの顔を持つ
リトンと双子
両性神
アイトラン
風神
水・雨の神
気まぐれ風伯
女好き
男神
キサネシア
健康の神
薬・長寿の神
用心深い
質実剛健
男神

1365		『太陽の石』
		デイサンダー生まれる
1371	【コンスル帝国・イスリル帝国】	
	ロックラント砦の戦い	
1377	【コンスル帝国】グラン帝即位	
	【イスリル帝国】このころ内乱激しくなる	
1383	神が峰神官戦士団設立	
1391	【コンスル帝国】グラン帝事故死	
	内乱激しくなる	
1448		「冬の孤島」
1457		「紐結びの魔道師」
1461		「水分け」
1462	イスリルがローランディア州に侵攻	『赤銅の魔女』
		『白銀の巫女』
		『青炎の剣士』
		『太陽の石』
		デイス拾われる
1703		「形見」
1770	最後の皇帝病死によりコンスル帝国滅亡	
	【イスリル帝国】第三次国土回復戦／	
	内乱激しくなる	
	【エズキウム国】第二次エズキウム大戦	
	エズキウム独立国となる	
	パドゥキア・マードラ同盟	
1771	フェデレント州独立　フェデル市国建国	
1785		「子孫」
1788		「魔道師の憂鬱」
1830	フェデル市〈ゼッスの改革〉	「魔道写本師」
		『夜の写本師』
		カリュドウ生まれる
		「闇を抱く」

〈オーリエラントの魔道師〉年表

コンスル帝国紀元(年)	歴史概要	書籍関連事項
前627ころ	火の時代	『沈黙の書』
前230ころ	〈久遠の島〉できる	
前35ころ	オルン魔国滅亡	『赤銅の魔女』
1	コンスル帝国建国	「黒蓮華」
360	コンスル帝国版図拡大／北の蛮族との戦い	
450ころ	イスリル帝国建国	『魔道師の月』
		テイバドール生まれる
480ころ	【イスリル帝国】第一次国土回復戦／北の蛮族侵攻	
485		「神々の宴」
580ころ	【イスリル帝国】皇帝ハルファーラ即位	『イスランの白琥珀』
600ころ	【コンスル帝国】属州にフェデレント加わる	
780ころ	〈久遠の島〉沈む	『久遠の島』
807～	辺境にイスリル侵攻をくりかえす	「陶工魔道師」
820過ぎ		シルヴァイン生まれる
840ころ	エズキウム建国（都市国家としてコンスルの庇護下にある）	
880		「ただ一滴の鮮緑」
1150～1200ころ	疫病・飢饉・災害相次ぐ	
	【コンスル帝国】内乱を鎮圧／制海権の独占が破られる	
902ころ	【コンスル帝国】逃亡剣闘士の反乱	「運命女神の指《リトン》」
1170ころ		「セリアス」
1330ころ	イスリルの侵攻が激しくなる	
	【イスリル帝国】第二次国土回復戦／フェデレント州を支配下に	
	コンスル帝国弱体化　内乱激しくなる	
1348	【エズキウム国】第一次エズキウム大戦	
1351		「ジャッカル」

初出一覧

「セリアス」紙魚の手帖 vol. 1（二〇二一年十月号）
「運命女神《リトン》の指」紙魚の手帖 vol. 3（二〇二二年二月号）
「ジャッカル」紙魚の手帖 vol. 4（二〇二二年四月号）
「ただ一滴の鮮緑」「神々の宴《うたげ》」は書き下ろしです。

著者紹介　山形県生まれ、山形大学卒業、山形県在住。1999年教育総研ファンタジー大賞受賞。著書に『夜の写本師』『魔道師の月』『太陽の石』『オーリエラントの魔道師たち』『紐結びの魔道師』『赤銅の魔女』『白銀の巫女』『青炎の剣士』『久遠の島』『滅びの鐘』などがある。

検印
廃止

神々の宴《うたげ》
オーリエラントの魔道師たち

2023年1月13日　初版

著者　乾《いぬ》　石《いし》　智《とも》　子《こ》

発行所　(株)　東京創元社
代表者　渋谷健太郎

162-0814/東京都新宿区新小川町1-5
電　話　03・3268・8231-営業部
03・3268・8204-編集部
URL　http://www.tsogen.co.jp
モリモト印刷・本間製本

乱丁・落丁本は、ご面倒ですが小社までご送付ください。送料小社負担にてお取替えいたします。

© 乾石智子　2023　Printed in Japan

ISBN978-4-488-52514-9　C0193

これを読まずして日本のファンタジーは語れない!

〈オーリエラントの魔道師〉シリーズ

乾石智子

*

自らのうちに闇を抱え人々の欲望の澱《おり》をひきうける
それが魔道師

夜の写本師
魔道師の月
太陽の石
オーリエラントの魔道師たち
紐結びの魔道師
沈黙の書
イスランの白琥《こ》珀《はく》
以下続刊

〈オーリエラントの魔道師〉シリーズ屈指の人気者!

〈紐結びの魔道師〉三部作

乾石智子

＊

Ⅰ 赤銅《あかがね》の魔女

Ⅱ 白銀《しろがね》の巫女

Ⅲ 青炎《せいえん》の剣士

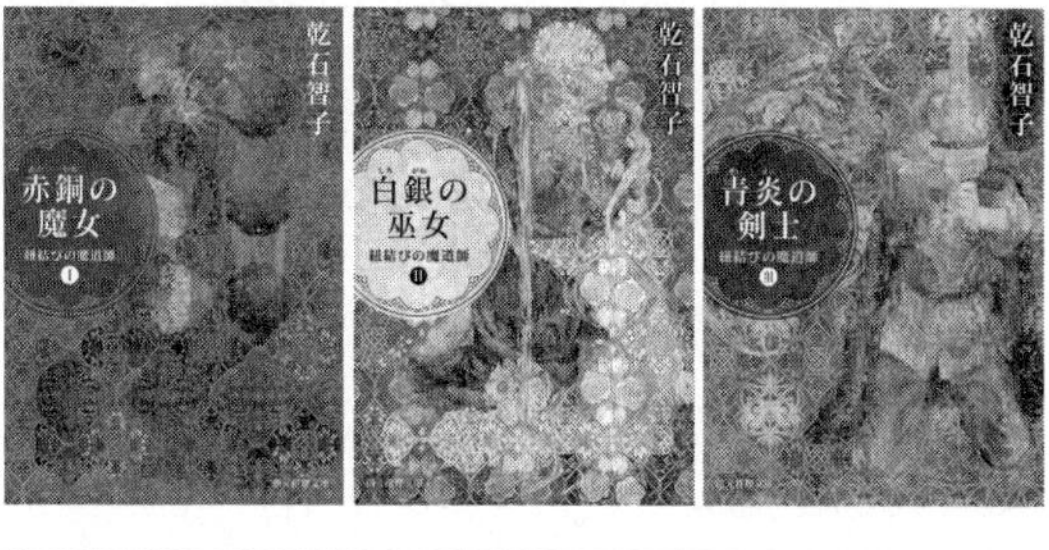

『夜の写本師』に連なる
本の魔法と復讐の物語

久《く》遠《おん》の島

The book of pledge

Tomoko Inuishi

乾石智子

四六判仮フランス装

本を愛する人のみが上陸を許される〈久遠の島〉、
そこでは世界中の書物を読むことができる。
その島で生まれた
本の守り手の氏族の兄弟が辿る、数奇な運命。